S. FISCHER

J. M. COETZEE

Die Schulzeit Jesu

Roman

Aus dem Englischen
von Reinhild Böhnke

S. FISCHER

Erschienen bei S. FISCHER

Die Originalausgabe erschien unter dem Titel
›The Schooldays of Jesus‹ bei Harvill Secker, London.

By arrangement with
Peter Lampack Agency, Inc.
350 Fifth Avenue, Suite 5300,
New York, N. Y. 10118 USA.

Für die deutschsprachige Ausgabe:

Hedderichstr. 114, D-60596 Frankfurt am Main

Satz: Dörlemann Satz, Lemförde
Druck und Bindung: CPI books GmbH, Leck
Printed in Germany
ISBN 978-3-10-397309-9

Algunos dicen: Nunca segundas partes fueron buenas.

Don Quijote II.4

Eins

Er hatte sich Estrella größer vorgestellt. Auf der Karte ist es ein Punkt von der gleichen Größe wie Novilla. Während Novilla jedoch eine Stadt war, ist Estrella nur eine weitläufige Kleinstadt in einer Landschaft von Hügeln und Feldern und Obstgärten, durch die sich ein träger Fluss windet.

Ob es ein neues Leben in Estrella geben kann? In Novilla konnte er das Umsiedlungszentrum in Anspruch nehmen, um eine Unterkunft zu finden. Ob er und Inés und der Junge hier ein Zuhause finden werden? Das Umsiedlungszentrum ist wohltätig, es ist geradezu die Verkörperung von Wohltätigkeit einer unpersönlichen Art; aber ob seine Wohltätigkeit sich auch auf vor dem Gesetz Flüchtende erstreckt?

Juan, der Anhalter, der auf der Straße nach Estrella zu ihnen gestoßen ist, hat ihnen vorgeschlagen, sie sollten sich Arbeit auf einem der Bauernhöfe suchen. Bauern würden immer Landarbeiter brauchen, sagt er. Die größeren Höfe hätten sogar Unterkünfte für Saisonarbeiter. Wenn nicht Erntezeit für Apfelsinen sei, dann für Äpfel; und wenn nicht Erntezeit für Äpfel, dann für Weintrauben. Estrella und seine Umgebung seien ein wahres Füllhorn. Wenn sie wollen, könne er sie zu einem Hof leiten, wo Freunde von ihm einst gearbeitet haben.

Er tauscht Blicke mit Inés. Sollten sie Juans Rat annehmen? Geld spielt keine Rolle, er hat eine Menge Geld bei sich, sie könnten ohne weiteres in einem Hotel unterkommen. Aber wenn die Behörden von Novilla sie wirklich verfolgen, dann wären sie vielleicht besser unter den namenlosen Durchreisenden aufgehoben.

»Ja«, sagt Inés. »Gehen wir zu diesem Bauernhof. Wir waren zu lange im Auto eingesperrt. Bolívar braucht Auslauf.«

»Ich bin auch dieser Meinung«, sagt er, Simón. »Ein Bauernhof ist jedoch kein Ferienlager. Bist du bereit, Inés, den ganzen Tag bei heißem Sonnenschein Obst zu pflücken?«

»Ich werde meinen Teil tun«, sagt Inés. »Nicht weniger, nicht mehr.«

»Kann ich auch Obst pflücken?«, fragt der Junge.

»Leider nein, du nicht«, sagt Juan. »Das wäre gegen das Gesetz. Das wäre Kinderarbeit.«

»Mir macht Kinderarbeit nichts aus«, sagt der Junge.

»Der Bauer wird dich sicher Obst pflücken lassen«, sagt er, Simón. »Aber nicht zu viel. Nicht so viel, dass es Arbeit wird.«

Sie fahren durch Estrella, immer auf der Hauptstraße. Juan zeigt ihnen den Marktplatz, die Verwaltungsgebäude, das bescheidene Museum mit Kunstgalerie. Sie kommen über eine Brücke, lassen die Stadt hinter sich und folgen dem Flusslauf, bis sie ein beeindruckendes Haus auf der Anhöhe erblicken. »Das ist der Bauernhof, an den ich gedacht habe«, sagt Juan. »Dort haben meine Freunde Arbeit gefunden. Das *refugio* ist dahinter. Es wirkt trist, ist aber eigentlich recht bequem.«

Das *refugio* besteht aus zwei langen Zinkblechschuppen, die ein überdachter Gang verbindet; auf der einen

Seite befinden sich sanitäre Anlagen. Er parkt das Auto. Keiner kommt, um sie zu begrüßen, außer einem ergrauten, steifbeinigen Hund, der sie, von seiner Kette zurückgehalten, anknurrt und gelbe Fänge fletscht.

Bolívar streckt sich und gleitet aus dem Auto. Aus einiger Entfernung nimmt er den fremden Hund in Augenschein und beschließt dann, ihn zu ignorieren.

Der Junge rennt in die Schuppen, taucht wieder auf. »Da sind Doppelstockbetten!«, schreit er. »Kann ich oben schlafen? Bitte!«

Jetzt taucht eine mollige Frau mit einer roten Schürze über einem weiten Baumwollkleid hinter dem Bauernhaus auf und kommt den Weg zu ihnen heruntergewatschelt. »Guten Tag, guten Tag!«, ruft sie. Sie mustert das vollgepackte Auto. »Ihr kommt wohl von weither?«

»Ja, von weither. Wir fragen uns, ob Sie vielleicht noch Helfer gebrauchen können.«

»Wir können immer noch Helfer gebrauchen. Viele Hände machen der Arbeit schnell ein Ende – sagt man nicht so?«

»Es sind nur wir beide, meine Frau und ich. Unser Freund hier hat anderweitige Verpflichtungen. Das ist unser Junge, er heißt David. Und das ist Bolívar. Gibt es auch einen Platz für Bolívar? Er gehört zur Familie. Ohne ihn gehen wir nirgendwohin.«

»Bolívar ist sein richtiger Name«, sagt der Junge. »Es ist ein Schäferhund.«

»Bolívar. Das ist ein schöner Name«, sagt die Frau. »Ungewöhnlich. Ich bin sicher, dass es einen Platz für ihn geben wird, solange er sich anständig benimmt und mit Futterresten zufrieden ist und keine Kämpfe anfängt oder die Hühner jagt. Die Arbeiter sind jetzt in den Obstplantagen, aber ich kann euch die Unterkünfte zeigen. Auf der linken Seite die Herren, auf der rechten die Damen. Familienzimmer gibt es leider nicht.«

»Ich gehe auf die Herrenseite«, sagt der Junge. »Simón sagt, ich kann oben schlafen. Simón ist nicht mein Vater.«

»Mach, was du willst, junger Mann. Es ist reichlich Platz. Die anderen kommen dann -«

»Simón ist nicht mein richtiger Vater und David ist nicht mein richtiger Name. Willst du meinen richtigen Namen wissen?«

Die Frau wirft Inés einen fragenden Blick zu, doch Inés tut so, als merke sie es nicht.

»Wir haben im Auto ein Spiel gespielt«, schaltet er, Simón, sich ein. »Um uns die Zeit zu vertreiben. Wir haben neue Namen für uns ausprobiert.«

Die Frau zuckt mit den Schultern. »Die anderen werden bald zum Mittagessen zurück sein, dann könnt ihr euch bekannt machen. Der Lohn ist zwanzig Reales pro Tag, für Männer und Frauen gleich. Der Tag dauert von Sonnenauf- bis -untergang, mit zwei Stunden Mittagspause. Am siebten Tag ruhen wir. Das ist die natürliche Ordnung, der wir folgen. Was die Mahlzeiten angeht, so stellen wir die Lebensmittel bereit und ihr kocht. Seid ihr mit den Bedingungen zufrieden? Glaubt ihr, dass ihr zurechtkommt? Wart ihr schon mal bei der Obsternte dabei? Nein? Das werdet ihr schnell lernen, es ist keine große Kunst. Habt ihr Hüte? Ihr werdet Hüte brauchen, die Sonne kann ziemlich stark sein. Was soll ich euch noch sagen? Ihr findet mich immer im großen Haus. Ich heiße Roberta.«

»Roberta, angenehm. Ich heiße Simón und das ist Inés

und das Juan, der uns hierhergeführt hat und den ich dann in die Stadt zurückfahre.«

»Willkommen auf dem Hof. Wir werden bestimmt gut miteinander auskommen. Gut, dass ihr ein eigenes Auto habt.«

»Es hat uns über eine weite Strecke treu gedient. Ein zuverlässiges Auto. Mehr als das kann man nicht von einem Auto verlangen, Zuverlässigkeit.«

Als sie das Auto ausgeladen haben, kommen die Arbeiter nach und nach von den Obstplantagen zurück. Man macht sich bekannt, sie werden zum Essen eingeladen, auch Juan: selbst gebackenes Brot, Käse und Oliven, große Schüsseln mit Obst. Ihre Arbeitskameraden sind an die zwanzig Personen, einschließlich einer Familie mit fünf Kindern, die David vorsichtig von seiner Seite des Tisches aus mustert.

Bevor er Juan nach Estrella zurückbringt, kann er kurz mit Inés allein reden. »Was denkst du?«, murmelt er. »Sollen wir bleiben?«

»Es scheint ein guter Ort zu sein. Ich bin bereit, hier zu bleiben, während wir uns umschauen. Aber wir müssen einen Plan haben. Ich bin nicht so weit gefahren, um mich dauerhaft auf ein Leben als einfache Landarbeiterin einzulassen.«

Er hat das mit Inés schon einmal besprochen. Wenn sie polizeilich gesucht werden, dann sollten sie vorsichtig sein. Doch werden sie denn gesucht? Haben sie Grund, eine Verfolgung zu befürchten? Hat die Polizei genügend Ressourcen, dass sie Beamte in die entlegensten Winkel des Landes schicken kann, um einen sechsjährigen Schulschwänzer aufzuspüren? Spielt es für die Behörden in Novilla eine so große Rolle, ob ein Kind zur

Schule geht oder nicht, solange es nicht als Analphabet aufwächst? Er, Simón, bezweifelt das. Andererseits, wenn nun nicht nach dem kleinen Schulschwänzer gefahndet wird, sondern nach dem Paar, das sich fälschlich als seine Eltern ausgibt und ihn von der Schule fernhält? Wenn eigentlich nach ihm und Inés gefahndet wird, statt nach dem Jungen, sollten sie sich dann nicht unauffällig verhalten, bis ihre Verfolger erschöpft die Jagd aufgeben?

»Eine Woche«, schlägt er vor. »Lass uns eine Woche als Erntehelfer arbeiten. Dann können wir neu überlegen.«

Er fährt nach Estrella und bringt Juan zu seinen Freunden, die eine Druckerei betreiben. Wieder auf dem Bauernhof angekommen, erkundet er mit Inés und dem Jungen die neue Umgebung. Sie besichtigen die Obstplantagen und werden mit den Geheimnissen der Gartenschere und des Okuliermessers vertraut gemacht. David wird von ihrer Seite weggelockt und verschwindet mit den anderen Kindern, wer weiß, wohin. Zur Abendbrotzeit taucht er mit Kratzern an Armen und Beinen wieder auf. Sie seien auf Bäume geklettert, sagt er. Inés will die Kratzer mit Jod behandeln, doch er sträubt sich. Sie gehen zeitig zu Bett, wie alle anderen auch, David in sein gewünschtes oberes Bett.

Als am nächsten Morgen der Lastwagen ankommt, haben er und Inés schon in aller Eile gefrühstückt. David reibt sich noch den Schlaf aus den Augen und kommt nicht mit ihnen. Mit ihren neuen Arbeitskameraden klettern sie auf den Wagen und werden zu den Weinbergen gefahren; dem Beispiel ihrer Kameraden folgend, nehmen er und Inés Körbe auf den Rücken und machen sich an die Arbeit.

Während sie arbeiten, können die Kinder tun, was sie wollen. Angeführt vom ältesten der fünf Geschwister, einem hochgewachsenen, dünnen Jungen, der Bengi heißt und einen dichten schwarzen Lockenschopf hat, rennen sie hinauf zum Reservoir, das die Weinberge bewässert. Die Enten, die dort herumschwimmen, fliehen erschrocken, alle außer einem Entenpaar mit noch fluguntüchtigen Jungen, das seine Brut zum gegenüberliegenden Ufer treibt und so zu entkommen versucht. Sie sind zu langsam – die johlenden Kinder fangen sie ab und zwingen sie zurück auf die Wassermitte. Bengi fängt an, mit Steinen zu werfen; die Jüngeren tun es ihm nach. Da die Vögel nicht fliehen können, schwimmen sie laut schnatternd im Kreis. Ein Stein trifft den farbenprächtigeren Erpel. Er hebt sich halb aus dem Wasser, fällt zurück und platscht herum, einen beschädigten Flügel hinter sich herziehend. Bengi stößt einen Triumphschrei aus. Der Hagel aus Steinen und Erdklumpen verdoppelt sich.

Er und Inés lauschen unruhig dem Lärm; die anderen Pflücker beachten ihn nicht. »Was da wohl vor sich geht?«, fragt Inés. »Glaubst du, David passiert nichts?«

Er lässt seinen Korb fallen, erklettert den Hügel, kommt rechtzeitig am Reservoir an, um zu sehen, wie David den älteren Jungen so heftig schubst, dass der wankt und beinahe hinfällt. »Hör auf damit!«, hört er ihn rufen.

Der Junge starrt seinen Angreifer erstaunt an, wendet sich dann ab und schleudert noch einen Stein auf die Enten.

Nun stürzt sich David mit Schuhen und allen Sachen ins Wasser und arbeitet sich Wasser spritzend in Richtung der Enten vor.

»David!«, ruft er, Simón. Der Junge beachtet ihn nicht.

Inés unten im Weinberg lässt ihren Korb fallen und rennt los. Seit er ihr vor einem Jahr beim Tennisspielen zugesehen hat, hat er nicht mehr erlebt, dass sie sich körperlich angestrengt hat. Sie ist langsam; sie hat zugenommen.

Wie aus dem Nichts taucht der große Hund auf und schießt pfeilschnell an ihr vorbei. Innerhalb weniger Augenblicke ist er ins Wasser gesprungen und bei David angelangt, hat sein Hemd mit den Zähnen gepackt und zerrt das um sich schlagende, protestierende Kind zum Ufer.

Inés kommt an. Der Hund lässt sich fallen, sieht sie an und wartet mit gespitzten Ohren auf ein Zeichen, während David in seinen nassen Sachen heult und ihn mit den Fäusten bearbeitet. »Ich hasse dich, Bolívar!«, schreit er. »Der Junge da hat mit Steinen geworfen, Inés! Er wollte die Ente töten!«

Er, Simón, hebt das sich wehrende Kind hoch. »Beruhige dich, beruhige dich«, sagt er. »Der Erpel ist nicht tot – schau mal –, er hat nur was abbekommen. Er wird sich bald erholen. Ich glaube, ihr Kinder solltet jetzt alle hier verschwinden, damit die Enten sich beruhigen und ihr Leben fortführen können. Und du sollst nicht sagen, dass du Bolívar hasst. Du liebst Bolívar, wir alle wissen das, und Bolívar liebt dich. Er hat geglaubt, dass du ertrinkst. Er hat dich zu retten versucht.«

Zornig windet sich David aus seinen Armen. »Ich wollte den Erpel retten«, sagt er. »Ich habe Bolívar nicht gerufen. Bolívar ist dumm. Er ist ein dummer Hund. Jetzt musst *du* ihn retten, Simón. Los, rette ihn!«

Er, Simón, zieht Schuhe und Hemd aus. »Weil du

darauf bestehst, werde ich es versuchen. Ich möchte dich jedoch darauf hinweisen, dass die Vorstellung einer Ente vom Gerettetwerden eine andere sein kann als deine. Wahrscheinlich bedeutet das für sie, von Menschen in Ruhe gelassen zu werden.«

Inzwischen sind noch andere Traubenpflücker angekommen. »Bleiben Sie hier – ich mache das«, bietet ein jüngerer Mann an.

»Nein. Das ist freundlich von Ihnen, aber ich tue es für mein Kind.« Er zieht die Hosen aus und watet in Unterhosen in das braune Wasser. Mit kaum einem Spritzer taucht der Hund neben ihm auf. »Verschwinde, Bolívar«, murmelt er. »Ich muss nicht gerettet werden.«

Die Traubenpflücker stehen zusammengedrängt am Ufer und sehen zu, wie der nicht mehr junge Herr mit dem Körper, der nicht mehr ganz so straff ist wie zu seinen Zeiten als Schauermann, sich anschickt zu tun, was sein Kind ihm befiehlt.

Das Wasser ist nicht tief. Sogar an der tiefsten Stelle reicht es ihm nicht über die Brust. Doch er kann auf dem schlammigen Grund kaum gehen. Es ist ein aussichtsloses Unterfangen, den Erpel mit dem gebrochenen Flügel zu erwischen, der jetzt auf der Wasseroberfläche wild herumwirbelt, ganz zu schweigen von der Entenmutter, die inzwischen das jenseitige Ufer erreicht hat und, gefolgt von ihrer Brut, ins Gestrüpp verschwunden ist.

Bolívar erledigt das für ihn. Wie ein Geist an ihm vorbeigleitend, nur den Kopf übers Wasser gehoben, spürt er den verletzten Vogel auf, schließt die Kiefer wie einen Schraubstock über dem herabhängenden Flügel und zerrt ihn zum Ufer. Zuerst gibt es aufgeregten Widerstand, Flügelschlagen und Gespritz; dann scheint der Vogel ganz plötzlich aufzugeben und sein Schicksal zu akzeptieren. Als er, Simón, dann aus dem Wasser kommt, ist der Erpel in den Armen des jungen Mannes, der ihm angeboten hatte, die Sache zu übernehmen, und wird von den Kindern neugierig betrachtet.

Obwohl die Sonne noch ein gutes Stück über dem Horizont steht, wärmt sie ihn kaum. Fröstelnd zieht er sich an.

Bengi, der den Stein geworfen und damit den ganzen Ärger verursacht hat, streicht dem vollkommen apathischen Vogel über den Kopf.

»Sag ihm, dass es dir leidtut«, fordert ihn der junge Mann auf.

»Es tut mir leid«, murmelt Bengi. »Können wir den Flügel richten? Können wir ihn schienen?«

Der junge Mann schüttelt den Kopf. »Es ist ein wild lebendes Tier«, sagt er. »Es wird sich keine Schiene anlegen lassen. Es ist schon gut. Das Tier ist zum Sterben bereit, hat es akzeptiert. Sieh mal. Sieh dir seine Augen an. Es ist schon tot.«

»Der Erpel kann in meinem Bett bleiben«, sagt Bengi. »Ich füttere ihn, bis es ihm bessergeht.«

»Dreh dich um«, sagt der junge Mann.

Bengi begreift nicht.

»Dreh dich um«, sagt der junge Mann.

Simón flüstert Inés, die inzwischen den Jungen abtrocknet, zu: »Lass ihn nicht hinsehen.«

Sie drückt den Kopf des Jungen in ihre Röcke. Er sträubt sich, doch sie lässt nicht locker.

Der junge Mann klemmt den Vogel zwischen seine Knie. Eine kurze Bewegung, und es ist getan. Der Kopf baumelt unnatürlich; über die Augen des Tiers zieht sich ein Schleier. Den gefiederten Kadaver reicht er Bengi. »Geh ihn begraben«, befiehlt er. »Los.«

Inés gibt den Jungen frei. »Begleite deinen Freund«, sagt Simón zu ihm. »Hilf ihm, den Vogel zu begraben. Sorge dafür, dass er es ordentlich macht.«

Später sucht der Junge sie zwischen den Weinstöcken auf, wo sie arbeiten.

»Nun: habt ihr den armen Erpel begraben?«, fragt er.

Der Junge schüttelt den Kopf. »Wir konnten kein Loch für ihn graben. Wir hatten keinen Spaten. Bengi hat ihn im Gebüsch versteckt.«

»Das ist nicht schön. Wenn ich für heute mit der Arbeit fertig bin, werde ich ihn begraben. Du kannst mir die Stelle zeigen.«

»Warum hat er das getan?«

»Warum hat der junge Mann ihn von seinem Leiden erlöst? Ich hab's dir gesagt. Weil er mit einem gebrochenen Flügel hilflos gewesen wäre. Er hätte die Nahrung verweigert. Er wäre kläglich verendet.«

»Nein, ich meine, warum hat Bengi das getan?«

»Ich bin sicher, dass er nichts Böses im Sinn hatte. Er hat nur Steine geworfen, und eins hat zum anderen geführt.«

»Werden die kleinen Entchen auch sterben?«

»Natürlich nicht. Sie haben eine Mutter, die sich um sie kümmert.«

»Aber wer wird ihnen Milch geben?«

»Vögel sind nicht wie wir. Sie trinken keine Milch. Und es sind sowieso die Mütter, die Milch geben, nicht die Väter.«

»Werden sie einen *padrino* finden?«

»Das glaube ich nicht. Ich glaube nicht, dass es bei

Vögeln *padrinos* gibt, wie es auch keine Milch gibt. *Padrinos* sind eine menschliche Institution.«

»Es tut ihm nicht leid. Bengi. Er sagt, es tut ihm leid, aber es tut ihm nicht wirklich leid.«

»Warum denkst du das?«

»Weil er die Ente töten wollte.«

»Der Meinung bin ich nicht, mein Junge. Ich glaube nicht, dass er wusste, was er tat, nicht in vollem Umfang. Er hat einfach Steine geworfen, wie Jungen eben Steine werfen. Im Grunde seines Herzens wollte er niemanden töten. Hinterher, als er gesehen hat, was für ein schönes Tier der Vogel war, als er gesehen hat, was er Furchtbares getan hat, hat er es bereut und es hat ihm leidgetan.«

»Es hat ihm nicht wirklich leidgetan. Das hat er mir gesagt.«

»Wenn es ihm jetzt nicht leidtut, dann wird es ihm bald leid tun. Sein Gewissen wird ihm keine Ruhe geben. So sind wir Menschen. Wenn wir etwas Schlechtes tun, bringt uns das keine Freude. Dafür sorgt unser Gewissen.«

»Aber er hat gestrahlt! Das habe ich gesehen! Er hat gestrahlt und Steine geschleudert, so wild er konnte! Er wollte sie alle töten!«

»Ich weiß nicht, was du mit strahlen meinst, aber selbst wenn er gestrahlt hat, selbst wenn er Steine geschleudert hat, beweist das nicht, dass er sie im Grunde seines Herzens töten wollte. Wir können die Folgen unserer Taten nicht immer voraussehen – besonders wenn wir jung sind. Vergiss nicht, dass er angeboten hat, den Vogel mit dem gebrochenen Flügel zu pflegen, ihn in seinem Bett unterzubringen. Was konnte er mehr tun? Den Stein, den er geworfen hatte, ungeworfen machen?

Das kann keiner. Man kann die Vergangenheit nicht ungeschehen machen. Getan ist getan.«

»Er hat ihn nicht begraben. Er hat ihn einfach ins Gebüsch geworfen.«

»Das tut mir leid. Aber der Erpel ist tot. Wir können ihn nicht wieder lebendig machen. Du und ich werden ihn begraben, sobald die Arbeit für heute beendet ist.«

»Ich wollte ihn küssen, aber Bengi hat mich nicht gelassen. Er hat gesagt, er wäre schmutzig. Aber ich habe ihn trotzdem geküsst. Ich bin ins Gebüsch rein und habe ihn geküsst.«

»Das ist gut. Ich freue mich darüber. Zu wissen, dass ihn jemand geliebt und geküsst hat, nachdem er gestorben war, wird ihm viel bedeuten. Es wird ihm auch viel bedeuten, dass er ein anständiges Begräbnis hatte.«

»Du kannst ihn begraben. Ich will ihn nicht begraben.«

»Also gut, ich werde es tun. Und wenn wir morgen kommen und das Grab leer finden und die ganze Entenfamilie im Stausee schwimmen sehen, Vater und Mutter und Entenküken, und es fehlt keiner, dann wissen wir, dass Küssen funktioniert, dass Küssen einen von den Toten erwecken kann. Aber wenn wir ihn nicht sehen, wenn wir die Entenfamilie nicht sehen -«

»Ich will nicht, dass sie zurückkommen. Wenn sie zurückkommen, wird Bengi nur wieder Steine nach ihnen werfen. Es tut ihm nicht leid. Er tut nur so. Ich *weiß*, dass er nur so tut, aber du willst mir nicht glauben. Du glaubst mir nie.«

Ein Spaten oder eine Spitzhacke ist nirgends aufzutreiben, deshalb leiht er sich ein Montiereisen aus dem Laster. Der Junge führt ihn dahin, wo der Kadaver im

Gebüsch liegt. Das Federkleid hat schon seinen Glanz verloren und Ameisen haben die Augen befallen. Mit dem Eisen hackt er ein Loch in den harten Boden. Es ist nicht tief genug, er kann nicht so tun, als sei das ein anständiges Begräbnis, doch er wirft den toten Vogel trotzdem hinein und bedeckt ihn. Ein Schwimmfuß ragt steif heraus. Er sammelt Steine auf und legt sie über das Grab. »Bitte«, sagt er zum Jungen, »mehr kann ich nicht tun.«

Als sie die Stelle am Morgen darauf aufsuchen, sind die Steine verstreut und der Erpel ist verschwunden. Überall sind Federn. Sie suchen, finden aber nichts außer dem Kopf mit seinen leeren Augenhöhlen und einen Fuß. »Tut mir leid«, sagt er und marschiert davon, um sich der Arbeitsbrigade anzuschließen.

Zwei

Noch zwei Tage, dann ist die Weinlese beendet; der Laster hat die letzten vollen Behälter weggebracht.

»Wer wird die ganzen Weintrauben essen?«, fragt David.

»Sie werden nicht gegessen. Sie werden in einer Weinpresse zerquetscht, und aus dem Saft wird Wein gemacht.«

»Ich mag Wein nicht«, sagt David. »Er ist sauer.«

»Wein ist gewöhnungsbedürftig. Wenn wir jung sind, mögen wir den Geschmack nicht, aber wenn wir älter sind, finden wir Gefallen an ihm.«

»Ich werde nie Gefallen an ihm finden.«

»Das behauptest du. Warten wir's ab.«

Nachdem sie die Weinberge abgeerntet haben, gehen sie weiter zu den Olivenhainen, wo sie Netze ausbreiten und lange Haken benutzen, um die Oliven herunterzuholen. Die Arbeit ist anstrengender als die Weinlese. Er sehnt die Mittagspausen herbei; die Hitze der langen Nachmittage findet er schwer erträglich und macht oft eine Pause, um etwas zu trinken oder einfach wieder Kraft zu sammeln. Er kann nicht glauben, dass er erst vor ein paar Monaten im Hafen als Schauermann gearbeitet und schwere Lasten getragen hat und dabei kaum ins Schwitzen gekommen war. Sein Rücken und die Arme haben ihre alte Stärke verloren, sein Herz schlägt träge, die Rippe, die er sich gebrochen hatte, bereitet ihm Schmerzen.

Von Inés hatte er Klagen und Murren erwartet, so ungewohnt ihr körperliche Arbeit ist. Doch nein: Sie arbeitet den ganzen Tag an seiner Seite, freudlos, aber ohne zu mucken. Sie muss nicht daran erinnert werden, dass sie es war, die beschlossen hat, dass sie aus Novilla fliehen und als Zigeuner leben sollten. Nun hat sie herausgefunden, wie Zigeuner leben – indem sie von Sonnenauf- bis -untergang auf den Feldern anderer Leute schuften, und das alles für das tägliche Brot und ein paar Reales in der Tasche.

Aber wenigstens hat der Junge eine gute Zeit, der Junge, um dessentwillen sie aus der Stadt geflohen sind. Nach einer kurzen hochnäsigen Entfremdung hat er sich wieder Bengi und seiner Meute angeschlossen – er hat sogar, wie es scheint, die Führerschaft übernommen. Denn er, und nicht Bengi, gibt jetzt die Befehle, und Bengi und die anderen befolgen sie widerstandslos.

Bengi hat drei jüngere Schwestern. Sie tragen identische Baumwollkittel und haben das Haar mit identischen roten Bändern zu identischen Pferdeschwänzen gebunden; sie machen alle Spiele der Jungen mit. Auf seiner Schule in Novilla wollte David nichts mit Mädchen zu schaffen haben. »Die flüstern und kichern die ganze Zeit«, hat er zu Inés gesagt. »Sie sind doof.« Jetzt spielt er zum ersten Mal mit Mädchen und scheint sie überhaupt nicht doof zu finden. Er hat ein Spiel erfunden, das darin besteht, auf das Dach eines Schuppens neben dem Olivenhain zu klettern und von dort auf einen praktischerweise vorhandenen Sandhaufen hinunterzuspringen. Manchmal springen er und die jüngste der Schwestern Hand in Hand und purzeln in einem Gewirr von Armen und Beinen herum. Dann stehen sie wiehernd vor Lachen wieder auf.

Das kleine Mädchen, das Florita heißt, folgt David überall hin; er tut nichts, um sie davon abzubringen.

Während der Mittagspause neckt sie eine der Olivenpflückerinnen. »Ich sehe, du hast einen *novio*«, sagt sie. Florita schaut sie ernst an. Vielleicht kennt sie das Wort nicht. »Wie heißt er denn? Wie heißt denn dein *novio*?« Florita wird rot und läuft weg.

Wenn die Mädchen vom Dach springen, öffnen sich ihre Kittel wie Blumenblätter und zeigen identische rosafarbene Höschen.

Es sind noch reichlich Weintrauben von der Ernte übrig geblieben, ganze Körbe davon. Die Kinder stopfen sich den Mund voll; ihre Hände und Gesichter sind klebrig vom süßen Saft. Nur bei David nicht, der eine Beere nach der anderen isst, die Kerne ausspuckt und sich hinterher sorgfältig die Hände wäscht.

»Auf alle Fälle können sich die anderen bei ihm gutes Benehmen abgucken«, bemerkt Inés. *Mein Junge*, möchte sie hinzufügen – er, Simón, sieht das –, *mein kluger, wohlerzogener Junge. So ganz anders als diese Gassenkinder.*

»Er entwickelt sich schnell«, gibt er zu. »Vielleicht zu schnell. Manchmal finde ich sein Benehmen ein bisschen zu« – er zögert bei dem Wort – »zu *gebieterisch*, zu dominant. So kommt es mir jedenfalls vor.«

»Er ist ein Junge. Er hat einen starken Charakter.«

Das Zigeunerleben ist wahrscheinlich nichts für Inés und ganz bestimmt nichts für ihn, doch für den Jungen ist es genau das Richtige. Noch nie hat er ihn so unternehmungslustig gesehen, so voller Energie. Er wacht früh auf, isst mit unbändigem Appetit, rennt den ganzen Tag mit seinen Freunden herum. Inés versucht, ihn dazu zu bringen, eine Mütze aufzusetzen, doch die Mütze ist bald verloren und wird nie wiedergefunden. War er früher ein wenig blass, so ist er jetzt braun wie eine Haselnuss.

Nicht die kleine Florita steht ihm am nächsten, sondern ihre Schwester Maite. Maite ist sieben, ein paar Monate älter als er. Sie ist die hübscheste der drei Schwestern und die mit der nachdenklichsten Veranlagung.

Eines Abends vertraut der Junge Inés an: »Maite will, dass ich ihr meinen Penis zeige.«

»Und?«, sagt Inés.

»Sie sagt, wenn ich ihr meinen Penis zeige, dann zeigt sie mir ihr Ding.«

»Du solltest mehr mit Bengi spielen«, sagt Inés. »Du solltest nicht die ganze Zeit mit Mädchen spielen.«

»Wir haben nicht gespielt, wir haben miteinander geredet. Sie sagt, wenn ich meinen Penis in ihr Ding stecke, dann kriegt sie ein Baby. Stimmt das?«

»Nein, das stimmt nicht«, sagt Inés. »Jemand sollte dem Mädchen den Mund mit Seife auswaschen.«

»Sie sagt, dass Roberto in den Frauenraum kommt, wenn sie schlafen und seinen Penis in das Ding ihrer Mutter steckt.«

Inés wirft ihm, Simón, einen hilflosen Blick zu.

»Was Erwachsene tun, mag manchmal seltsam wirken«, schaltet er sich ein. »Wenn du älter bist, wirst du das besser verstehen.«

»Maite sagt, ihre Mutter lässt ihn einen Gummi auf seinen Penis tun, damit sie kein Baby bekommt.«

»Ja, das ist richtig, manche Leute machen das.«

»Tust du einen Gummi auf deinen Penis, Simón?«

Inés steht auf und geht hinaus.

»Ich? Einen Gummi? Nein, natürlich nicht.«

»Wenn du das nicht machst, kann Inés dann ein Baby bekommen?«

»Mein Junge, du sprichst vom Geschlechtsverkehr, und Geschlechtsverkehr ist etwas für Verheiratete. Inés und ich sind nicht verheiratet.«

»Aber du kannst Geschlechtsverkehr haben, selbst wenn du nicht verheiratet bist.«

»Das ist wahr, man kann Geschlechtsverkehr haben, wenn man nicht verheiratet ist. Aber Babys zu bekommen, wenn man nicht verheiratet ist, ist keine gute Idee. Ganz allgemein gesehen.«

»Warum? Weil die Babys dann *huérfano*-Babys sind?«

»Nein, ein Baby einer unverheirateten Mutter ist kein *huérfano*. Ein *huérfano* ist etwas ganz anderes. Wo hast du denn dieses Wort aufgelesen?«

»In Punta Arenas. Viele Jungen in Punta Arenas sind *huérfanos*. Bin ich ein *huérfano*?«

»Nein, natürlich nicht. Du hast eine Mutter. Inés ist deine Mutter. Ein *huérfano* ist ein Kind ohne Eltern.«

»Wo kommen denn *huérfanos* her, wenn sie keine Eltern haben?«

»Ein *huérfano* ist ein Kind, dessen Eltern gestorben sind und es auf der Welt allein gelassen haben. Oder manchmal hat die Mutter kein Geld für Essen und gibt es an andere Leute, damit sie für es sorgen. Für ihn oder für sie. Auf diese Weise wird man zum *huérfano*. Du bist kein *huérfano*. Du hast Inés. Du hast mich.«

»Aber du und Inés, ihr seid nicht meine richtigen Eltern, also bin ich ein *huérfano*.«

»David, du bist mit einem Schiff angekommen, genau wie ich, genau wie die Leute um uns, die Menschen, die nicht das Glück hatten, hier geboren zu sein. Sehr wahrscheinlich sind Bengi und seine Geschwister auch mit Schiffen angekommen. Wenn man mit einem Schiff übers Meer fährt, werden alle Erinnerungen weggewaschen, und man fängt ein völlig neues Leben an. So ist das. Es gibt kein Vorher. Es gibt keine Geschichte. Das Schiff legt im Hafen an und wir gehen den Landungssteg hinunter und wir werden ins Hier und Jetzt geworfen. Die Zeit beginnt. Die Uhr läuft. Du bist kein *huérfano*. Bengi ist kein *huérfano*.«

»Bengi wurde in Novilla geboren. Das hat er mir gesagt. Er ist nie auf einem Schiff gewesen.«

»Nun gut, wenn Bengi und seine Geschwister hier geboren wurden, dann beginnt ihre Geschichte hier, und sie sind keine *huérfanos*.«

»Ich kann mich an die Zeit erinnern, bevor ich auf dem Schiff war.«

»Das hast du mir schon gesagt. Es gibt eine Menge Leute, die behaupten, sie könnten sich an das Leben erinnern, das sie geführt haben, ehe sie über das Meer kamen. Aber es gibt ein Problem bei solchen Erinnerungen, und weil du klug bist, glaube ich, dass du das Problem begreifen kannst. Das Problem ist, dass wir nicht sagen können, ob die Erinnerungen dieser Menschen wahre Erinnerungen oder erfundene Erinnerungen sind. Weil sich manchmal erfundene Erinnerungen so wahr wie wahre Erinnerungen anfühlen können, besonders wenn wir *wollen*, dass die Erinnerung wahr ist. So könnte sich zum Beispiel jemand wünschen, ein König oder großer Herr gewesen zu sein, bevor er das

Meer überquerte, und er könnte es sich so sehr wünschen, dass er sich selbst davon überzeugt, er sei wirklich ein König oder großer Herr gewesen. Aber die Erinnerung ist wahrscheinlich keine wahre Erinnerung. Warum nicht? Weil König zu sein etwas Seltenes ist. Nur einer von einer Million wird König. Daher hat wahrscheinlich einer, der seiner Erinnerung nach König gewesen ist, nur eine Geschichte erfunden und dann vergessen, dass er sie erfunden hat. Und so ähnlich ist es mit anderen Erinnerungen. Wir können einfach nicht mit Bestimmtheit sagen, ob eine Erinnerung wahr oder falsch ist.«

»Aber bin ich aus Inés' Bauch gekommen?«

»Du zwingst mich dazu, mich zu wiederholen. Meine Antwort kann entweder sein: ›Ja, du bist aus Inés' Bauch gekommen‹ oder ›Nein, du bist nicht aus Inés' Bauch gekommen‹. Aber keine der Antworten bringt uns der Wahrheit näher. Warum nicht? Weil du dich, wie alle anderen auch, die auf den Schiffen hergekommen sind, nicht erinnern kannst und auch Inés kann sich nicht erinnern. Da es keine Erinnerung gibt, bleibt dir und bleibt ihr nichts anderes übrig, bleibt uns allen nichts anderes übrig, als Geschichten zu erfinden. Zum Beispiel kann ich dir erzählen, dass ich mich an meinem letzten Tag im anderen Leben in einer riesigen Menschenmenge befand, die alle auf die Einschiffung warteten. Und so groß war der Andrang, dass man Lotsen und Kapitäne im Ruhestand anrufen und sie auffordern musste, zum Hafen zu kommen und auszuhelfen. Und in dieser Menschenmenge, könnte ich sagen, habe ich dich und deine Mutter gesehen – mit meinen eigenen Augen. Deine Mutter hielt deine Hand fest und wirkte besorgt, wusste nicht, wohin. Dann, könnte ich sagen, habe ich euch beide in der Menge aus den Augen verloren. Als ich dann schließlich an der Reihe war, an Bord zu gehen, wen anders habe ich da gesehen als dich, wie du dich an ein Geländer geklammert hast und riefst: ›Mama, Mama, wo bist du?‹ Also bin ich zu dir hin und habe dich bei der Hand genommen und gesagt: ›Komm, kleiner Freund, ich werde dir helfen, deine Mutter zu finden.‹ Und so haben wir beide uns getroffen.

Das ist eine Geschichte, die ich erzählen könnte, wie ich meiner Erinnerung nach dich und deine Mutter zum ersten Mal gesehen habe.«

»Aber ist sie *wahr*? Ist es eine *wahre* Geschichte?«

»Ist sie wahr? Ich weiß es nicht. Für mich *fühlt* sie sich wahr an. Je öfter ich sie mir erzähle, desto wahrer fühlt sie sich an. Du fühlst dich wahr an, wie du das Geländer so fest umklammert hattest, dass ich deine Finger losmachen musste; die Menschenmenge im Hafen fühlt sich wahr an – hunderttausende Menschen, alle verloren, wie du, wie ich, mit leeren Händen und bangem Blick. Der Bus fühlt sich wahr an – der Bus, der die pensionierten Lotsen und Kapitäne zum Hafen brachte. Sie trugen die marineblauen Uniformen, die sie aus Schrankkoffern vom Dachboden geholt hatten und die noch nach Mottenpulver rochen. Das alles fühlt sich von Anfang bis Ende wahr an. Aber vielleicht fühlt es sich so wahr an, weil ich es so oft für mich wiederholt habe. Fühlt es sich für dich wahr an? Erinnerst du dich daran, wie du von deiner Mutter getrennt wurdest?«

»Nein.«

»Nein, natürlich nicht. Aber erinnerst du dich nicht daran, weil es nicht geschehen ist oder weil du es vergessen hast? Wir werden es nie mit Sicherheit wissen. So ist das nun einmal. Damit müssen wir leben.«

»Ich glaube, ich bin ein *huérfano*.«

»Und ich glaube, du sagst das nur, weil es dir romantisch vorkommt, ohne Eltern allein auf der Welt zu sein. Nun gut, ich möchte dir mitteilen, dass du in Inés die beste Mutter der Welt hast, und wenn du die beste Mutter der Welt hast, bist du bestimmt kein *huérfano*.«

»Wenn Inés ein Baby bekommt, ist es dann mein Bruder?«

»Dein Bruder oder deine Schwester. Aber Inés wird kein Baby bekommen, weil Inés und ich nicht verheiratet sind.«

»Wenn ich meinen Penis in Maites Ding stecke und sie ein Baby bekommt, ist es dann ein *huérfano*?«

»Nein. Maite wird überhaupt kein Baby bekommen. Ihr seid zu jung, um Babys zu machen, wie ihr auch zu jung seid, um zu verstehen, warum Erwachsene heiraten und Geschlechtsverkehr haben. Erwachsene heiraten, weil sie leidenschaftliche Gefühle füreinander haben, wie du und Maite sie nicht habt. Ihr könnt keine Leidenschaft empfinden, weil ihr noch zu jung seid. Nimm das als Tatsache und bitte mich nicht um eine Erklärung, warum das so ist. Leidenschaft kann nicht erklärt werden, man kann sie nur erfahren. Genauer gesagt, muss sie von innen erfahren werden, bevor sie von außen verstanden werden kann. Worum es geht, ist, dass du und Maite keinen Geschlechtsverkehr haben solltet, weil Geschlechtsverkehr ohne Leidenschaft sinnlos ist.«

»Aber ist es schlimm?«

»Nein, es ist nicht schlimm, es ist nur unklug, so etwas zu tun, unklug und leichtfertig. Weitere Fragen?«

»Maite sagt, sie will mich heiraten.«

»Und du? Willst du Maite heiraten?«

»Nein. Ich will nie heiraten.«

»Vielleicht änderst du ja deine Meinung darüber, wenn die Leidenschaften erwachen.«

»Werdet ihr, du und Inés, heiraten?«

Er antwortet nicht. Der Junge trottet zur Tür. »Inés!«, ruft er. »Werdet ihr, du und Simón, heiraten?«

»Still!«, lautet Inés' ärgerliche Antwort. Sie kommt wieder in die Schlafbaracke. »Genug geredet. Zeit für dich, ins Bett zu gehen.«

»Hast du Leidenschaften, Inés?«, fragt der Junge.

»Das geht dich nichts an«, sagt Inés.

»Warum willst du nie mit mir reden?«, fragt der Junge. »Simón redet mit mir.«

»Aber ich rede mit dir«, sagt Inés. »Nur nicht über Privatangelegenheiten. Putz dir jetzt die Zähne.«

»Ich werde keine Leidenschaften haben«, verkündet der Junge.

»Das sagst du heute«, sagt er, Simón. »Aber wenn du älter wirst, wirst du merken, dass Leidenschaften ein eigenes Leben haben. Jetzt putz dir schnell die Zähne, vielleicht liest dir dann deine Mutter eine Gutenachtgeschichte vor.«

Drei

Roberta, die sie am ersten Tag für die Eigentümerin der Farm gehalten haben, ist in Wirklichkeit eine Angestellte wie sie selbst, man hat sie eingestellt, damit sie die Arbeiter beaufsichtigt, sie mit Essensrationen versorgt und ihnen den Lohn auszahlt. Sie ist eine freundliche Person und wird von allen gemocht. Sie nimmt Anteil am Privatleben der Arbeiter und bringt den Kindern kleine Leckereien: Bonbons, Kekse, Limonade. Wie sie erfahren, gehört die Farm drei Schwestern, die weit und breit nur als die Drei Schwestern bekannt sind, inzwischen im vorgerückten Alter und kinderlos, die ihre Zeit zwischen der Farm und ihrem Wohnsitz in Estrella aufteilen.

Roberta führt ein langes Gespräch mit Inés. »Was haben Sie vor, um Ihrem Sohn eine Schulbildung zu verschaffen?«, fragt sie. »Ich sehe, dass er ein aufgeweckter Junge ist. Es wäre schade, wenn er wie Bengi enden würde, der nie eine richtige Schule besucht hat. Es ist nicht so, dass mit Bengi etwas nicht stimmt. Er ist ein netter Junge, doch er hat keine Zukunft. Er wird bloß Landarbeiter wie seine Eltern, und was ist das langfristig für ein Leben?«

»David ist in Novilla zur Schule gegangen«, sagt Inés. »Es war kein Erfolg. Er hatte keine guten Lehrer. Er ist ein von Natur aus kluges Kind. Das Tempo im Klassenzimmer war für ihn zu langsam. Wir mussten ihn aus der Schule nehmen und zu Hause unterrichten. Ich fürchte, wenn wir ihn hier in die Schule bringen, wird er dasselbe erleben.«

Inés' Bericht von ihren Auseinandersetzungen mit dem Schulsystem in Novilla entspricht nicht ganz der Wahrheit. Er war mit Inés übereingekommen, nichts von ihren Verstrickungen mit den Behörden in Novilla verlauten zu lassen; doch offenbar hat Inés keine Bedenken, sich der älteren Frau anzuvertrauen, und er schaltet sich nicht ein.

»Will er denn zur Schule gehen?«, fragt Roberta.

»Nein, will er nicht, nicht nach seinen Erfahrungen in Novilla. Er ist hier auf der Farm vollkommen glücklich. Er liebt die Freiheit.«

»Es ist ein wunderbares Leben für ein Kind, aber die Ernte ist ja bald vorbei. Und auf einer Farm ungezügelt herumzulaufen ist keine Vorbereitung auf die Zukunft. Haben Sie schon mal an einen Privatlehrer gedacht? Oder an eine Akademie? Eine Akademie ist nicht wie eine normale Schule. Vielleicht würde eine Akademie für ein Kind wie ihn geeignet sein.«

Inés schweigt. Er, Simón, meldet sich zum ersten Mal zu Wort. »Wir können uns einen Privatlehrer nicht leisten. Was nun Akademien angeht, so hat es in Novilla keine gegeben. Wenigstens hat sie keiner erwähnt. Was genau ist eine Akademie? Denn wenn es nur ein hochtrabender Name für eine Schule für schwierige Kinder ist, Kinder mit eigenen Vorstellungen, dann wären wir nicht daran interessiert – oder, Inés?«

Inés schüttelt den Kopf.

»In Estrella gibt es zwei Akademien«, sagt Roberta.

»Sie sind ganz und gar nicht für schwierige Kinder. Die eine ist die Singakademie und die andere die Tanzakademie. Es gibt auch noch die Atom-Schule; aber die ist für ältere Kinder.«

»David singt gern. Er hat eine gute Stimme. Aber was passiert in diesen Akademien noch außer Singen und Tanzen? Gibt es richtigen Unterricht? Und nehmen sie so junge Kinder auf?«

»Ich bin keine Schulexpertin, Inés. Alle mir bekannten Familien in Estrella schicken ihre Kinder in normale Schulen. Aber ich bin sicher, dass man auf den Akademien die Hauptfächer unterrichtet – nämlich Lesen und Schreiben und so weiter. Ich kann die Schwestern fragen, wenn Sie möchten.«

»Was ist mit der Atom-Schule?«, fragt er. »Was unterrichten sie dort?«

»Der Unterricht handelt von Atomen. Sie beobachten die Atome durch ein Mikroskop bei dem, was Atome so tun. Mehr weiß ich nicht.«

Er wechselt Blicke mit Inés. »Wir werden uns die Akademien als eine Möglichkeit merken«, sagt er. »Einstweilen sind wir völlig zufrieden mit dem Leben, das wir hier auf der Farm führen. Glauben Sie, dass wir nach Ernteschluss hierbleiben können, wenn wir den Schwestern eine kleine Miete anbieten? Sonst müssten wir die ganze Prozedur durchmachen, uns bei der Asistencia anmelden, auf Arbeits- und Wohnungssuche gehen, und ich glaube, dazu sind wir nicht bereit, noch nicht – was meinst du, Inés?«

Inés schüttelt den Kopf.

»Ich will mit den Schwestern sprechen«, sagt Roberta. »Ich will mit Señora Consuelo sprechen. Sie ist die Praktischste. Wenn sie sagt, Sie können auf der Farm bleiben, dann können Sie vielleicht Señor Robles einmal anrufen. Er bietet Privatunterricht an und verlangt nicht viel dafür. Er tut es aus Liebe.«

»Wer ist Señor Robles?«

»Das ist der für den Bezirk zuständige Ingenieur für Wasserwirtschaft. Er wohnt ein paar Kilometer weiter oben im Tal.«

»Aber warum sollte ein Ingenieur für Wasserwirtschaft Privatunterricht geben?«

»Er macht alles Mögliche außer seiner Tätigkeit als Ingenieur. Er ist ein vielseitig talentierter Mann. Er schreibt eine Geschichte der Besiedlung des Tales.«

»Eine Geschichte. Ich wusste nicht, dass Orte wie Estrella eine Geschichte haben. Wenn Sie uns eine Telefonnummer geben, werde ich mich mit Señor Robles in Verbindung setzen. Und werden Sie daran denken, mit Señora Consuelo zu sprechen?«

»Das werde ich. Ich bin sicher, dass sie nichts dagegen haben wird, wenn Sie hierbleiben, während Sie sich nach etwas Dauerhafterem umsehen. Sie müssen sich danach sehnen, in ein eigenes Zuhause zu ziehen.«

»Eigentlich nicht. Wir sind zufrieden mit den Verhältnissen, wie sie sind. Für uns bedeutet es noch ein Abenteuer, wie die Zigeuner zu leben – nicht wahr, Inés?«

Inés nickt.

»Und der Junge ist auch zufrieden. Er lernt etwas über das Leben, selbst wenn er nicht zur Schule geht. Kann ich irgendwelche Arbeiten auf der Farm übernehmen, um mich für Ihre Freundlichkeit erkenntlich zu zeigen?«

»Natürlich. Es gibt immer das eine oder andere zu

tun.« Roberta macht eine nachdenkliche Pause. »Noch etwas. Wie Sie sicher wissen, ist dies das Jahr der Volkszählung. Die damit beauftragten Beamten sind sehr gewissenhaft. Sie kommen zu jeder Farm, sogar zu den entlegensten. Wenn Sie sich also vor der Volkszählung drücken wollen – und ich behaupte nicht, dass es so ist –, dann wird Ihnen das nicht gelingen, indem Sie hierbleiben.«

»Wir wollen uns vor nichts drücken«, sagt er, Simón. »Wir sind keine Flüchtlinge. Wir wollen nur das Beste für das Kind.«

Am nächsten Tag kommt am späten Nachmittag ein Laster auf die Farm gefahren und ein beleibter Mann mit kräftiger Gesichtsfarbe steigt aus. Er wird von Roberta begrüßt, die ihn zur Schlafbaracke führt. »Señor Simón, Señora Inés, das ist Señor Robles. Ich lasse euch drei allein, um eure Angelegenheit zu besprechen.«

Ihre Unterredung ist kurz. Señor Robles liebt Kinder, wie er ihnen mitteilt, und kommt gut mit ihnen aus. Er wird den jungen David, von dem er außerordentlich Lobendes von Señora Roberta gehört hat, gern in die Grundlagen der Mathematik einführen. Wenn sie zustimmen, wird er zweimal wöchentlich zur Farm kommen, um den Jungen zu unterrichten. Bezahlung in irgendeiner Form werde er nicht annehmen. Es sei Belohnung genug, Umgang mit einem aufgeweckten jungen Geist zu haben. Er selbst habe leider keine Kinder. Da seine Frau verstorben sei, sei er allein auf der Welt. Wenn unter den Kindern der anderen Obstpflücker welche seien, die sich David gern anschließen würden, dann seien sie willkommen. Und die Eltern, Señora Inés und

Señor Simón, dürften auch dabei sein – das verstünde sich von selbst.

»Und Sie würden es nicht langweilig finden, die Grundrechenarten zu unterrichten?«, fragt er, Señor Simón, der Vater.

»Natürlich nicht«, sagt Señor Robles. »Für einen echten Mathematiker sind die Grundlagen der Wissenschaft der interessanteste Teil, und einem jungen Geist diese Grundlagen beizubringen ist die anspruchsvollste Aufgabe – anspruchsvoll und lohnend.«

Er und Inés geben Señor Robles' Angebot an die wenigen Obstpflücker weiter, die sich noch auf der Farm befinden, aber als die erste Unterrichtsstunde stattfindet, ist David der einzige Schüler und er, Simón, der einzig anwesende Vater.

»Wir wissen, was eins ist«, sagt Señor Robles zur Eröffnung des Unterrichts, »aber was ist zwei? Das ist die Frage, der wir uns heute widmen.«

Es ist ein warmer, windstiller Tag. Sie sitzen vor der Schlafbaracke unter einem schattenspendenden Baum, Señor Robles und der Junge an einem Tisch einander gegenüber, er diskret an der Seite, Bolívar zu seinen Füßen.

Aus seiner Brusttasche holt Señor Robles zwei Stifte und legt sie nebeneinander auf den Tisch. Aus einer anderen Tasche holt er eine kleine Glasflasche hervor, schüttelt zwei weiße Tabletten heraus und legt sie neben die Stifte. »Was haben die da« – seine Hand schwebt über den Stiften – »und die da« – seine Hand schwebt über den Tabletten – »gemeinsam, junger Mann?«

Der Junge schweigt.

»Wenn man ihren Gebrauch als Schreibgeräte oder

Medizin einmal außer Acht lässt und sie einfach als Gegenstände betrachtet, gibt es da eine Eigenschaft, die die da« – er schiebt die Stifte ein wenig nach rechts – »und die da« – er schiebt die Tabletten ein wenig nach links – »gemeinsam haben? Eine Eigenschaft, die sie gleichmacht?«

»Es sind zwei Stifte und zwei Tabletten«, sagt der Junge.

»Gut!«, sagt Señor Robles.

»Die zwei Tabletten sind gleich, aber die zwei Stifte sind nicht gleich, weil einer blau und einer rot ist.«

»Aber es sind immer noch zwei, nicht wahr? Was ist also die Eigenschaft, die die Tabletten und die Stifte gemeinsam haben?«

»Zwei. Zwei für die Stifte und zwei für die Tabletten. Aber es sind nicht dieselben zwei.«

Señor Robles wirft ihm, Simón, einen irritierten Blick zu. Aus seinen Taschen holt er noch einen Stift, noch eine Tablette. Jetzt liegen drei Stifte auf dem Tisch, drei Tabletten. »Was haben die da« – er hält eine Hand über die Stifte – »und die da« – er hält eine Hand über die Tabletten – »gemeinsam?«

»Drei«, sagt der Junge. »Aber es sind nicht dieselben drei, weil die Stifte verschieden sind.«

Señor Robles ignoriert die Bewertung. »Und es müssen nicht Stifte oder Tabletten sein? Ich könnte die Stifte genauso gut durch Orangen ersetzen und die Tabletten durch Äpfel und die Antwort würde die gleiche sein: drei. Drei ist, was die links, die Orangen, mit denen rechts, den Äpfeln, gemeinsam haben. Es sind drei in jeder Menge. Was haben wir also gelernt?« Und ehe der Junge antworten kann, teilt er ihm mit, was sie gelernt haben: »Wir haben gelernt, dass drei nicht davon abhängt, was sich in der Menge befindet, seien es Äpfel oder Orangen, Stifte oder Tabletten. Drei ist der Name der Eigenschaft, die diese Mengen gemeinsam haben. Und« – er lässt einen der Stifte, eine der Tabletten verschwinden – »drei ist nicht dasselbe wie zwei, weil« – er öffnet eine Hand, in der sich der fehlende Stift, die fehlende Tablette befindet – »ich einen Gegenstand abgezogen habe, einen Gegenstand von jeder Menge. Was haben wir also gelernt? Wir haben über zwei und über drei gelernt, und auf genau dieselbe Weise können wir über vier und fünf und so weiter bis zu einhundert lernen, bis zu eintausend, bis zu einer Million. Wir haben etwas über Zahlen gelernt, nämlich dass jede Zahl der Name einer Eigenschaft ist, die von bestimmten Mengen von Gegenständen in der Welt geteilt wird.

»Bis zu einer Million Millionen«, sagt der Junge.

»Bis zu einer Million Millionen und darüber hinaus«, bestätigt Señor Robles.

»Bis zu den Sternen«, sagt der Junge.

»Bis zur Zahl der Sterne«, bestätigt Señor Robles, »welche durchaus unendlich sein kann, wir wissen es noch nicht genau. Was haben wir also in unserer ersten Lektion erreicht? Wir haben herausgefunden, was eine Zahl ist, und wir haben herausgefunden, wie man zählt – eins, zwei, drei und so weiter –, wie man von einer Zahl zur nächsten in einer bestimmten Reihenfolge kommt. Wir wollen nun zusammenfassen. Sage mir David, was ist zwei?«

»Zwei ist, wenn man zwei Stifte auf dem Tisch hat oder zwei Tabletten oder zwei Äpfel oder zwei Orangen.«

»Ja, gut, beinahe richtig, aber nicht ganz richtig. Zwei

ist, was sie gemeinsam haben, Äpfel oder Orangen oder jeder andere Gegenstand.«

»Aber er muss hart sein«, sagt der Junge. »Er kann nicht weich sein.«

»Es kann ein harter Gegenstand oder ein weicher Gegenstand sein. Jeder Gegenstand in der Welt ist geeignet, ohne Ausnahme, solange es mehr als einen davon gibt. Das ist ein wichtiger Punkt. Jeder Gegenstand in der Welt ist der Arithmetik unterworfen. Tatsächlich jeder Gegenstand im Universum.«

»Aber nicht Wasser. Oder Erbrochenes.«

»Wasser ist kein Gegenstand. Ein Glas Wasser ist ein Gegenstand, aber Wasser an sich ist kein Gegenstand. Anders ausgedrückt kann man sagen, dass Wasser nicht zählbar ist. Wie Luft oder Erde. Luft und Erde sind auch nicht zählbar. Aber wir können Eimer voll Erde zählen oder Behälter mit Luft.«

»Ist das gut?«, fragt der Junge.

Señor Robles steckt die Stifte wieder in seine Tasche, tut die Tabletten in das Fläschchen zurück, wendet sich an ihn, Simón. »Ich komme am Donnerstag wieder vorbei«, sagt er. »Dann können wir zur Addition und Subtraktion kommen – wie wir zwei Mengen verbinden, um eine Summe zu bekommen, oder Elemente einer Menge wegnehmen, um eine Differenz zu bekommen. In der Zwischenzeit kann Ihr Sohn zählen üben.«

»Ich kann schon zählen«, sagt der Junge, »bis zu einer Million. Das habe ich mir selbst beigebracht.«

Señor Robles steht auf. »Jeder kann bis zu einer Million zählen«, sagt er. »Wichtig ist, dass man eine Vorstellung davon bekommt, was Zahlen wirklich bedeuten. Damit man eine sichere Grundlage hat.«

»Wollen Sie bestimmt nicht bleiben?«, fragt er, Simón. »Inés macht gerade Tee.«

»Leider habe ich die Zeit nicht«, sagt Señor Robles und fährt in einer Staubwolke davon.

Inés taucht mit dem Teetablett auf. »Ist er fort?«, fragt sie. »Ich dachte, er bleibt zum Tee. Das war ja eine sehr kurze Unterrichtsstunde. Wie war sie?«

»Er kommt nächsten Donnerstag wieder«, sagt der Junge. »Dann behandeln wir die Vier. Heute haben wir zwei und drei behandelt.«

»Dauert es dann nicht ewig, wenn ihr immer nur eine Zahl auf einmal behandelt?«, fragt Inés. »Gibt es keine schnellere Methode?«

»Señor Robles möchte dafür sorgen, dass die Grundlagen sicher sind«, sagt er, Simón. »Wenn feste Grundlagen geschaffen sind, sind wir bereit, unser mathematisches Gebäude darauf zu errichten.«

»Was ist ein Gebäude?«, fragt der Junge.

»Ein Gebäude ist ein Bauwerk. Dieses spezielle Gebäude wird ein Turm, möchte ich vermuten, der hoch in den Himmel ragt. Es braucht Zeit, um Türme zu bauen. Wir müssen geduldig sein.«

»Er braucht nur rechnen zu können«, sagt Inés, »damit er im Leben nicht benachteiligt ist. Warum muss er ein Mathematiker werden?«

Darauf folgt Schweigen.

»Was denkst du, David?«, fragt er, Simón. »Möchtest du diesen Unterricht fortsetzen? Lernst du etwas?«

»Ich weiß schon Bescheid über vier«, sagt der Junge. »Ich kenne alle Zahlen. Das hab ich dir gesagt, aber du hast mir nicht zugehört.«

»Ich denke, wir sollten das absagen«, sagt Inés. »Es

ist reine Zeitverschwendung. Wir können jemand anders finden, der ihn unterrichtet, einen, der bereit ist, ihm Rechnen beizubringen.«

Er teilt Roberta die Neuigkeit mit (»Wie schade!«, sagt sie. »Aber Sie sind die Eltern, Sie müssen es wissen.«) und ruft Señor Robles an. »Wir sind Ihnen unendlich dankbar, Señor Robles, für Ihre Großzügigkeit und Ihre Geduld, doch Inés und ich meinen, der Junge braucht etwas Einfacheres, etwas Praktischeres.«

»Mathematik ist nicht einfach«, sagt Señor Robles.

»Mathematik ist nicht einfach, da stimme ich zu, aber wir hatten nie die Absicht, aus David einen Mathematiker zu machen. Wir möchten nur nicht, dass er Nachteile hat, weil er nicht zur Schule geht. Wir möchten, dass er gut mit Zahlen umgehen kann.«

»Señor Simón, ich bin Ihrem Sohn nur einmal begegnet, ich bin kein Psychologe, ich habe eine Ausbildung als Ingenieur, aber da ist etwas, was ich Ihnen sagen muss. Ich habe den Verdacht, dass David an etwas leidet, was man kognitives Defizit nennt. Das heißt, dass ihm eine bestimmte grundlegende geistige Fähigkeit fehlt, in diesem Fall die Fähigkeit, Gegenstände auf der Grundlage ihrer Ähnlichkeit zu klassifizieren. Diese Fähigkeit erwerben wir als Menschen, normale Menschen, auf so natürliche Weise, dass wir kaum mitbekommen, dass wir sie haben. Es ist die Fähigkeit, Gegenstände als Mitglieder von Klassen zu sehen, was Sprache möglich macht. Wir müssen nicht jeden Baum als individuelles Gebilde sehen, wie das Tiere tun, wir können ihn als ein Beispiel der Klasse *Baum* sehen. Das ermöglicht auch die Mathematik.

Warum spreche ich das Thema Klassifikation an? Ich

tue das, weil in bestimmten seltenen Fällen diese Fähigkeit schwach ausgebildet ist oder fehlt. Solche Menschen werden immer Probleme mit der Mathematik und mit abstrakter Sprache allgemein haben. Ich habe den Verdacht, dass Ihr Sohn so ein Mensch ist.«

»Warum sagen Sie mir das, Señor Robles?«

»Weil ich glaube, dass Sie es dem Jungen schuldig sind, seinen Zustand weiter untersuchen zu lassen und dann vielleicht seine mögliche weitere Ausbildung danach auszurichten. Ich würde Ihnen dringend raten, sich um einen Termin bei einem Psychologen zu bemühen, vorzugsweise bei einem, der auf geistige Störungen spezialisiert ist. Das Bildungsministerium wird Ihnen Namen nennen können.«

»Seine Ausbildung danach ausrichten – was meinen Sie damit?«

»Auf den einfachsten Nenner gebracht, meine ich damit, wenn er immer mit Zahlen und abstrakten Begriffen zu kämpfen haben wird, dann wäre es vielleicht das Beste, wenn er zum Beispiel auf eine Berufsschule geht, wo er ein nützliches, praktisches Handwerk lernt wie das Klempner- oder Tischlerhandwerk. Das ist alles. Ich nehme zur Kenntnis, dass Sie sich entschieden haben, unseren Mathematikunterricht abzusagen, und ich bin mit Ihrer Entscheidung einverstanden. Ich halte sie für vernünftig. Ich wünsche Ihnen und Ihrer Frau und Ihrem Sohn alles Gute für die Zukunft. Gute Nacht.«

»Ich habe mit Señor Robles gesprochen«, erzählt er Inés. »Ich habe den Unterricht abgesagt. Er denkt, David sollte eine Berufsschule besuchen und das Klempnerhandwerk erlernen.«

»Ich wünschte, dieser Señor Robles wäre hier und ich

könnte ihm eine Ohrfeige verpassen«, sagt Inés. »Er war mir gleich unsympathisch.«

Am nächsten Tag fährt er das Tal hinauf zu Señor Robles' Haus und deponiert an der Hintertür einen Liter Olivenöl von der Farm mit einer Karte. »Vielen Dank, David und seine Eltern«, steht darauf.

Dann hat er ein ernsthaftes Gespräch mit dem Jungen. »Wenn wir einen anderen Lehrer für dich finden, einen, der dir nur einfaches Rechnen beibringt, keine Mathematik, wirst du dann zuhören? Wirst du tun, was man dir sagt?«

»Ich *habe* Señor Robles zugehört.«

»Du weißt ganz genau, dass du nicht auf Señor Robles gehört hast. Du hast ihn auflaufen lassen. Du hast dich über ihn lustig gemacht. Du hast absichtlich albernes Zeug gesagt. Señor Robles ist ein kluger Mann. Er hat einen Universitätsabschluss als Ingenieur. Du hättest von ihm lernen können, stattdessen hast du dich entschieden, albern zu sein.«

»Ich bin nicht albern, Señor Robles ist albern. Ich kann schon rechnen. Sieben und neun ist sechzehn. Sieben und sechzehn ist dreiundzwanzig.«

»Warum hast du ihm nicht gezeigt, dass du rechnen kannst, als er hier war?«

»Weil du dich für ihn erst klein machen musst. Du musst dich so klein wie eine Erbse machen, und dann so klein wie eine Erbse in einer Erbse, und dann wie eine Erbse in einer Erbse in einer Erbse. Dann kannst du mit seinen Zahlen rechnen, wenn du klein klein klein klein klein bist.«

»Und warum musst du so klein sein, um mit Zahlen auf seine Weise zu rechnen?«

»Weil seine Zahlen keine richtigen Zahlen sind.«

»Nun, ich wollte, du hättest ihm das erklärt, statt albern zu sein und ihn zu ärgern und zu vertreiben.«

Vier

Die Tage vergehen, die Winterwinde setzen ein. Bengi und seine Verwandten verabschieden sich. Roberta wird sie zum Busbahnhof fahren, wo sie einen Bus nach Norden nehmen und Arbeit auf einer der Viehfarmen der großen Ebenen suchen können. Maite und ihre beiden Schwestern kommen in ihrer identischen Kleidung, um sich zu verabschieden. Maite hat ein Geschenk für David: eine kleine Schachtel, die sie aus Karton gemacht und recht zart mit einem Muster von Blumen und Ranken bemalt hat. »Das ist für dich«, sagt sie. Brüsk und ohne ein Wort des Dankes nimmt David die Schachtel. Maite bietet ihm die Wange zum Kuss. Er tut so, als sehe er es nicht. Beschämt läuft Maite fort. Sogar Inés, die das Mädchen nicht leiden kann, fühlt ihren Kummer mit.

»Warum behandelst du Maite so grausam?«, fragt er, Simón. »Wenn du sie nun nie wiedersiehst? Warum lässt du zu, dass sie dich für den Rest ihres Lebens in so schlechter Erinnerung behält?«

»Ich darf dich nicht fragen, also darfst du mich auch nicht fragen«, sagt der Junge.

»Dich was fragen?«

»Mich fragen, warum.«

Er, Simón, schüttelt verblüfft den Kopf.

Am Abend des gleichen Tages findet Inés die bemalte Schachtel weggeworfen im Abfall.

Sie warten darauf, mehr über die Akademien zu erfahren, die Singakademie und die Tanzakademie, doch Roberta hat es wohl vergessen. Was den Jungen angeht, so ist er offenbar vollkommen zufrieden mit sich selbst, rennt mit eigenen Dingen beschäftigt auf der Farm herum oder sitzt auf seinem Bett, in sein Buch vertieft. Aber Bolívar, der ihn sonst stets bei allen seinen Unternehmungen begleitet hat, bleibt jetzt lieber zu Hause und schläft.

Der Junge beschwert sich über Bolívar. »Bolívar liebt mich nicht mehr«, sagt er.

»Er liebt dich genauso sehr wie immer«, sagt Inés. »Er ist einfach nicht mehr so jung. Es macht ihm keinen Spaß mehr, wie du den ganzen Tag herumzulaufen. Er wird schnell müde.«

»Für einen Hund ist ein Jahr wie sieben Jahre für uns«, sagt er, Simón. »Bolívar ist in mittleren Jahren.«

»Wann wird er sterben?«

»Nicht so bald. Er hat noch viele Jahre vor sich.«

»Aber er wird sterben?«

»Ja, er wird sterben. Hunde sterben. Sie sind sterblich, wie wir. Wenn du ein Haustier haben möchtest, das länger lebt als du, dann musst du dir einen Elefanten oder einen Wal anschaffen.«

Später an diesem Tag, als er gerade Feuerholz sägt – eine der Arbeiten, die er übernommen hat –, kommt der Junge mit einer neuen Idee zu ihm. »Simón, du kennst doch die große Maschine dort im Schuppen? Können wir da Oliven reintun und Olivenöl machen?«

»Ich glaube nicht, dass das funktionieren wird, mein Junge. Du und ich, wir sind nicht kräftig genug, um die Räder zu bewegen. Früher hat man dazu einen Ochsen benutzt. Man hat an den Schaft einen Ochsen gespannt, der dann im Kreise ging und die Räder angetrieben hat.«

»Und haben sie ihm dann Olivenöl zu trinken gegeben?«

»Wenn er Olivenöl wollte, haben sie ihm Olivenöl gegeben. Aber für gewöhnlich trinken Ochsen kein Olivenöl. Sie mögen es nicht.«

»Und hat er ihnen Milch gegeben?«

»Nein, Kühe geben uns Milch, nicht die Ochsen. Der Ochse hat nichts zu geben außer seiner Arbeitskraft. Er setzt die Olivenpresse in Gang oder zieht den Pflug. Dafür gewähren wir ihm unseren Schutz. Wir schützen ihn vor seinen Feinden, den Löwen und Tigern, die ihn töten wollen.«

»Und wer beschützt die Löwen und Tiger?«

»Niemand. Löwen und Tiger wollen nicht für uns arbeiten, also schützen wir sie nicht. Sie müssen sich selbst schützen.«

»Gibt es hier Löwen und Tiger?«

»Nein. Ihre Zeit ist vorbei. Löwen und Tiger sind verschwunden. In die Vergangenheit entschwunden. Wenn du Löwen und Tiger finden willst, musst du sie in Büchern suchen. Ochsen auch. Die Zeit der Ochsen ist fast vorbei. Wir haben heute Maschinen, die die Arbeit für uns machen.«

»Sie sollten eine Maschine erfinden, die Oliven pflückt. Dann müsstet du und Inés nicht arbeiten.«

»Das stimmt. Aber wenn sie eine Maschine erfinden würden, die Oliven pflückt, dann hätten Olivenpflücker wie wir keine Arbeit und deshalb kein Geld. Das ist eine alte Streitfrage. Einige sind auf der Seite der Maschinen, andere auf der Seite der Handpflücker.«

»Ich mag keine Arbeit. Arbeit ist langweilig.«

»In diesem Fall hast du Glück, dass du Eltern hast, die nichts dagegen haben zu arbeiten. Weil du ohne uns Hunger leiden würdest, und das würde dir nicht gefallen.«

»Ich werde nicht Hunger leiden. Roberta wird mir zu essen geben.«

»Ja, ohne Zweifel – in ihrer Herzensgüte wird sie dir zu essen geben. Aber möchtest du wirklich so leben: von der Barmherzigkeit anderer?

»Was ist Barmherzigkeit?«

»Barmherzigkeit ist die Güte anderer Menschen, die Freundlichkeit anderer Menschen.«

Der Junge sieht ihn seltsam an.

»Du kannst dich nicht unbegrenzt auf die Freundlichkeit anderer Menschen verlassen«, lässt er nicht locker. »Du musst auch geben, nicht nur nehmen, sonst gibt es kein Gleichgewicht, keine Gerechtigkeit. Welche Sorte Mensch möchtest du sein: die Sorte, die gibt, oder die Sorte, die nimmt? Was ist besser?«

»Die Sorte, die nimmt.«

»Wirklich? Glaubst du das wirklich? Ist geben nicht besser als nehmen?«

»Löwen geben nicht. Tiger geben nicht.«

»Und du möchtest ein Tiger sein?«

»Ich möchte kein Tiger *sein*. Ich sage es dir nur. Tiger sind nicht schlecht.«

»Tiger sind auch nicht gut. Sie sind keine Menschen, daher sind sie außerhalb von Gut und Böse.«

»Nun, ich möchte auch kein Mensch sein.«

Ich möchte auch kein Mensch sein. Er gibt Inés das Gespräch wieder. »Es beunruhigt mich, wenn er so redet«, sagt er. »Haben wir einen großen Fehler gemacht, als wir ihn aus der Schule genommen haben, ihn außerhalb der Gemeinschaft erzogen haben, ihm gestattet haben, mit anderen Kindern herumzutoben?«

»Er hat Tiere gern«, sagt Inés. »Er möchte nicht sein wie wir, die wir dasitzen und uns Sorgen um die Zukunft machen. Er möchte frei sein.«

»Ich glaube nicht, dass er das meint, wenn er sagt, er möchte kein Mensch sein«, sagt er. Doch Inés interessiert das nicht.

Roberta kommt mit einer Botschaft: Sie sind eingeladen zum Tee mit den Schwestern, um vier Uhr, im großen Haus. David soll auch dabei sein.

Aus ihrem Koffer holt Inés ihr bestes Kleid und die dazu passenden Schuhe. Sie ärgert sich über den Zustand ihrer Haare. »Ich bin nicht beim Friseur gewesen, seit wir aus Novilla fort sind«, sagt sie. »Ich sehe aus wie eine Irre.« Sie lässt den Jungen sein Rüschenhemd und die Schuhe mit Knöpfen anziehen, obwohl er sich beschwert, dass sie zu klein sind und drücken. Sie befeuchtet sein Haar und bürstet es glatt.

Pünktlich um vier Uhr erscheinen sie vor der Haustür. Roberta führt sie einen langen Flur entlang zur Rückseite des Hauses, zu einem Zimmer, das vollgestopft ist mit Tischchen und Hockern und Nippes. »Das ist der Wintersalon«, sagt Roberta. »Er bekommt die Nachmittagssonne. Setzt euch. Die Schwestern werden bald da sein. Und bitte, erwähnen Sie die Enten nicht – erinnern Sie sich –, die Enten, die der andere Junge getötet hat.«

»Warum?«, fragt der Junge.

»Weil es sie aufregen würde. Sie haben ein weiches Herz. Sie möchten, dass die Farm eine Zuflucht für die Tierwelt ist.«

Während sie warten, betrachtet er die Bilder an den Wänden – Aquarelle, Naturbilder (er erkennt den Stausee, auf dem die unglücklichen Enten geschwommen sind), nett, doch laienhaft gemalt.

Zwei Frauen kommen herein, gefolgt von Roberta mit einem Teetablett. »Das sind sie«, verkündet Roberta: »Señora Inés und ihr Gatte Señor Simón und ihr Sohn David. Señora Valentina und Señora Consuelo.«

Die Frauen, deutlich als Schwestern zu erkennen, sind in ihren Sechzigern, würde er schätzen, grauhaarig und schlicht gekleidet. »Es ist uns eine Ehre, Sie kennenzulernen, Señora Valentina, Señora Consuelo«, sagt er und verbeugt sich. »Gestatten Sie, dass ich mich dafür bedanke, dass Sie uns auf Ihrem schönen Gut zu bleiben erlauben.«

»Ich bin nicht ihr Sohn«, sagt David in ruhigem, sachlichem Ton.

»Oh«, sagt eine der Schwestern mit gespielter Überraschung, Valentina oder Consuelo, er weiß nicht, wer wer ist. »Wessen Sohn bist du dann?«

»Niemandes«, sagt David bestimmt.

»Du bist also niemandes Sohn, junger Mann«, sagt Valentina oder Consuelo. »Das ist interessant. Ein interessanter Zustand. Wie alt bist du?«

»Sechs.«

»Sechs. Und du gehst nicht zur Schule, wie ich höre. Würdest du nicht gern zur Schule gehen?«

»Ich bin in der Schule gewesen.«

»Und?«

Inés schaltet sich ein. »Wir haben ihn an unserem letzten Wohnort zur Schule geschickt, aber er hatte dort schlechte Lehrer, deshalb haben wir entschieden, ihn zu Hause zu unterrichten. Vorläufig.«

»Sie haben die Kinder Kontrollarbeiten schreiben lassen«, fügt er, Simón, hinzu, »monatliche Kontrollarbeiten, um ihren Fortschritt zu messen. David mochte es nicht, gemessen zu werden, deshalb schrieb er Unsinn bei den Arbeiten, was ihm Schwierigkeiten einbrachte. Uns allen Schwierigkeiten einbrachte.«

Die Schwester ignoriert ihn. »Würdest du nicht gern zur Schule gehen, David, und mit anderen Kindern zusammenkommen?«

»Ich möchte lieber zu Hause unterrichtet werden«, sagt David steif.

Die andere Schwester hat inzwischen den Tee eingegossen. »Nehmen Sie Zucker, Inés?«, fragt sie. Inés schüttelt den Kopf. »Und Sie, Simón?«

»Ist das Tee?«, fragt der Junge. »Ich mag keinen Tee.«

»Dann brauchst du keinen trinken«, sagt die Schwester.

»Sie werden sich fragen, Inés, Simón«, sagt die erste Schwester, »warum Sie hierher eingeladen wurden. Nun, Roberta hat uns von Ihrem Sohn erzählt, was für ein kluger Junge er ist, klug und wortgewandt, wie er seine Zeit mit den Kindern der Obstpflücker verschwendet, während er doch lernen sollte. Wir haben die Angelegenheit besprochen, meine Schwestern und ich, und wir haben uns gedacht, dass wir Ihnen einen Vorschlag machen möchten. Wenn Sie sich übrigens fragen, wo die dritte Schwester ist – ich weiß nur zu gut, dass wir in der ganzen Gegend als die Drei Schwestern bekannt sind –, dann möchte ich Ihnen mitteilen, dass sich Señora Alma leider nicht wohl fühlt. Sie leidet unter Melancholie, und heute ist einer der Tage, an denen ihre Melancholie die Oberhand über sie gewonnen hat. Einer ihrer schwarzen Tage, wie sie das nennt. Doch sie unterstützt unseren Vorschlag.

Unser Vorschlag ist, dass Sie Ihren Sohn bei einer der privaten Akademien in Estrella anmelden. Roberta hat Ihnen schon ein wenig über die Akademien erzählt, glaube ich – die Singakademie und die Tanzakademie. Wir würden die Tanzakademie empfehlen. Wir kennen den Leiter, Señor Arroyo, und seine Frau, und können uns für sie verbürgen. Zusätzlich zur Tanzausbildung bieten sie eine exzellente allgemeine Bildung. Wir, meine Schwestern und ich, übernehmen die Gebühren für Ihren Sohn, solange er dort Schüler ist.«

»Ich tanze nicht gern«, sagt David. »Ich singe gern.«

Die beiden Schwestern tauschen Blicke. »Wir hatten keinen persönlichen Kontakt mit der Singakademie«, sagt Valentina oder Consuelo, »aber ich denke, ich habe recht, wenn ich sage, dass sie keine Allgemeinbildung bieten. Ihre Aufgabe ist, Personen auszubilden, die Berufssänger werden möchten. Möchtest du denn Berufssänger werden, David, wenn du groß bist?«

»Ich weiß nicht. Ich weiß noch nicht, was ich werden will.«

»Du möchtest nicht etwa Feuerwehrmann oder Lokführer werden wie andere kleine Jungen?«

»Nein. Ich wollte Rettungsschwimmer werden, aber sie wollten es nicht.«

»Wer wollte es nicht?«

»Simón.«

»Und was hat Simón dagegen, dass du Rettungsschwimmer wirst?«

Er, Simón, spricht. »Ich habe nichts dagegen, dass er Rettungsschwimmer wird. Ich habe nichts gegen irgendwelche seiner Pläne oder Träume. Was mich angeht – seine Mutter mag da anders denken –, kann er Rettungsschwimmer werden oder Feuerwehrmann oder Sänger oder der Mann im Mond, wenn er möchte. Ich bestimme sein Leben nicht, ich gebe sogar nicht einmal mehr vor, ihm Ratschläge zu geben. Die Wahrheit ist, er hat uns, seine Mutter und mich, mit seinem Eigensinn zermürbt. Er ist wie ein Bulldozer. Er hat uns plattgemacht. Wir sind plattgemacht worden. Wir haben keine Widerstandskraft mehr.«

Inés starrt ihn erstaunt an. David lächelt in sich hinein.

»Was für ein seltsamer Ausbruch!«, sagt Valentina. »Einen ähnlichen Ausbruch habe ich lange nicht gehört. Du etwa, Consuelo?«

»Ewig nicht«, sagt Consuelo. »Richtig dramatisch! Danke, Simón. Was sagen Sie nun zu unserem Vorschlag, dass David bei der Tanzakademie angemeldet werden sollte?«

»Wo ist denn diese Akademie?«, fragt Inés.

»In der Stadt, im Stadtzentrum, im selben Gebäude wie das Kunstmuseum. Leider könnten Sie dann nicht hier auf der Farm bleiben. Sie ist zu abgelegen. Die Anfahrt wäre zu lang. Sie müssten sich eine Unterkunft in der Stadt suchen. Aber Sie würden ohnehin nicht auf der Farm bleiben wollen, wo nun die Erntezeit vorbei ist. Sie würden es zu einsam, zu langweilig finden.«

»Wir haben es überhaupt nicht langweilig gefunden«,

sagt er, Simón. »Im Gegenteil, wir haben uns sehr wohl gefühlt. Wir haben jede Minute unseres Hierseins genossen. Tatsächlich habe ich mit Roberta ausgehandelt, dass ich bei anfallenden Arbeiten aushelfe, während wir in den Baracken wohnen. Es gibt immer dies und das zu tun, selbst in der Nebensaison. Büsche und Bäume zu verschneiden, zum Beispiel. Aufräumen.«

Er schaut Roberta unterstützungsuchend an. Sie blickt unverwandt in die Ferne.

»Mit Baracken meinen Sie die Schlafsäle«, sagt Valentina. »Die Schlafunterkünfte werden während des Winters geschlossen, Sie können also nicht hierbleiben. Aber Roberta kann Sie beraten, wo Sie sich nach einer Unterkunft umsehen können. Und wenn alles andere fehlschlägt, gibt es noch die Asistencia.«

Inés steht auf. Er folgt ihr.

»Sie haben uns nicht geantwortet«, sagt Consuelo. »Brauchen Sie Zeit, um die Angelegenheit zu besprechen? Was hältst du davon, junger Mann? Würdest du nicht gern die Tanzakademie besuchen? Dort würdest du mit anderen Kindern zusammen sein.«

»Ich möchte hierbleiben«, sagt der Junge. »Ich tanze nicht gern.«

»Leider kannst du nicht hierbleiben«, sagt Señora Valentina. »Und außerdem, da du sehr jung bist und nichts über die Welt weißt, nur Vorurteile hast, bist du nicht in der Lage, Entscheidungen über deine Zukunft zu treffen. Mein Vorschlag« – sie streckt den Arm aus, hakt einen Finger unter sein Kinn und hebt seinen Kopf, so dass er sie direkt ansehen muss – »mein Vorschlag ist, dass du deine Eltern Inés und Simón unser Angebot besprechen lässt und dann der Entscheidung zustimmst, die sie treffen, wie immer die ausfällt, im Geist kindlichen Gehorsams. Verstanden?«

David erwidert ungerührt ihren Blick. »Was ist kindlicher Gehorsam?«, fragt er.

Fünf

Das Kunstmuseum mit seiner langen Sandsteinkolonnade vor der Fassade befindet sich auf der Nordseite des Hauptplatzes von Estrella. Wie angewiesen, gehen sie am Haupteingang vorbei und zu einem schmalen Eingang in einer Seitenstraße, über dem ein Schild mit verzierten Goldbuchstaben zu sehen ist – *Academia de la Danza* – und ein Pfeil, der auf eine Treppe weist. Sie steigen zum ersten Stock hoch, gehen durch eine Schwingtür und befinden sich in einem geräumigen, hellen Studio, das abgesehen von einem Klavier in einer Ecke leer ist.

Eine Frau kommt herein, groß, schlank, ganz in Schwarz gekleidet. »Kann ich Ihnen helfen?«, fragt sie.

»Ich würde gern mit jemandem sprechen, um meinen Sohn anzumelden«, sagt Inés.

»Ihren Sohn anmelden bei …?«

»Ihn bei Ihrer Akademie anzumelden. Ich nehme an, dass Señora Valentina darüber mit Ihrem Direktor gesprochen hat. Mein Sohn heißt David. Sie hat uns versichert, dass Kinder, die sich bei Ihrer Akademie anmelden, eine Allgemeinbildung erhalten. Ich meine, sie tanzen nicht nur.« Sie spricht das Wort *tanzen* etwas verächtlich aus. »Wir sind an der Allgemeinbildung interessiert – nicht so sehr am Tanzen.«

»Señora Valentina hat tatsächlich mit uns über Ihren

Sohn gesprochen. Doch ich habe ihr klargemacht und ich sollte auch Ihnen, Señora, klarmachen: Das hier ist keine reguläre Schule oder ein Ersatz für eine reguläre Schule. Es ist eine Akademie, die sich der Schulung der Seele durch Musik und Tanz widmet. Wenn Sie eine reguläre Bildung für Ihr Kind suchen, dann werden Sie vom staatlichen Schulsystem besser bedient.«

Die Schulung der Seele. Er berührt Inés' Arm. »Gestatten Sie«, sagt er an diese blasse junge Frau gewandt, so blass, dass sie blutleer wirkt – *alabastro* ist das Wort, das ihm einfällt –, aber trotzdem schön, atemberaubend schön – vielleicht ist es das, was Ines' Feindseligkeit provoziert hat, die Schönheit, wie von einer Statue, die zum Leben erwacht und aus dem Museum hergekommen ist – »gestatten Sie ... Wir sind Fremde hier in Estrella, Neuankömmlinge. Wir haben auf der Farm, die Señora Valentina und ihren Schwestern gehört, vorübergehend gearbeitet, während wir uns hier eingewöhnen. Die Schwestern haben sich freundlicherweise für David interessiert und finanzielle Hilfe für seinen Besuch Ihrer Akademie angeboten. Sie haben eine hohe Meinung von der Akademie. Sie sagen, dass Sie dafür bekannt sind, eine ausgezeichnete Allgemeinbildung zu vermitteln, dass Ihr Direktor, Señor Arroyo, ein geachteter Pädagoge ist. Können wir einen Termin mit Señor Arroyo vereinbaren?«

»Señor Arroyo, mein Mann, ist nicht zu sprechen. Wir haben diese Woche geschlossen. Der Unterricht beginnt wieder am Montag, nach den Ferien. Aber wenn Sie praktische Dinge besprechen wollen, können Sie das mit mir tun. Zuerst einmal, wird Ihr Sohn als Internatsschüler zu uns kommen?«

»Als Internatsschüler? Uns wurde nicht mitgeteilt, dass Sie Internatsschüler aufnehmen.«

»Wir haben dafür eine begrenzte Zahl von Plätzen.«

»Nein, David wird zu Hause wohnen, nicht wahr, Inés?«

Ines nickt.

»Gut. Als Nächstes, Schuhe. Besitzt Ihr Sohn Tanzschuhe? Nein? Er braucht Tanzschuhe. Ich schreibe Ihnen die Adresse des Ladens auf, wo Sie die Schuhe kaufen können. Dazu noch leichtere, bequemere Kleidung. Es ist wichtig, dass der Körper frei ist.«

»Tanzschuhe. Wir werden uns darum kümmern. Sie haben eben von der Seele gesprochen, von der Schulung der Seele. Woran orientiert sich diese Schulung der Seele?«

»Am Guten. Am Gehorsam gegenüber dem Guten. Warum fragen Sie?«

»Aus keinem besonderen Grund. Und der übrige Lehrplan, abgesehen vom Tanzen? Müssen wir bestimmte Lehrbücher kaufen?«

An der Erscheinung der Frau ist etwas Beunruhigendes, etwas, was er bisher nicht genau ausmachen konnte. Jetzt erkennt er, was es ist. Sie hat keine Augenbrauen. Ihre Augenbrauen wurden ausgezupft oder wegrasiert; oder vielleicht sind sie nie gewachsen. Unter ihrem blonden, ziemlich dünnen Haar, das straff nach hinten gezogen ist, befindet sich eine nackte Stirnfläche, breit wie seine Hand. Die Augen, von einem Blau, intensiver als das Blau des Himmels, begegnen seinem Blick ruhig, selbstsicher. *Sie durchschaut mich*, denkt er, *durchschaut all dieses Gerede*. Nicht so jung, wie er zuerst angenommen hat. Dreißig? Fünfunddreißig?

»Lehrbücher?« Sie macht eine abweisende Handbewegung. »Die kommen später. Alles zu seiner Zeit.«

»Und die Klassenzimmer«, sagt Inés. »Kann ich die Klassenzimmer sehen?«

»Das ist unser einziges Klassenzimmer.« Ihr Blick gleitet durch das Studio. »Hier tanzen die Kinder.« Sie tritt näher, ergreift Inés' Hand. »Señora, Sie müssen verstehen, das ist eine Tanzakademie. Der Tanz kommt zuerst. Alles andere ist zweitrangig. Alles andere kommt später.«

Bei ihrer Berührung wird Inés sichtlich steif. Er weiß nur zu gut, wie Inés sich jeder menschlichen Berührung widersetzt, ja vor ihr zurückschreckt.

Señora Arroyo wendet sich an den Jungen. »David – das ist dein Name?«

Er erwartet die übliche Ablehnung, das übliche Dementi *(»Das ist nicht mein richtiger Name«)*. Aber nein: Der Junge hebt sein Gesicht ihr entgegen wie eine sich öffnende Blüte.

»Willkommen in unserer Akademie, David. Ich bin sicher, dass es dir hier gefallen wird. Ich bin Señora Arroyo und ich werde mich um dich kümmern. Also dann, du hast gehört, was ich deinen Eltern über die Tanzschuhe gesagt habe und darüber, keine einengenden Kleidungsstücke zu tragen?«

»Ja.«

»Gut. Dann erwarte ich dich am Montagmorgen pünktlich um acht Uhr. Da fängt das neue Quartal an. Komm einmal her. Fass den Fußboden an. Ist er nicht schön? Er wurde speziell fürs Tanzen gemacht, aus Brettern von Zedernbäumen, die hoch oben im Gebirge wachsen, verlegt von Tischlern, wahren Künstlern, die ihn so glatt gemacht haben, wie es menschenmöglich ist. Wir wachsen ihn jede Woche, bis er glänzt, und er wird jeden Tag von den Füßen der Schüler wieder poliert. So glatt und so warm! Spürst du die Wärme?«

Der Junge nickt. Noch nie hat er ihn so aufgeschlossen erlebt – aufgeschlossen, vertrauensvoll, kindlich.

»Auf Wiedersehen, David. Wir erwarten dich am Montag, mit deinen neuen Tanzschuhen. Auf Wiedersehen, Señora. Auf Wiedersehen, Señor.« Die Schwingtür schließt sich hinter ihnen.

»Sie ist groß, die Señora Arroyo«, sagt er zu dem Jungen. »Groß und auch anmutig, wie eine richtige Tänzerin. Magst du sie?«

»Ja.«

»Es ist also entschieden? Du gehst in ihre Schule?«

»Ja.«

»Und wir können Roberta und den Drei Schwestern sagen, dass unsere Suche erfolgreich war?«

»Ja.«

»Was meinst du, Inés: War unsere Suche erfolgreich?«

»Ich werde dir sagen, was ich denke, wenn ich gesehen habe, was sie für eine Bildung vermitteln.«

Ein Mann, der ihnen den Rücken zugekehrt hat, blockiert ihren Weg zur Straße. Er hat eine zerknitterte graue Uniform an; seine Mütze ist auf den Hinterkopf geschoben; er raucht eine Zigarette.

»Gestatten Sie«, sagt er (Simón).

Der offenbar in Gedanken versunkene Mann zuckt zusammen, fasst sich dann und winkt sie mit einer ausladenden Armbewegung durch: »Señora y Señores …« Als sie an ihm vorbeigehen, hüllen sie Tabakgeruch und der Gestank nach ungewaschenen Sachen ein.

Als sie auf der Straße stehen bleiben, um sich zu orientieren, spricht der Mann in Grau: »Señor, suchen Sie das Museum?«

Er wendet sich zu ihm. »Nein – wir hatten eine Besprechung in der Tanzakademie.«

»Ah, die Akademie von Ana Magdalena!« Er hat eine tiefe Stimme, eine echte Bassstimme. Er wirft die Zigarette fort und tritt näher. »Lassen Sie mich raten: Du meldest dich in der Akademie an, junger Mann, und wirst ein berühmter Tänzer! Ich hoffe, du wirst eines Tages die Zeit finden, für mich zu tanzen.« In einem breiten, alle einschließenden Lächeln zeigt er gelbverfärbte Zähne. »Willkommen! Wenn du die Akademie besuchst, wirst du viel von mir sehen, da möchte ich mich vorstellen. Ich bin Dmitri. Ich arbeite im Museum, wo ich der Oberste Museumswärter bin – das ist mein Titel, ein wirklich großartiger! Was macht denn ein Oberster Museumswärter? Nun, es ist die Pflicht des Obersten Museumswärters, die Gemälde und Skulpturen des Museums zu bewachen, sie vor Staub und natürlichen Feinden zu schützen, sie abends sicher einzuschließen und morgens wieder freizugeben. Als Oberster Museumswärter bin ich jeden Tag außer samstags hier, da treffe ich natürlich all die jungen Leute von der Akademie, sie und ihre Eltern.« Er wendet sich an ihn, Simón. »Was halten Sie von der geschätzten Ana Magdalena? Hat sie Sie beeindruckt?«

Er tauscht Blicke mit Inés. »Wir haben mit Señora Arroyo gesprochen, aber noch ist nichts entschieden«, sagt er. »Wir müssen die gebotenen Möglichkeiten abwägen.«

Dmitri, der Befreier der Statuen und Gemälde, runzelt die Stirn. »Das ist nicht nötig. Es ist nicht nötig, irgendetwas abzuwägen. Sie wären töricht, wenn Sie die Akademie ablehnen würden. Sie würden es für den Rest Ihres Lebens bereuen. Señor Arroyo ist ein Meister, ein wahrer Meister. Es gibt kein anderes Wort dafür. Es ist eine Ehre, ihn hier in Estrella, das nie eine große Stadt gewesen ist, unter uns zu haben, wo er unseren Kindern die Kunst des Tanzes beibringt. Ich anstelle Ihres Sohnes würde Tag und Nacht lauthals fordern, in diese Akademie aufgenommen zu werden. Ihre anderen Möglichkeiten, welche das auch sein mögen, können Sie vergessen.«

Er weiß nicht, ob er diesen Dmitri mag, mit seinen stinkenden Sachen und seinem fettigen Haar. Er mag es ganz bestimmt nicht, sich von ihm öffentlich vollquatschen zu lassen (es ist mitten am Vormittag, die Straßen sind voller Menschen). »Nun, das haben wir zu entscheiden«, sagt er, »nicht wahr, Inés? Und jetzt müssen wir gehen. Auf Wiedersehen.« Er nimmt den Jungen bei der Hand; sie machen sich auf den Weg.

Im Auto meldet sich der Junge zum ersten Mal zu Wort. »Warum kannst du ihn nicht leiden?«

»Den Museumswärter? Es geht nicht darum, ob ich ihn leiden kann oder nicht. Er ist ein Fremder. Er kennt uns nicht, er kennt unsere Umstände nicht. Er sollte seine Nase nicht in unsere Angelegenheiten stecken.«

»Du kannst ihn nicht leiden, weil er einen Bart hat.«

»Das ist Unfug.«

»Er hat keinen Bart«, sagt Inés. »Es gibt einen Unterschied zwischen einem netten, gepflegten Bart und einem ungepflegten Äußeren. Dieser Mann rasiert sich nicht, er wäscht sich nicht, er trägt keine sauberen Sachen. Er ist kein gutes Beispiel für Kinder.«

»Wer ist ein gutes Beispiel für Kinder? Ist Simón ein gutes Beispiel?«

Schweigen.

»Bist du ein gutes Beispiel, Simón«, lässt der Junge nicht locker.

Da Inés sich nicht für ihn einsetzen will, muss er für sich selbst einstehen. »Ich versuche es«, sagt er. »Ich versuche, ein gutes Beispiel zu sein. Wenn es mir nicht gelingt, dann nicht, weil ich es nicht versucht habe. Ich hoffe, dass ich grundsätzlich ein gutes Beispiel gewesen bin. Aber das musst du beurteilen.«

»Du bist nicht mein Vater.«

»Nein, das stimmt. Aber das schließt nicht aus, dass ich ein Beispiel geben kann, oder?«

Der Junge erwidert nichts. In der Tat verliert er das Interesse, schaltet ab, starrt geistesabwesend aus dem Fenster (sie kommen durch die ödesten Viertel, ein Block schachtelähnlicher Häuschen nach dem anderen). Langes Schweigen breitet sich aus.

»Dmitri klingt wie Szimitar«, sagt der Junge plötzlich.

»Szimitar? Was ist ein Szimitar?«

»Ein großes Schwert zum Kopfabschlagen.« Pause. »Ich mag ihn, auch wenn du ihn nicht leiden kannst. Ich möchte auf die Akademie gehen.«

»Dmitri hat nichts mit der Akademie zu tun«, sagt Inés. »Er ist bloß ein Pförtner. Wenn du auf die Akademie gehen willst, wenn du dich dafür entschieden hast, dann kannst du es tun. Aber sobald sie klagen, dass du zu klug für sie bist, und dich zu Psychologen und Psychiatern schicken wollen, dann melde ich dich sofort ab.«

»Man muss nicht klug sein, um zu tanzen«, sagt der Junge. »Wann kaufen wir meine Tanzschuhe?«

»Wir kaufen sie jetzt. Simón wird uns jetzt gleich zu dem Schuhgeschäft fahren, zu der Adresse, die uns die Dame gegeben hat.«

»Hasst du sie auch?«, fragt der Junge.

Jetzt ist es an Inés, aus dem Fenster zu starren.

»Ich mag sie«, sagt der Junge. »Sie ist hübsch. Sie ist hübscher als du.«

»Du solltest lernen, die Menschen nach ihren inneren Qualitäten zu beurteilen«, sagt er, Simón. »Nicht bloß danach, ob sie hübsch sind. Oder ob sie einen Bart haben.«

»Was sind innere Qualitäten?«

»Innere Qualitäten sind Eigenschaften wie Freundlichkeit und Ehrlichkeit und ein Sinn für Gerechtigkeit. Du hast doch bestimmt im *Don Quijote* davon gelesen. Es gibt eine Unmenge innerer Qualitäten, mehr als ich aus dem Kopf benennen kann, man müsste Philosoph sein, um die ganze Liste zu kennen, doch Schönheit ist keine innere Qualität. Deine Mutter ist genauso hübsch wie Señora Arroyo, nur auf andere Weise.«

»Señora Arroyo ist freundlich.«

»Ja, ich gebe dir recht, sie scheint freundlich zu sein. Sie schien Gefallen an dir zu finden.«

»Sie hat also innere Qualitäten.«

»Ja, David, sie ist sowohl freundlich als auch hübsch. Aber Schönheit und Freundlichkeit stehen nicht in Zusammenhang miteinander. Schön zu sein ist zufällig, ein Glücksumstand. Wir können mit einem hübschen oder mit einem unansehnlichen Äußeren geboren werden, wir können es nicht ändern. Während ein freundliches Wesen kein Zufall ist. Wir werden nicht freundlich geboren. Wir lernen, freundlich zu sein. Wir werden freundlich. Das ist der Unterschied.«

»Dmitri hat auch innere Qualitäten.«

»Es kann durchaus sein, dass Dmitri innere Qualitäten hat, ich habe ihn vielleicht zu voreilig beurteilt, das gebe ich zu. Ich habe einfach keine irgendwie gearteten inneren Qualitäten entdeckt, nicht heute. Sie waren nicht zu sehen.«

»Dmitri ist freundlich. Was bedeutet *geschätzt*? Warum hat er gesagt: *die geschätzte Ana Magdalena?*«

»Geschätzt. Du musst im *Don Quijote* schon auf dieses Wort gestoßen sein. Jemand zu schätzen heißt, ihn oder sie zu respektieren und zu achten. Dmitri hat aber das Wort ironisch verwendet. Er hat eine Art Scherz gemacht. *Geschätzt* ist ein Wort, das man gewöhnlich auf Ältere anwendet, nicht auf jemanden in Señora Arroyos Alter. Wenn ich dich zum Beispiel den *geschätzten jungen David* nennen würde, klänge das komisch.«

»Der *geschätzte alte Simón*. Das ist auch komisch.«

»Wenn du meinst.«

Es stellt sich heraus, dass es Tanzschuhe nur in zwei Farben gibt, Gold oder Silber. Der Junge lehnt beides ab.

»Sind die für Señor Arroyos Akademie?«, erkundigt sich der Verkäufer.

»Ja.«

»Alle Kinder in der Akademie sind mit unseren Tanzschuhen ausgestattet«, sagt der Verkäufer. »Sie alle tragen welche in Gold oder in Silber, ohne Ausnahme. Wenn du mit schwarzen oder weißen Tanzschuhen ankommen würdest, junger Mann, dann würde man dich schräg ansehen.«

Der Verkäufer ist ein großer, gebeugter Mann mit einem so dünnen Schnurrbart, dass er mit Kohle auf seine Oberlippe gemalt sein könnte.

»Hörst du, was der Herr sagt, David?«, sagt er, Simón. »Entweder Gold oder Silber oder du tanzt in Socken. Was soll's nun sein?«

»Gold«, sagt der Junge.

»Also dann Gold«, sagt er zum Verkäufer. »Wieviel?«

»Neunundvierzig Reales«, sagt der Verkäufer. »Lassen Sie ihn dieses Paar anprobieren.«

Er schaut Inés an. Inés schüttelt den Kopf. »Neunundvierzig Reales für Kinderschuhe«, sagt sie. »Wie kommen Sie auf einen solchen Preis?«

»Sie wurden aus Ziegenleder gefertigt. Es sind keine gewöhnlichen Schuhe. Sie sind für Tänzer gemacht. Sie haben eine integrierte Stütze für die Fußwölbung.«

»Vierzig Reales«, sagt Inés.

Der Mann schüttelt den Kopf. »Also gut, neunundvierzig«, sagt er, Simón.

Der Mann lässt den Jungen sich hinsetzen, zieht ihm die Schuhe aus und die Tanzschuhe an. Sie passen wie angegossen. Er zahlt dem Mann seine neunundvierzig Reales. Der Mann steckt die Tanzschuhe in ihre Schachtel und reicht sie Inés. Schweigend verlassen sie den Laden.

»Darf ich sie tragen?«, fragt der Junge. »Waren sie teuer?«

»Viel für ein Paar Schuhe«, sagt Inés.

»Aber ist es viel Geld?«

Er wartet auf eine Antwort von Inés, doch sie schweigt. »Viel Geld an und für sich gibt es nicht«, sagt er geduldig. »Neunundvierzig Reales ist viel Geld für ein Paar Schuhe. Andererseits wären neunundvierzig Reales nicht viel Geld für ein Auto oder ein Haus. Wasser kostet fast nichts hier in Estrella, wenn du dich aber in der Wüste befändest und am Verdursten wärst, würdest du alles, was du hast, für einen Schluck Wasser geben.«

»Warum?«, sagt der Junge.

»Warum? Weil am Leben zu bleiben wichtiger ist als alles andere.«

»Warum ist am Leben zu bleiben wichtiger als alles andere?«

Er schickt sich an zu antworten, die korrekten, geduldigen, bildenden Worte zu produzieren, als etwas in ihm hochsteigt. Ärger? Nein. Gereiztheit? Nein – mehr als das. Verzweiflung? Vielleicht: Verzweiflung in einer ihrer milderen Formen. Warum? Weil er gern glauben möchte, dass er das Kind durch das Labyrinth des moralischen Lebens leitet, wenn er, korrekt und geduldig, seine unaufhörlichen Warum-Fragen beantwortet. Doch wo gibt es einen Anhaltspunkt dafür, dass das Kind seine Leitung annimmt oder auch nur hört, was er sagt?

Er bleibt auf dem belebten Fußweg stehen, wo er sich gerade befindet. Inés und der Junge bleiben auch stehen und starren ihn verwundert an. »Stell dir das so vor«, sagt er. »Wir marschieren durch die Wüste, du und Inés und ich. Du sagtst mir, dass du Durst hast, und ich reiche dir ein Glas Wasser. Statt das Wasser zu trinken, schüttest du es in den Sand. Du sagst, du dürstest nach Antworten: *Warum dies? Warum das?* Und ich, weil ich geduldig bin, weil ich dich liebhabe, biete dir jedes Mal eine Antwort, die du in den Sand schüttest. Heute habe ich es schließlich satt, dir Wasser zu reichen. *Warum ist es wichtig, am Leben zu bleiben?* Wenn dir das Leben nicht wichtig erscheint, dann ist es eben so.«

Inés führt schockiert eine Hand zum Mund. Und der Junge seinerseits verzieht missbilligend das Gesicht.

»Du sagst, dass du mich liebhast, aber du hast mich nicht lieb«, sagt er. »Du tust nur so.«

»Ich biete dir die besten Antworten an, die mir zur Verfügung stehen, und du wirfst sie weg wie ein Kind. Wundere dich dann nicht, wenn ich manchmal die Geduld mit dir verliere.«

»Das sagst du immer. Du sagst immer, dass ich ein Kind bin.«

»Du bist ein Kind, und manchmal ein törichtes Kind.«

Eine Frau mittleren Alters, einen Einkaufskorb am Arm, ist stehen geblieben, um zuzuhören. Sie flüstert Inés etwas zu, was er nicht versteht. Inés schüttelt rasch den Kopf.

»Komm, gehen wir«, sagt Inés, »bevor die Polizei kommt und uns mitnimmt.«

»Warum soll die Polizei uns mitnehmen?«, fragt der Junge.

»Weil Simón sich wie ein Verrückter aufführt, während wir hier stehen und uns seinen Unfug anhören. Weil er öffentliches Ärgernis erregt.«

Sechs

Der Montag kommt und es ist seine Aufgabe, den Jungen zu seiner neuen Schule zu bringen. Sie sind deutlich vor acht da. Die Türen zum Tanzstudio sind offen, aber der Raum selbst ist leer. Er setzt sich auf den Klavierhocker. Gemeinsam warten sie.

Hinten geht eine Tür auf und Señora Arroyo tritt ein, wie zuvor ganz in Schwarz. Sie beachtet ihn nicht, gleitet über den Boden, bleibt vor dem Jungen stehen und nimmt seine Hände in die ihren. »Willkommen, David«, sagt sie. »Ich sehe, dass du ein Buch mitgebracht hast. Zeigst du es mir?«

Der Junge reicht ihr seinen *Don Quijote*. Sie sieht sich das Buch stirnrunzelnd an, blättert es durch und gibt es zurück.

»Und hast du denn deine Tanzschuhe?«

Der Junge holt die Schuhe aus ihrem Baumwollbeutel.

»Gut. Weißt du, wie wir Gold und Silber nennen? Wir nennen sie die edlen Metalle. Eisen und Kupfer und Blei nennen wir die unedlen Metalle. Die edlen Metalle sind oben, die unedlen unten. Wie es edle und unedle Metalle gibt, gibt es edle Zahlen und unedle Zahlen. Du wirst lernen, die edlen Zahlen zu tanzen.«

»Sie sind nicht aus richtigem Gold«, sagt der Junge. »Es ist nur eine Farbe.«

»Es ist nur eine Farbe, aber Farben haben eine Bedeutung.«

»Ich gehe jetzt«, sagt er, Simón. »Ich komme dich heute Nachmittag abholen.« Er küsst den Jungen auf den Scheitel. »Auf Wiedersehen, mein Junge. Auf Wiedersehen, Señora.«

Um sich die Zeit zu vertreiben, geht er ins Kunstmuseum. Die Bildhängung an den Wänden ist spärlich. *Zafiroschlucht bei Sonnenuntergang. Komposition I. Komposition II. Der Trinker.* Die Namen der Künstler sagen ihm nichts.

»Guten Morgen, Señor«, sagt eine bekannte Stimme. »Wie beeindruckend finden Sie uns?«

Es ist Dmitri, ohne Mütze, so unordentlich, dass er gerade aus dem Bett aufgestanden sein könnte.

»Interessant«, erwidert er. »Ich bin kein Kenner. Gibt es eine Estrella-Malschule, einen Estrella-Stil?«

Dmitri ignoriert die Frage. »Ich habe beobachtet, wie Sie Ihren Sohn hergebracht haben. Ein großer Tag für ihn, sein erster Tag bei den Arroyos.«

»Ja.«

»Und Sie müssen Gelegenheit gehabt haben, mit Señora Arroyo zu sprechen, mit Ana Magdalena. Was für eine Tänzerin! So anmutig! Aber leider kinderlos. Sie wünscht sich eigene Kinder, kann aber keine bekommen. Das ist eine Quelle des Kummers, des Schmerzes, für sie. Das würde man nicht glauben, wenn man sie sieht – Schmerz? Man würde meinen, sie sei einer der ruhigheiteren Engel, die von Nektar leben. Hin und wieder ein kleiner Schluck, mehr nicht, vielen Dank. Aber es gibt ja die Kinder von Señor Arroyo aus erster Ehe, denen sie Mutter ist. Und auch die Internatsschüler. So viel Liebe zu geben. Haben Sie Señor Arroyo kennengelernt? Nein? Noch nicht? Ein großer Mann, ein wahrer

Idealist, der nur für seine Musik lebt. Sie werden es sehen. Leider steht er nicht immer mit beiden Beinen auf der Erde, wenn Sie verstehen, was ich sagen will. Hat den Kopf in den Wolken. Also muss Ana Magdalena die schwere Arbeit tun, mit den Kindern die Tänze einüben, die Internatsschüler verköstigen, einen Haushalt führen, sich um die Angelegenheiten der Akademie kümmern. Und das alles macht sie! Großartig! Kein Wort der Klage! Behält immer einen kühlen Kopf! Eine phantastische Frau. Alle bewundern sie.«

»Und all das ist im selben Gebäude untergebracht – die Tanz-Akademie, das Internat, der Haushalt der Arroyos?«

»Oh, da ist viel Platz. Die Akademie belegt die ganze obere Etage. Wo kommen Sie denn her, Señor, Sie und Ihre Familie?«

»Aus Novilla. Wir haben bis vor kurzem in Novilla gelebt, bis wir nach Norden gezogen sind.«

»Novilla. Da bin ich nie gewesen. Ich bin direkt nach Estrella gekommen und seitdem immer hiergeblieben.«

»Und haben Sie die ganze Zeit im Museum gearbeitet?«

»Nein, nein, nein – ich kann mich gar nicht mehr an alle Jobs erinnern. Das ist meine Natur: ruhelos. Ich habe als Träger im Gemüsemarkt angefangen. Dann habe ich eine Zeitlang beim Straßenbau gearbeitet, aber das hat mir nicht gefallen. Lange habe ich im Krankenhaus gearbeitet. Schrecklich. Schreckliche Stunden. Aber auch ergreifend – was man da zu sehen kriegt! Dann kam der Tag, der mein Leben verändert hat. Das ist nicht übertrieben. Zum Besseren verändert hat. Ich hing auf dem Platz herum, war mit mir beschäftigt, als sie vorüberging. Ich traute meinen Augen nicht. Dachte, es wäre eine Erscheinung. So schön. Überirdisch. Ich sprang auf und folgte ihr – folgte ihr wie ein Hund. Wochenlang lungerte ich bei der Akademie herum, nur um einen Blick auf sie zu erhaschen. Natürlich beachtete sie mich nicht. Warum auch? Ein hässlicher Bursche wie ich einer bin. Dann sah ich einen Anschlag, in dem ein Job im Museum angeboten wurde, als Raumreiniger, ganz unten auf der Karriereleiter, und um es kurz zu machen, ich fing hier zu arbeiten an und bin seitdem immer hier gewesen. Befördert zuerst zum Museumswärter und dann letztes Jahr zum Obersten Museumswärter. Wegen meines Fleißes und meiner Pünktlichkeit.«

»Ich bin nicht sicher, ob ich verstehe. Sie sprechen von Señora Arroyo?«

»Ana Magdalena. Die ich verehre. Ich schäme mich nicht, das zu bekennen. Würden Sie nicht dasselbe tun, wenn Sie eine Frau verehrten – ihr bis ans Ende der Welt folgen?«

»Das Museum ist wohl kaum das Ende der Welt. Was hält Señor Arroyo davon, dass Sie seine Frau verehren?«

»Señor Arroyo ist Idealist, wie ich Ihnen sagte. Seine Gedanken sind anderswo, in der himmlischen Sphäre, wo die Zahlen kreisen.«

Er hat genug von dieser Unterhaltung. Er hat nicht um die vertraulichen Mitteilungen dieses Mannes gebeten. »Ich muss gehen, ich habe zu tun«, sagt er.

»Ich dachte, Sie wollten die Malschule von Estrella sehen.«

»Ein andermal.«

Es sind noch Stunden, bis der Schultag zu Ende ist. Er kauft eine Zeitung, setzt sich in ein Café am Platz, bestellt eine Tasse Kaffee. Auf der Titelseite befindet sich das Foto eines älteren Paares mit einem Riesenkürbis aus ihrem Garten. Er wiegt vierzehn Kilo, sagt der Bericht, und bricht damit den vorigen Rekord um fast ein Kilo. Auf Seite zwei führt der Kriminalitätsbericht den Diebstahl eines Rasenmähers aus einem (unverschlossenen) Schuppen auf sowie Vandalismus in einer öffentlichen Toilette (ein Waschbecken wurde zertrümmert). Die Beratungen des Stadtrats und seiner verschiedenen Ausschüsse nehmen viel Raum ein: der Unterausschuss für die Freizeiteinrichtungen der Stadt, der Unterausschuss für Straßen und Brücken, der Unterausschuss der Finanzen, der Unterausschuss, der mit der Organisation des diesjährigen Theaterfestivals betraut ist. Dann gibt es die Sportseiten, die einen Ausblick auf einen Höhepunkt der Fußballsaison geben, das bevorstehende Zusammentreffen von Aragonza und dem Nordtal.

Er überfliegt die Spalten mit den Jobangeboten. Maurer. Zimmermann. Elektriker. Buchhalter. Wonach sucht er? Leichte körperliche Arbeit, vielleicht. Gärtnern. Natürlich kein Bedarf für Schauerleute.

Er bezahlt seinen Kaffee. »Gibt es in der Stadt ein Umsiedlungsamt?«, fragt er die Kellnerin. »Natürlich«, sagt sie und beschreibt ihm den Weg dorthin.

Das Umsiedlungszentrum in Estrella ist bei weitem nicht so groß wie das in Novilla – nur ein enges kleines Büro in einer Nebenstraße. Hinter dem Schreibtisch sitzt ein blasser, ziemlich traurig blickender junger Mann mit einem Zottelbart.

»Guten Tag«, sagt er, Simón. »Ich bin ein Neuankömmling hier in Estrella. Während des vergangenen Monats oder so war ich im Tal mit Gelegenheitsarbeiten beschäftigt – hauptsächlich Obstpflücken. Jetzt suche ich nach etwas Dauerhafterem, vorzugsweise in der Stadt.«

Der Angestellte holt Karteikästen und setzt sie auf seinem Schreibtisch ab. »Das sieht nach viel aus, aber die meisten Karten sind Nieten«, gesteht er. »Das Problem ist, die Leute informieren uns nicht, wenn eine Stelle besetzt wird. Wie wär's damit: Optima Reinigung. Kennen Sie sich mit chemischer Reinigung etwas aus?«

»Überhaupt nicht, aber geben Sie mir die Adresse. Haben Sie etwas, was eher körperliche Arbeit bedeutet – vielleicht Arbeit im Freien?«

Der Angestelle ignoriert seine Frage. »Lagerist in einem Baumarkt. Interessiert Sie das? Keine Erfahrung vorausgesetzt, nur einen Kopf für Zahlen. Haben Sie einen Kopf für Zahlen?«

»Ich bin kein Mathematiker, doch ich kann zählen.«

»Wie gesagt kann ich nicht garantieren, dass die Stelle noch frei ist. Sehen Sie, wie verblasst die Tinte ist?« Er hält die Karte ins Licht. »Das zeigt, wie alt die Karte ist. Wie wäre das hier? Schreibkraft in einem Rechtsanwaltsbüro. Können Sie Maschineschreiben? Nein? Dann gibt es das hier: Reinigungskraft im Kunstmuseum.«

»Diese Stelle ist besetzt. Ich habe den Mann kennengelernt, der sie innehat.«

»Haben Sie über eine Umschulung nachgedacht? Das ist möglicherweise Ihre beste Chance: Belegen Sie einen Kurs, der Sie für einen neuen Beruf ausbildet. Solange Sie sich in der Ausbildung befinden, bekommen Sie weiter Ihre Arbeitslosenunterstützung.«

»Ich werde es mir überlegen«, sagt er. Er erwähnt nicht, dass er sich nicht arbeitslos gemeldet hat.

Es geht auf drei Uhr zu. Er macht sich auf den Rückweg zur Akademie. An der Tür steht Dmitri. »Sie holen Ihren Sohn ab?«, fragt Dmitri. »Ich versuche immer hier zu sein, wenn die jungen Leute rauskommen. Endlich frei! So aufgeregt, so vergnügt! Ich wünschte, ich könnte wieder so vergnügt sein, nur eine Minute lang. Ich kann mich an nichts aus meiner Kindheit erinnern, müssen Sie wissen, nicht an eine Minute. Eine totale Leere. Ich betraure den Verlust. Sie gibt dir Halt, deine Kindheit. Gibt dir Wurzeln in der Welt. Ich bin wie ein Baum, den der Sturm des Lebens entwurzelt hat. Verstehen Sie, was ich meine? Ihr Junge hat Glück, dass er eine eigene Kindheit hat. Wie sieht es bei Ihnen aus? Hatten Sie eine Kindheit?«

Er schüttelt den Kopf. »Nein, ich bin schon fertig angekommen. Sie haben mich nur kurz angesehen und als Mann in mittleren Jahren bewertet. Keine Kindheit, keine Jugend, keine Erinnerungen. Reingewaschen.«

»Nun, es hat keinen Zweck, sich danach zu sehnen. Zumindest ist es uns vergönnt, uns unter die Jungen zu mischen. Vielleicht färbt ein wenig Engelstaub auf uns ab. Horch! Schluss mit Tanzen für heute. Jetzt werden sie Dank sagen. Sie beenden den Tag stets mit einem Dankgebet.«

Gemeinsam lauschen sie. Ein leises monotones Sprechen, das in Stille mündet. Dann fliegen die Türen der Akademie auf und die Kinder kommen die Treppe heruntergepoltert, Mädchen und Jungen, blond und dunkel. »Dmitri! Dmitri!«, schreien sie, und in Sekundenschnelle ist Dmitri umringt. Er langt in seine Taschen und holt Hände voller Bonbons heraus, die er in die Luft wirft. Die Kinder fallen darüber her.

»Dmitri!«

Als Letzter taucht mit niedergeschlagenen Augen, ungewöhnlich still, David auf, Hand in Hand mit Señora Arroyo, an den Füßen seine goldenen Tanzschuhe.

»Auf Wiedersehen, David«, sagt Señora Arroyo. »Bis morgen früh.«

Der Junge erwidert nichts. Beim Auto angekommen, klettert er auf den Rücksitz. Innerhalb einer Minute ist er eingeschlafen und wacht nicht auf, bis sie bei der Farm angekommen sind.

Inés wartet mit Sandwiches und Kakao auf sie. Der Junge isst und trinkt. »Wie war dein Tag?«, fragt sie schließlich. Keine Antwort. »Hast du getanzt?« Er nickt zerstreut. »Wirst du uns später zeigen, wie du getanzt hast?«

Ohne zu antworten klettert der Junge auf sein Etagenbett und rollt sich zusammen.

»Was ist los?«, flüstert Inés ihm, Simón, zu. »Ist etwas passiert?«

Er versucht, sie zu beruhigen. »Er ist ein bisschen benommen, das ist alles. Er ist den ganzen Tag unter Fremden gewesen.«

Nach dem Abendessen ist der Junge mitteilsamer. »Ana Magdalena hat uns die Zahlen beigebracht«, sagt er ihnen. »Sie hat uns Zwei und Drei gezeigt, und du hattest nicht recht, Simón, und Señor Robles hatte auch nicht recht, ihr hattet beide nicht recht, die Zahlen sind wirklich am Himmel. Dort wohnen sie bei den Sternen. Man muss sie rufen, bevor sie herunterkommen.«

»Hat dir das Señora Arroyo gesagt?«

»Ja. Sie hat uns gezeigt, wie wir Zwei und Drei herunterrufen. Eins kann man nicht herunterrufen. Eins muss von selbst kommen.«

»Wirst du uns zeigen, wie du diese Zahlen herunterrufst?«, fragt Inés.

Der Junge schüttelt den Kopf. »Man muss tanzen. Man braucht dazu Musik.«

»Und wenn ich nun das Radio anstelle?«, schlägt er, Simón, vor. »Vielleicht kommt da Musik, zu der man tanzen kann.«

»Nein. Es muss ganz besondere Musik sein.«

»Und was ist heute sonst noch passiert?«

»Ana Magdalena hat uns Kekse und Milch gegeben. Und Rosinen.«

»Dmitri hat mir gesagt, dass ihr am Ende des Tages ein Gebet sprecht. Zu wem betet ihr?«

»Es ist kein Gebet. Ana Magdalena lässt den Bogen erklingen und wir müssen damit harmonisieren.«

»Was ist der Bogen?«

»Ich weiß es nicht, Ana Magdalena ließ es uns nicht sehen, sie sagt, das sei geheim.«

»Sehr rätselhaft. Ich werde sie fragen, wenn ich sie das nächste Mal sehe. Aber es scheint so, als hättest du einen guten Tag gehabt. Und das alles nur, weil Señora Alma und Señora Consuelo und Señora Valentina in ihrer Herzensgüte sich für dich interessiert haben. Eine Tanzakademie, in der du lernst, Zahlen von den Sternen herunterzurufen! Und wo du Kekse und Milch von einer hübschen Dame bekommst! Wie glücklich wir sind, dass wir hier nach Estrella gekommen sind! Findest du nicht auch? Bist du nicht gücklich? Fühlst du dich nicht beschenkt?«

Der Junge nickt.

»Ich fühle mich bestimmt so. Ich glaube, wir müssen die glücklichste Familie auf der Welt sein. Jetzt ist es an der Zeit, dass du dir die Zähne putzt, zu Bett gehst und gut schläfst, damit du am Morgen wieder bereit zum Tanzen bist.«

Die Tage bekommen eine neue Struktur. Um halb sieben weckt er den Jungen und macht ihm Frühstück. Um sieben sitzen sie im Auto. Auf den Straßen ist wenig Verkehr; reichlich vor acht Uhr setzt er ihn an der Akademie ab. Dann parkt er den Wagen auf dem Platz und bringt die nächsten sieben Stunden damit zu, planlos nach Arbeit zu suchen oder Wohnungen zu besichtigen oder – noch öfter – einfach in einem Café zu sitzen und die Zeitung zu lesen, bis es Zeit ist, den Jungen abzuholen und nach Hause zu fahren.

Auf seine und Inés' Erkundigungen nach seinen Schultagen reagiert der Junge kurz und widerwillig. Ja, er mag Señor Arroyo. Ja, sie lernen Lieder. Nein, sie haben keine Lesestunden gehabt. Nein, sie rechnen nicht. Über den rätselhaften Bogen, den Señora Arroyo am Ende des Tages erklingen lässt, will er nichts sagen.

»Warum fragt ihr mich immer, was ich heute gemacht habe?«, sagt er. »Ich frage euch nicht, was ihr gemacht habt. Ihr versteht das sowieso nicht.«

»Was verstehen wir nicht?«, fragt Inés.

»Ihr versteht überhaupt nichts.«

Danach fragen sie ihn nicht mehr aus. Soll er seine Geschichte erzählen, wenn er dazu bereit ist, sagen sie sich.

Eines Abends platzt er, Simón, gedankenlos in die Frauenschlafbaracke. Inés, die auf dem Boden kniet, blickt missbilligend hoch. Der Junge, nur in Unterhosen und den goldenen Tanzschuhen, hält mitten in der Bewegung inne.

»Geh weg, Simón!«, ruft der Junge. »Du darfst nicht zuschauen!«

»Warum? Wobei soll ich nicht zuschauen?«

»Er übt etwas Schwieriges«, sagt Inés. »Er muss sich konzentrieren. Geh weg. Schließ die Tür.«

Überrascht, verwundert zieht er sich zurück, bleibt an der Tür stehen und lauscht. Es ist nichts zu hören.

Später, als der Junge schläft, fragt er Inés. »Was fand da statt, das zu privat war, um mich zusehen zu lassen?«

»Er hat seine neue Schrittfolge geübt.«

»Aber was ist daran geheim?«

»Er glaubt, du würdest nicht verstehen. Er glaubt, du würdest dich lustig über ihn machen.«

»Da wir ihn auf eine Tanzakademie schicken, warum sollte ich mich über sein Tanzen lustig machen?«

»Er sagt, du verstündest die Zahlen nicht. Er sagt, du wärst feindselig. Feindselig den Zahlen gegenüber.«

Sie zeigt ihm ein Diagramm, das der Junge mit nach Hause gebracht hat: Dreiecke, die sich durchdringen, deren Spitzen mit Zahlen gekennzeichnet sind. Er kann nichts damit anfangen.

»Er sagt, so lernen sie Zahlen«, sagt Inés. »Durch Tanzen.«

Am nächsten Morgen auf dem Weg zur Akademie spricht er das Thema an. »Inés hat mir dein Tanzdiagramm gezeigt«, sagt er. »Wofür stehen die Zahlen? Bedeuten sie die Fußstellung?«

»Es sind die Sterne«, sagt der Junge. »Es ist Astrologie. Du schließt beim Tanzen die Augen und du kannst die Sterne im Kopf sehen.«

»Was ist mit Taktzählen? Zählt Señor Arroyo nicht den Takt für euch, während ihr tanzt?«

»Nein. Man tanzt nur. Tanzen ist dasselbe wie zählen.«

»Also spielt Señor Arroyo bloß und ihr tanzt bloß. Das klingt nicht nach irgendeiner Tanzstunde, die ich kenne. Ich werde Señor Arroyo fragen, ob ich bei einer seiner Unterrichtsstunden dabeibleiben kann.«

»Das geht nicht. Du darfst nicht. Señor Arroyo sagt, keiner darf es.«

»Wann werde ich dich dann jemals tanzen sehen?«

»Du kannst mich jetzt sehen.«

Er schaut den Jungen an. Er sitzt still mit geschlossenen Augen da, ein leichtes Lächeln auf den Lippen.

»Das ist nicht Tanzen. Du kannst nicht tanzen, während du im Auto sitzt.«

»Kann ich doch. Schau mal. Ich tanze wieder.«

Er schüttelt verwundert den Kopf. Sie kommen bei der Akademie an. Aus dem Schatten des Eingangs taucht Dmitri auf. Er zerzaust dem Jungen die ordentlich frisierten Haare. »Bereit für den neuen Tag?«

Sieben

Inés ist nie gern früh aufgestanden. Aber nach drei Wochen auf der Farm mit wenig mehr Beschäftigung als einem Schwatz mit Roberta und dem Warten auf die Rückkehr des Kindes, steht sie an einem Montagmorgen zeitig genug auf, um mit ihnen in die Stadt zu fahren. Ihr erstes Ziel ist ein Friseur. Nun, da sie sich wohler in ihrer Haut fühlt, begibt sie sich zu einem Geschäft für Damenmode und kauft sich ein neues Kleid. Als sie sich mit der Kassiererin unterhält, erfährt sie, dass eine Verkäuferin gesucht wird. Aus einem Impuls heraus wendet sie sich an die Eigentümerin und bekommt die Stelle angeboten.

Die Notwendigkeit, von der Farm in die Stadt zu ziehen, wird plötzlich dringlich. Inés übernimmt die Wohnungssuche und hat innerhalb von Tagen etwas gefunden. Die Wohnung selbst ist nicht bemerkenswert, das Viertel trist, aber man kann ins Stadtzentrum laufen und es gibt einen Park in der Nähe, wo Bolívar Auslauf haben kann.

Sie packen ihre Sachen. Zum letzten Mal wandert er, Simón, hinaus auf die Felder. Es dämmert, die magische Stunde. Die Vögel zwitschern in den Bäumen, als sie sich zur Nacht niederlassen. Von weitem kommt das Gebimmel von Schafglocken. Er fragt sich, ob sie recht daran tun, diesen Gartenhort zu verlassen, der ihnen so gut getan hat?

Sie verabschieden sich. »Wir sehen euch hoffentlich zur Erntezeit wieder«, sagt Roberta. »Versprochen«, sagt er, Simón. Zu Señora Consuelo (Señora Valentina ist beschäftigt, Señora Alma kämpft mit ihren Dämonen) sagt er: »Ich kann Ihnen gar nicht sagen, wie dankbar wir Ihnen und Ihren Schwestern für Ihre Großzügigkeit sind«, worauf Señora Consuelo erwidert: »Nichts zu danken. In einem anderen Leben werden Sie dasselbe für uns tun. Auf Wiedersehen, David. Wir freuen uns darauf, deinen Namen erstrahlen zu sehen.«

Die erste Nacht in ihrem neuen Zuhause müssen sie auf dem Boden schlafen, weil die von ihnen bestellten Möbel nicht geliefert wurden. Am Morgen kaufen sie die nötigste Küchenausrüstung. Das Geld wird knapp.

Er, Simón, nimmt einen Job an, der auf Stundenbasis bezahlt wird, und trägt Werbung aus. Zu dem Job gehört ein Fahrrad, ein schweres, quietschendes Gefährt mit einem großen Korb, der über dem Vorderrad angebracht ist. Er ist einer von vier Austrägern (er begegnet den anderen drei kaum); das ihm zugeteilte Revier ist das nordöstliche Stadtviertel. Während der Schulstunden schlängelt er sich durch die Straßen seines Viertels und stopft Prospekte in Briefkästen: Klavierunterricht, Kuren gegen Haarausfall, Heckenschneiden, Elektroreparaturen (günstige Preise). Bis zu einem gewissen Grad ist es interessante Arbeit, gut für die Gesundheit und nicht unangenehm (obwohl er das Fahrrad die steileren Straßen hinaufschieben muss). So lernt er die Stadt kennen und trifft Leute, knüpft neue Kontakte. Das Krähen eines Hahns führt ihn in den Hinterhof eines Mannes, der Geflügel hält; der Mann erklärt sich bereit, ihm jede Woche ein Hühnchen zu liefern, zum Preis von fünf

Reales, und für einen zusätzlichen Real schlachtet er den Vogel auch und nimmt ihn aus.

Doch der Winter ist da und er fürchtet die Regentage. Obwohl er mit einem weiten Ölcape und einem Seemannshut ausgestattet ist, findet der Regen trotzdem seinen Weg hindurch. Frierend und durchnässt ist er manchmal versucht, seine Prospekte wegzuwerfen und das Fahrrad ins Depot zu bringen. Er ist versucht, doch er gibt nicht nach. Warum nicht? Er weiß es nicht genau. Vielleicht spürt er eine gewisse Verpflichtung der Stadt gegenüber, die ihnen ein neues Leben geboten hat, obwohl für ihn nicht klar ist, wie eine Stadt, die kein Empfindungsvermögen, keine Gefühle hat, davon profitieren kann, dass er Werbeprospekte für 24-teilige Besteckgarnituren in attraktiven Präsentationskästen zu unschlagbar niedrigen Preisen an ihre Bürger verteilt.

Er denkt an die Arroyos, Mann und Frau, zu deren Unterhalt er in bescheidenem Maße beiträgt, indem er durch den Regen radelt. Obwohl er noch nicht Gelegenheit gehabt hat, Werbung für ihre Akademie zu verteilen, ist das, was das Paar anbietet – Tanz zu den Sternen als Ersatz für das Erlernen des Einmaleins – dem Wesen nach nichts anderes als das, was die Lotion anbietet, die auf wundersame Weise Haarfollikel wieder zum Leben erweckt, oder der Vibrationsgürtel, der auf wundersame Weise Körperfett verschwinden lässt, Molekül um Molekül. Die Arroyos müssen wie Inés und er selbst in Estrella mit nichts als den notdürftigsten Dingen angekommen sein; auch sie müssen eine Nacht auf Zeitungspapier oder dergleichen schlafend verbracht haben; auch sie müssen ihren Lebensunterhalt zusammengekratzt haben, bis ihre Akademie sich etabliert hatte. Vielleicht musste Señor Arroyo wie er selbst eine Weile Prospekte in Briefkästen stopfen; vielleicht musste Ana Magdalena mit ihrem Alabasterteint sich auf die Knie niederlassen und Fußböden schrubben. Eine Stadt, durchzogen von den Pfaden der Einwanderer – wenn sie alle nicht voller Hoffnung wären, wenn nicht jeder von ihnen sein Quantum an Zuversicht zur großen Summe hinzuzufügen hätte, wo wäre dann Estrella?

David kommt mit einer Mitteilung an die Eltern nach Hause. Es soll einen offenen Abend in der Akademie geben. Señor und Señora Arroyo werden die Eltern über die Erziehungsphilosophie informieren, die hinter der Akademie steht, die Schüler werden etwas vorführen, und danach wird es Erfrischungsgetränke und Snacks geben. Die Eltern werden ermutigt, interessierte Freunde mitzubringen. Der Beginn der Veranstaltung ist um sieben Uhr.

Zuschauer sind am Abend enttäuschend wenige erschienen, nicht mehr als zwanzig. Von den bereitgestellten Stühlen bleiben viele leer. Als er und Inés ihre Plätze in der vordersten Reihe einnehmen, hören sie die jungen Darsteller hinter dem Vorhang, der das hintere Ende des Studios abteilt, flüstern und kichern.

Señora Arroyo tritt auf, in einem dunklen Abendkleid mit einem Schal über den bloßen Schultern. Einen langen Moment steht sie schweigend vor ihnen. Wieder beeindruckt ihn ihre Haltung, ihre stille Schönheit.

Sie spricht. »Seien Sie alle willkommen und bedankt dafür, dass Sie sich an einem kalten, nassen Abend auf den Weg gemacht haben. Heute will ich Ihnen ein wenig über die Akademie erzählen und darüber, was mein Mann und ich für unsere Schüler zu erreichen hoffen.

Dafür ist es nötig, Ihnen eine kurze Beschreibung der Philosophie hinter der Akademie zu geben. Diejenigen von Ihnen, die damit schon vertraut sind, bitte ich um Geduld.

Wie wir wissen, lassen wir vom Tag unserer Ankunft in diesem Leben unsere frühere Existenz hinter uns. Wir vergessen sie. Doch nicht vollständig. Von unserer früheren Existenz bleiben gewisse Reste – keine Erinnerungen im üblichen Sinn des Wortes, sondern was wir Schatten von Erinnerungen nennen können. Wenn wir uns dann an unser neues Leben gewöhnen, verblassen selbst diese Schatten, bis wir unsere Herkunft ganz und gar vergessen haben und akzeptieren, dass das, was unsere Augen sehen, das einzige Leben ist.

Das Kind jedoch, das kleine Kind, hat noch tiefe Eindrücke von einem früheren Leben, schattenhafte Erinnerungen, die es nicht in Worte fassen kann. Ihm fehlen die Worte, weil wir mit der Welt, die wir verloren haben, eine Sprache, um sie heraufzubeschwören, verloren haben. Von dieser Ursprache sind nur eine Handvoll Wörter geblieben, was ich transzendentale Wörter nenne, unter denen an erster Stelle die Namen der Zahlen, *uno*, *dos*, *tres*, sind.

Uno-dos-tres: Ist das nur ein Sprechchor, den wir in der Schule lernen, den gedankenlosen Sprechchor, den wir das *Zählen* nennen; oder gibt es eine Möglichkeit, durch den Sprechchor auf das zu sehen, was dahinterliegt, nämlich das Reich der Zahlen selbst – der edlen Zahlen und ihrer Hilfszahlen, zu viele, um sie zu zählen, vielfältig wie die Sterne, Zahlen, die aus den Verbindungen der edlen Zahlen geboren werden? Wir, mein Mann und ich und unsere Helfer, glauben, dass es eine solche Möglichkeit gibt. Unsere Akademie widmet sich der Aufgabe, die Seelen unserer Schüler zu diesem Reich zu führen, sie in Einklang mit der großen zugrundeliegenden Bewegung des Universums zu bringen, oder, wie wir es lieber ausdrücken, mit dem Tanz des Universums.

Um die Zahlen herunterzuholen von ihrem Heim, damit sie sich in unserer Mitte zeigen, um ihnen Körper zu geben, verlassen wir uns auf den Tanz. Ja, hier in der Akademie tanzen wir, nicht auf eine plumpe, profane oder zügellose Weise, sondern Körper und Seele vereint, um die Zahlen zum Leben zu erwecken. Wie die Musik in uns eindringt und uns im Tanz bewegt, so hören die Zahlen auf, bloße Ideen zu sein, bloße Phantome, und werden real. Die Musik erweckt ihren Tanz und der Tanz erweckt seine Musik: Nichts kommt zuerst. Daher nennen wir uns sowohl Musikakademie als auch Tanzakademie.

Falls Ihnen meine Worte an diesem Abend dunkel erscheinen, liebe Eltern, liebe Freunde der Akademie, dann zeigt das nur, wie schwach Worte sind. Worte sind schwach – deshalb tanzen wir. Im Tanz rufen wir die Zahlen von dort herab, wo sie unter den fernen Sternen leben. Wir geben uns ihnen im Tanz hin, und während wir tanzen, leben sie durch ihre Gnade unter uns.

Einige von euch – das sehe ich euch an – bleiben skeptisch. *Was sind diese Zahlen, von denen sie spricht, die bei den Sternen wohnen?*, murmelt ihr vor euch hin. *Benutze ich nicht jeden Tag Zahlen, wenn ich Geschäfte mache oder Lebensmittel einkaufe? Sind Zahlen nicht unsere bescheidenen Diener?*

Ich erwidere: Die Zahlen, an die ihr denkt, die Zahlen, die wir benutzen, wenn wir kaufen und verkaufen, sind keine wahren Zahlen, sondern hohle Formen. Sie sind, was ich Ameisenzahlen nenne. Ameisen haben, wie wir wissen, kein Gedächtnis. Sie werden aus Staub geboren und werden sterbend zu Staub. Heute Abend werden Sie im zweiten Teil der Vorführung unsere jüngeren Schüler die Rolle von Ameisen spielen sehen, sie werden die Ameisenoperationen darstellen, die wir primitive Arithmetik nennen, die Arithmetik, die wir in Haushaltsrechnungen und so weiter benutzen.«

Ameisen. Primitive Arithmetik. Er wendet sich zu Inés. »Verstehst du das?«, flüstert er. Doch Inés, die Lippen zusammengepresst, die Augen schmal, beobachtet Ana Magdalena aufmerksam und verweigert eine Antwort.

Aus den Augenwinkeln entdeckt er, halb im Schatten des Türrahmens verborgen, Dmitri. Was kann Dmitri am Tanz der Zahlen interessieren, Dmitri, den Bären? Aber natürlich ist es die Person der Sprecherin, die ihn interessiert.

»Ameisen sind ihrer Natur nach gesetzestreue Geschöpfe«, sagt Ana Magdalena gerade. »Die Gesetze, denen sie gehorchen, sind die Gesetze der Addition und Subtraktion. Sie tun nur das, tagein, tagaus, in jeder wachen Stunde – sie befolgen ihr mechanisches, zweifaches Gesetz.

In unserer Akademie lehren wir nicht das Gesetz der Ameise. Ich weiß, dass einige von Ihnen sich wegen dieser Tatsache Sorgen machen – der Tatsache, dass wir Ihren Kindern nicht beibringen, Ameisenspiele zu spielen, Zahlen zu Zahlen zu addieren und so weiter. Ich hoffe, Sie verstehen nun, warum. Wir wollen Ihre Kinder nicht in Ameisen verwandeln.

Genug. Ich danke Ihnen für die Aufmerksamkeit. Begrüßen Sie bitte unsere Darsteller.«

Sie gibt ein Zeichen und tritt beiseite. Dmitri, der seine Museumsuniform anhat, die endlich einmal ordentlich zugeknöpft ist, schreitet nach vorn und zieht die Vorhänge auf, erst den linken Vorhang, dann den rechten. Gleichzeitig kommen von oben die gedämpften Töne einer Orgel.

Auf der Bühne erscheint eine einzelne Gestalt, ein Junge von ungefähr elf oder zwölf Jahren, der goldene Tanzschuhe trägt und eine weiße Toga, die eine Schulter freilässt. Mit über dem Kopf erhobenen Armen blickt er in die Ferne. Während der Organist, der nur Señor Arroyo sein kann, eine Reihe von Verzierungen spielt, behält er diese Pose bei. Dann beginnt er, zu der Musik zu tanzen. Der Tanz besteht im Gleiten von einem Punkt der Bühne zu einem anderen, manchmal langsam, manchmal schnell. An jedem der Punkte kommt er fast zum Stehen, bleibt aber nie wirklich stehen. Das Muster des Tanzes, die Beziehung von einem Punkt zum nächsten, erschließt sich ihm nicht; die Bewegungen des Jungen sind anmutig, doch ohne Abwechslung. Er, Simón, verliert bald das Interesse, schließt die Augen und konzentriert sich auf die Musik.

Die höheren Töne der Orgel sind blechern, die tieferen Töne ohne Resonanz. Doch die Musik selbst ergreift ihn. Ruhe kommt herab; er spürt, wie etwas in ihm – seine Seele? – den Rhythmus der Musik annimmt und sich dazu bewegt. Er gerät in einen leichten Trancezustand.

Die Musik wird komplexer, dann wieder einfach. Er öffnet die Augen. Ein zweiter Tänzer ist auf der Bühne erschienen, der dem ersten so ähnlich sieht, dass es ein jüngerer Bruder sein muss. Auch er beschäftigt sich damit, von einem unsichtbaren Punkt zum anderen zu gleiten. Hin und wieder kreuzen sich ihre Pfade, aber es scheint nie die Gefahr eines Zusammenstoßes zu bestehen. Zweifellos haben sie so oft geprobt, dass sie die Bewegungen des anderen auswendig wissen; aber es steckt wohl mehr dahinter als das, eine Logik, die ihre Bahn diktiert, eine Logik, die er nicht ganz begreift, obwohl er das Gefühl hat, kurz davor zu sein.

Die Musik endet. Die beiden Tänzer erreichen ihre Endpunkte und nehmen ihre statischen Posen wieder ein. Dmitri zieht den linken Vorhang zu, dann den rechten. Von den Zuschauern kommt matter Applaus, an dem er sich beteiligt. Auch Inés klatscht.

Ana Magdalena tritt wieder nach vorn. Ein Strahlen geht von ihr aus, das – so ist er zu glauben bereit – vom Tanz hervorgerufen wurde, oder von der Musik, oder von Tanz und Musik zusammen; er spürt tatsächlich ein gewisses Strahlen in sich.

»Was Sie gerade gesehen haben, sind die Zahl Drei und die Zahl Zwei, die von zwei unserer älteren Schüler getanzt wurden. Zum Beschluss der Vorstellung dieses Abends werden unsere jüngeren Schüler den Ameisentanz vorführen, von dem ich vorher gesprochen habe.«

Dmitri zieht die Vorhänge auf. Vor ihnen sind acht Kinder, Mädchen und Jungen, zu einer Kolonne formiert, bekleidet mit ärmellosen Trikots und Shorts und grünen Kappen mit schwankenden Fühlern, um ihre Ameisennatur anzuzeigen. David ist an der Spitze der Kolonne.

Señor Arroyo an der Orgel spielt einen Marsch und

betont dabei den mechanischen Rhythmus. Die Ameisen machen große Schritte nach rechts und nach links, zurück und vor und gruppieren sich neu von einer Achterkolonne zu Viererreihen in zwei Kolonnen. Diese Stellung halten sie auf der Stelle marschierend vier Takte lang; dann gruppieren sie sich um zu zwei Reihen in vier Kolonnen. Marschierend halten sie diese Stellung; dann bilden sie eine einzelne Reihe, acht hintereinander. Marschierend halten sie diese Stellung; dann brechen sie plötzlich aus der Reihe aus und, während die Musik den Stakkatorhythmus aufgibt und nur zu einem lauten, unharmonischen Akkord nach dem anderen wird, flitzen sie über die Bühne, die Arme wie Flügel ausgebreitet, und prallen beinahe zusammen (und tun das in einem Fall tatsächlich und fallen von Lachen geschüttelt hin). Dann setzt wieder der regelmäßige Marschrhythmus ein und die Ameisen formieren sich rasch wieder zu ihrer ursprünglichen Achterkolonne.

Dmitri schließt die Vorhänge und bleibt strahlend stehen. Die Zuschauer klatschen laut. Die Musik hört nicht auf. Dmitri zieht die Vorhänge schnell wieder auf und gibt den Blick auf die immer noch in Kolonne marschierenden Insekten frei. Verdoppelter Applaus.

»Was hältst du davon?«, fragt er Inés.

»Was ich davon halte? Ich denke: Solange er glücklich ist, zählt nur das.«

»Das finde ich auch. Aber was hast du von der Rede gehalten? Was -«

David unterbricht ihn, als er erhitzt und aufgeregt zu ihnen gelaufen kommt, immer noch mit den schwankenden Fühlern auf dem Kopf. »Habt ihr mich gesehen?«, fragt er.

»Natürlich haben wir dich gesehen«, sagt Inés. »Du hast uns sehr stolz gemacht. Du warst der Anführer der Ameisen.«

»Ich war der Anführer, aber die Ameisen marschieren bloß. Nächstes Mal kann ich einen richtigen Tanz tanzen, sagt Ana Magdalena. Aber ich muss viel üben.«

»Das ist gut. Wann ist das nächste Mal?«

»Beim nächsten Konzert. Kann ich ein Stück Kuchen haben?«

»So viel du willst. Du brauchst nicht zu fragen. Der Kuchen ist für uns alle.«

Er schaut sich um auf der Suche nach Señor Arroyo. Er möchte den Mann gern treffen und herausfinden, ob er auch an ein höheres Reich glaubt, wo die Zahlen wohnen, oder ob er einfach die Orgel spielt und das Transzendentale seiner Frau überlässt. Aber Señor Arroyo ist nirgends zu sehen – die im Raum verstreuten Männer sind deutlich Väter wie er selbst.

Inés ist im Gespräch mit einer der Mütter. Sie winkt ihn heran. »Simón, das ist Señora Hernández. Ihr Sohn war auch eine Ameise. Señora, das ist mein Freund Simón.«

Amigo: Freund. Das Wort hat Inés vorher noch nie benutzt. Ist er das jetzt, ist er das geworden?

»Isabella«, sagt Señora Hernández. »Nennen Sie mich bitte Isabella.«

»Inés«, sagt Inés.

»Ich habe Inés zu Ihrem Sohn gratuliert. Er ist ein sehr selbstbewusster Darsteller, nicht wahr?«

»Er ist ein sehr selbstbewusstes Kind«, sagt er, Simón. »So ist er schon immer gewesen. Wie Sie sich vorstellen können, ist es nicht leicht, ihn zu unterrichten.«

Isabella sieht ihn verwundert an.

»Er ist selbstbewusst, doch sein Selbstbewusstsein ist nicht immer gut begründet«, fährt er fort und gerät ins Schwimmen. »Er glaubt, er habe Kräfte, die er nicht wirklich hat. Er ist noch sehr jung.«

»David hat sich selbst das Lesen beigebracht«, sagt Inés. »Er kann den *Don Quijote* lesen.«

»In einer verkürzten Form, für Kinder«, sagt er, »doch es stimmt, er hat sich selbst das Lesen beigebracht, ohne jegliche Hilfe.«

»Sie legen hier in der Akademie keinen Wert aufs Lesen«, sagt Isabella. »Sie sagen, das Lesen könne später kommen. Während sie jung sind, gibt es nur Tanzen, Musik und Tanz. Doch sie ist überzeugend, Ana Magdalena. Spricht sehr gut. Finden Sie nicht auch?«

»Was ist mit dem höheren Reich, aus dem die Zahlen zu uns herabsteigen, die heilige Zahl Zwei und die heilige Zahl Drei – haben Sie das verstanden?«, fragt er.

Ein kleiner Junge, der Isabellas Sohn sein muss, kommt herangeschlichen, einen Schokoladenring um den Mund. Sie holt ein Papiertaschentuch hervor und wischt ihm den Mund ab, was er geduldig über sich ergehen lässt. »Wir wollen diese komischen Ohren abnehmen und sie Ana Magdalena zurückgeben«, sagt sie. »Du kannst nicht als Ameise nach Hause gehen.«

Der Abend ist zu Ende. Ana Magdalena steht an der Tür und verabschiedet die Eltern. Er schüttelt ihre kühle Hand. »Bitte übermitteln Sie meinen Dank an Señor Arroyo«, sagt er. »Leider hatten wir nicht die Gelegenheit, ihn kennenzulernen. Er ist ein begnadeter Musiker.«

Ana Magdalena nickt. Einen Moment senken sich ihre

blauen Augen in die seinen. *Sie durchschaut mich*, denkt er erschüttert. *Durchschaut mich und mag mich nicht.*

Es schmerzt ihn. Er ist nicht daran gewöhnt, dass man ihn nicht mag, und das noch dazu grundlos. Aber vielleicht ist es keine persönliche Abneigung. Vielleicht mag die Frau die Väter aller ihrer Schüler nicht, als Rivalen ihrer Autorität. Oder vielleicht mag sie einfach Männer nicht, alle außer dem unsichtbaren Arroyo.

Nun gut, wenn sie ihn nicht mag, mag er sie auch nicht. Es überrascht ihn: Er spürt nicht oft eine Abneigung gegen eine Frau, besonders eine schöne Frau. Und diese Frau ist schön, da gibt es keinen Zweifel, sie ist von einer Schönheit, die der genauesten Prüfung standhält – makellose Gesichtszüge, makellose Haut, makellose Figur, makellose Haltung. Sie ist schön, doch sie stößt ihn ab. Sie mag ja verheiratet sein, doch er verbindet sie dennoch mit dem Mond und seinem kalten Licht, mit einer grausamen, quälerischen Keuschheit. Ist es klug, ihren Jungen – eigentlich irgendeinen Jungen, irgendein Mädchen – in ihre Hände zu geben? Was, wenn das Kind am Ende des Jahres aus ihrem Einflussbereich genauso kalt und quälerisch wie sie selbst hervorginge? Denn das ist sein Urteil über sie – über ihre Religion der Sterne und ihre geometrische Ästhetik des Tanzes. Blutlos, geschlechtslos, leblos.

Der Junge ist auf dem Autorücksitz eingeschlafen, den Bauch voller Kuchen und Limonade. Trotzdem hütet er sich, seine Gedanken Inés gegenüber auszusprechen – sogar im tiefsten Schlaf scheint das Kind zu hören, was um es herum vorgeht. Daher schweigt er, bis das Kind sicher zu Bett gebracht ist.

»Inés, bist du sicher, dass wir das Richtige getan haben?«, fragt er. »Sollten wir uns nicht nach einer Schule umschauen, die etwas weniger … extrem ist?«

Inés sagt nichts.

»Ich konnte mir keinen Reim auf diesen Vortrag der Señora machen«, lässt er nicht locker. »Was ich verstanden habe, fand ich etwas verrückt. Sie ist keine Lehrerin, sie ist eine Predigerin. Sie und ihr Mann haben eine Religion geschaffen und jetzt wollen sie Menschen bekehren. David ist zu jung, zu leicht zu beeindrucken, als dass man ihn einer derartigen Sache aussetzen sollte.«

Inés spricht. »Als ich Lehrerin war, hatten wir Señor C, den Briefträger, der pfeift, und *el* G, die Katze, die schnurrt und *el* T, den Zug, der tutet. Jeder Buchstabe hatte seine eigene Persönlichkeit und seinen eigenen Laut. Wir schufen Wörter, indem wir einen Buchstaben an den anderen reihten. So bringt man kleinen Kindern Lesen und Schreiben bei.«

»Du warst Lehrerin?«

»In La Residencia gaben wir Unterricht für die Kinder der Hausangestellten.«

»Das hast du mir nie erzählt.«

»Jeder Buchstabe des Alphabets hatte eine Persönlichkeit. Jetzt gibt sie auch den Zahlen eine Persönlichkeit, Ana Magdalena. *Uno, dos, tres*. Erweckt sie zum Leben. So unterrichtet man kleine Kinder. Ich gehe zu Bett. Gute Nacht.«

Fünf der Schüler an der Akademie sind Internatsschüler, die übrigen sind Tagesschüler. Die Internatsschüler kommen aus Bezirken der Provinz, die zu abgelegen sind, um täglich hin und her zu fahren. Diese fünf, dazu der junge Hilfslehrer und die zwei Söhne von Señor Arroyo, bekommen richtige Mahlzeiten, die Ana Magdalena zubereitet. Die Tagesschüler bringen ihre eigene Mahlzeit mit. Jeden Abend packt Inés Davids Lunchbox für den nächsten Tag und stellt sie in den Kühlschrank: Sandwiches, ein Apfel oder eine Banane, dazu eine kleine Leckerei, eine Praline oder ein Keks.

Eines Abends, als sie seine Lunchbox fertig macht, sagt David: »Einige Mädchen in der Schule wollen kein Fleisch essen. Sie sagen, es sei grausam. Ist es grausam, Inés?«

»Wenn du kein Fleisch isst, dann wirst du nicht stark. Dann wächst du nicht.«

»Aber ist es grausam?«

»Nein, es ist nicht grausam. Tiere spüren nichts, wenn sie geschlachtet werden. Sie haben keine Gefühle wie wir.«

»Ich habe Señor Arroyo gefragt, ob es grausam ist, und er hat gesagt, Tiere beherrschen keine Syllogismen, deshalb ist es nicht grausam. Was bedeutet Syllogismen?«

Inés ist ratlos. Er, Simón, schaltet sich ein. »Was er sagen will, ist, glaube ich, dass Tiere nicht logisch denken wie wir. Sie können keine logischen Schlussfolgerungen ziehen. Sie verstehen nicht, dass sie zum Schlachter gebracht werden, selbst wenn alle Umstände darauf hindeuten, deshalb haben sie keine Angst.«

»Aber tut es weh?«

»Geschlachtet zu werden? Nein, nicht wenn der Schlachter geschickt ist. Genauso wenig wie es weh tut, wenn du zum Arzt gehst, wenn der Arzt geschickt ist.«

»Es ist also nicht grausam.«

»Nein, es ist nicht besonders grausam. Ein großer,

starker Ochse spürt es kaum. Für den Ochsen ist es wie ein Nadelstich. Und dann gibt es überhaupt kein Gefühl mehr.«

»Aber warum müssen sie sterben?«

»Warum? Weil sie sind wie wir. Wir sind sterblich, sie auch, und sterbliche Geschöpfe müssen sterben. Das hatte Señor Arroyo im Sinn, als er seinen Scherz über Syllogismen machte.«

Der Junge schüttelt ungeduldig den Kopf. »Warum müssen sie sterben, um uns ihr Fleisch zu geben?«

»Weil das geschieht, wenn man ein Tier zerschneidet: Es stirbt. Wenn du den Schwanz einer Eidechse abschneidest, lässt sie einen neuen Schwanz wachsen. Aber ein Ochse ist nicht wie eine Eidechse. Wenn man einen Ochsenschwanz abschneidet, lässt er keinen neuen wachsen. Wenn man ihm das Bein abschneidet, dann verblutet er. David, ich möchte nicht, dass du über diese Dinge grübelst. Ochsen sind gute Kreaturen. Sie sind uns wohlgesonnen. In ihrer Sprache sagen sie: *Wenn der Junge David mein Fleisch essen muss, damit er stark und gesund werden kann, dann gebe ich es ihm gern.* Ist es nicht so, Inés?«

Inés nickt.

»Warum essen wir dann nicht Menschen?«

»Weil das ekelhaft ist«, sagt Inés. »Darum.«

Acht

Da Inés in der Vergangenheit nie Interesse an Mode gezeigt hat, erwartet er nicht, dass sie lange bei Modas Modernas bleibt. Aber er täuscht sich. Sie sonnt sich in ihrem Erfolg als Verkäuferin, besonders bei den älteren Kundinnen, die ihre Geduld mit ihnen zu schätzen wissen. Sie entsorgt ihre aus Novilla mitgebrachte Garderobe und fängt selbst an, neuere Mode zu tragen, die sie entweder zu einem Rabattpreis kauft oder vom Geschäft ausleiht.

Mit Claudia, der Eigentümerin, einer Frau ihres Alters, schließt sie schnell Freundschaft. Sie gehen zum Mittagessen in ein Café um die Ecke oder kaufen Sandwiches und essen sie im Lagerraum, wo Claudia ihr Herz ausschüttet und sich über ihren Sohn beklagt, der in schlechte Gesellschaft geraten ist und drauf und dran, die Schule abzubrechen; auch, weniger deutlich, über ihren treulosen Mann. Ob Inés im Gegenzug auch ihr Herz ausschüttet, erzählt Inés nicht – wenigstens nicht ihm, Simón.

In Vorbereitung der neuen Saison begibt sich Claudia auf eine Einkaufstour nach Novilla und überträgt Inés die Leitung des Geschäfts. Ihre plötzliche Beförderung erzürnt die Kassiererin, Inocencia, die seit seiner Gründung bei Modas Modernas gewesen ist. Es ist eine Erleichterung für alle, als Claudia zurückkommt.

Er, Simón, hört sich allabendlich Inés' Geschichten vom Auf und Ab der Mode an, von schwierigen oder übertrieben anspruchsvollen Kundinnen, von der unerwünschten Rivalität mit Inocencia. An den dürftigen Abenteuern, die ihm auf seinen Austragungsrunden zustoßen, zeigt Inés kein Interesse.

Claudia lädt Inés ein, sie bei ihrer nächsten Reise nach Novilla zu begleiten. Inés fragt ihn, Simón, was er davon hält. Sollte sie mitfahren? Wenn sie nun erkannt und von der Polizei verhaftet wird? Er spottet über ihre Ängste. Auf der Skala der Schändlichkeiten rangiert das Verbrechen, einem Minderjährigen beim gewohnheitsmäßigen Schulschwänzen Beihilfe zu leisten, bestimmt ganz unten, sagt er. Davids Akte wird inzwischen unter Bergen anderer Akten begraben sein; und selbst wenn nicht, hat die Polizei gewiss Besseres zu tun, als die Straßen nach straffälligen Eltern zu durchkämmen.

Inés nimmt also Claudias Einladung an. Sie nehmen den Nachtzug nach Novilla und verbringen den Tag im Warenhaus eines Großhändlers und treffen ihre Auswahl. Während einer Pause ruft Inés in La Residencia an und spricht mit ihrem Bruder Diego. Ohne Umschweife fordert Diego das Auto zurück (er nennt es *sein* Auto). Inés lehnt ab, bietet jedoch an, die Hälfte seines Wertes zu bezahlen, wenn er zustimmt, dass sie es übernimmt. Er fordert Dreiviertel; doch sie gibt nicht nach und er kapituliert.

Sie will mit ihrem anderen Bruder, Stefano, sprechen. Doch Stefano ist nicht länger in La Residencia, teilt ihr Diego mit. Er lebt jetzt in der Stadt mit seiner Freundin, die ein Baby erwartet.

Da Inés verreist oder zu beschäftigt mit Vorgängen bei

Modas Modernas ist, ist es nun seine, Simóns Aufgabe, sich um David zu kümmern. Außer dass er ihn morgens zur Akademie begleitet und ihn nachmittags nach Hause bringt, übernimmt er die Aufgabe, seine Mahlzeiten zuzubereiten. Er beherrscht die Kochkunst nur rudimentär, doch zum Glück ist der Junge dieser Tage so hungrig, dass er alles isst, was ihm vorgesetzt wird. Er schlingt riesige Portionen Kartoffelbrei mit Erbsen hinunter; er erwartet sehnsüchtig das Brathähnchen am Wochenende.

Er wächst schnell. Er wird nie sehr groß werden, doch er hat kräftige Gliedmaßen und unerschöpfliche Energie. Nach der Schule flitzt er los, um mit den anderen Jungen vom Wohnblock Fußball zu spielen. Obwohl er der Jüngste ist, gewinnt er durch seine Entschlossenheit und Zähigkeit den Respekt der älteren, größeren Jungen. Sein Laufstil – die Schultern hochgezogen, den Kopf gesenkt, die Ellbogen angelegt – ist vielleicht exzentrisch, doch er ist schnell und nicht leicht zu Fall zu bringen.

Anfangs hielt er, Simón, Bolívar an der Leine, während der Junge spielte, aus Angst, der Hund könnte aufs Feld laufen und jeden angreifen, der seinen jungen Herrn bedrohte. Doch Bolívar hat bald gelernt, dass hinter dem Ball herzulaufen bloß ein Spiel ist, ein Spiel der Menschen. Jetzt ist er damit zufrieden, an den Seitenlinien zu sitzen, sich nicht um den Fußball zu kümmern, die milde Wärme der Sonne und das vielfältige Gemisch an Gerüchen in der Luft zu genießen.

Laut Inés ist Bolívar sieben Jahre alt, doch er, Simón, fragt sich, ob der Hund nicht älter ist. Sicher ist er in seiner späteren Lebensphase, der Phase des Niedergangs. Er hat Gewicht zugelegt; obwohl er ein intakter Rüde ist, scheint er das Interesse an Hündinnen verloren zu haben. Er ist jetzt auch weniger umgänglich. Andere Hunde halten Abstand. Er braucht nur den Kopf zu heben und ein dumpfes Knurren hören zu lassen, und sie schleichen davon.

Er, Simón, ist der einzige Zuschauer der rauflustigen nachmittäglichen Fußballspiele, Spiele, deren Verlauf ständig unterbrochen wird durch Auseinandersetzungen zwischen den Spielern. Eines Tages kommt eine Abordnung älterer Jungen zu ihm, um zu fragen, ob er Schiedsrichter sein wolle. Er lehnt ab: »Ich bin zu alt und nicht fit genug«, sagt er. Das entspricht nicht ganz der Wahrheit; aber im Rückblick ist er froh, dass er abgelehnt hat, und vermutet, auch David ist froh darüber.

Er fragt sich, für wen ihn die Jungen aus dem Wohnblock halten – für Davids Vater? Seinen Großvater? Einen Onkel? Was hat David ihnen erzählt? Dass der Mann, der Zuschauer bei ihren Spielen ist, mit ihm und seiner Mutter zusammenwohnt, obwohl er allein schläft? Ist David stolz auf ihn oder schämt er sich für ihn oder beides; oder ist ein Sechsjähriger, der bald sieben wird, zu jung, um zwiespältige Gefühle zu haben?

Wenigstens respektieren die Jungen den Hund. Am ersten Tag, an dem er mit dem Hund ankam, bildeten sie einen Kreis um ihn. »Er heißt Bolívar«, verkündete David. »Er ist ein Schäferhund. Er wird euch nicht beißen.« Bolívar, der Schäferhund, blickte ruhig in die Ferne und gestattete den Jungen, ihn ehrfürchtig zu betrachten.

In der Wohnung verhält er, Simón, sich eher wie ein Mieter als wie ein vollwertiges Familienmitglied. Er achtet darauf, sein Zimmer zu jeder Zeit sauber und aufgeräumt zu halten. Er lässt seine Toilettenartikel nicht im Bad oder seinen Mantel an der Garderobe neben der Eingangstür. Wie Inés Claudia und der weiteren Welt seine Rolle in ihrem Leben erklärt, weiß er nicht. Sie hat ihn in seinem Beisein bestimmt nie als ihren Mann bezeichnet; wenn sie es vorzieht, ihn als Untermieter vorzustellen, wird er gute Miene dazu machen.

Inés ist eine schwierige Frau. Trotzdem stellt er bei sich eine wachsende Bewunderung für sie fest, und auch eine wachsende Zuneigung. Wer hätte gedacht, dass sie La Residencia und das einfache Leben, das sie dort hatte, hinter sich lassen und sich mit solcher Entschlossenheit dem Wohlergehen dieses eigensinnigen Kindes widmen würde!

»Sind wir eine Familie, du und Inés und ich?«, fragt der Junge.

»Natürlich sind wir eine Familie«, antwortet er pflichtschuldig. »Familien gibt es in vielen Formen. Wir sind eine der Formen, die eine Familie haben kann.«

»Aber müssen wir eine Familie sein?«

Er hat sich vorgenommen, sich nicht aufzuregen, die Fragen des Jungen ernst zu nehmen, selbst wenn sie bloß müßig sind.

»Wenn wir das wollten, könnten wir weniger Familie sein. Ich könnte ausziehen und eine eigene Wohnung finden und dich nur ab und zu sehen. Oder Inés könnte sich verlieben und heiraten und dich mitnehmen, um mit ihrem neuen Mann zusammenzuleben. Aber das sind Wege, die keiner von uns einschlagen möchte.«

»Bolívar hat keine Familie.«

»Wir sind Bolívars Familie. Wir kümmern uns um Bolívar und Bolívar kümmert sich um uns. Aber nein, du hast recht, Bolívar hat keine Familie, keine Hundefamilie. Er hatte eine Familie, als er klein war, aber dann wuchs er heran und fand, dass er keine Familie mehr brauchte. Bolívar lebt lieber für sich und trifft zufällig andere Hunde auf der Straße. Du kannst eine ähnliche Entscheidung treffen, wenn du erwachsen bist – allein ohne Familie zu leben. Aber während du noch klein bist, brauchst du unsere Fürsorge. Also sind wir deine Familie: Inés und Bolívar und ich.«

Wenn wir das wollten, könnten wir weniger Familie sein. Zwei Tage nach diesem Gespräch verkündet der Junge, ganz unvermittelt, dass er als Internatsschüler in der Akademie wohnen will.

Er, Simón, versucht, ihm das auszureden. »Warum willst du denn in die Akademie ziehen, wenn du hier ein so nettes Leben hast?«, sagt er. »Inés wird dich schrecklich vermissen. Ich werde dich vermissen.«

»Inés wird mich nicht vermissen. Inés hat mich nie erkannt.«

»Natürlich hat sie dich erkannt.«

»Sie behauptet, nein.«

»Inés liebt dich. Sie hat dich ins Herz geschlossen.«

»Aber sie hat mich nicht erkannt. Señor Arroyo erkennt mich.«

»Wenn du zu Señor Arroyo ziehst, wirst du kein eigenes Zimmer mehr haben. Du wirst dann in einem Schlafsaal mit den anderen Kindern schlafen. Wenn du dich mitten in der Nacht einsam fühlst, hast du niemanden, zu dem du gehen kannst, der dich tröstet. Señor Arroyo und Ana Magdalena werden dich bestimmt nicht in ihr Bett klettern lassen. Es wird keiner da sein, mit dem du nachmittags Fußball spielen kannst. Zum Abendessen bekommst du Möhren und Blumenkohl, die du hasst, statt Kartoffelbrei und Bratensoße. Und was ist mit Bolívar? Bolívar wird nicht begreifen, was passiert ist. *Wo ist mein junger Herr?*, wird Bolívar sagen. *Warum hat er mich im Stich gelassen?*«

»Bolívar kann mich besuchen«, sagt der Junge. »Du kannst ihn mitbringen.«

»Das ist eine große Entscheidung, Internatsschüler zu werden. Können wir das nicht auf das nächste Quartal verschieben und uns die Zeit nehmen, es gründlich zu bedenken?«

»Nein. Ich möchte jetzt Internatsschüler werden.«

Er spricht mit Inés. »Ich weiß nicht, was Ana Magdalena ihm versprochen haben kann«, sagt er. »Ich halte es für eine schlechte Idee. Er ist viel zu jung, um sein Zuhause zu verlassen.«

Zu seiner Überraschung stimmt Inés ihm nicht zu. »Lass ihn gehen. Er wird bald darum betteln, wieder nach Hause kommen zu dürfen. Es wird ihm eine Lehre sein.«

Das ist das Letzte, was er von ihr erwartet hätte – dass sie ihren kostbaren Sohn den Arroyos überlässt.

»Das wird teuer sein«, sagt er. »Wir wollen es wenigstens mit den Schwestern besprechen und sehen, wie sie es aufnehmen. Es ist schließlich ihr Geld.«

Obschon sie nicht ins Haus der Schwestern in Estrella eingeladen wurden, haben sie dafür gesorgt, die Verbindung zu Roberta auf der Farm aufrechtzuerhalten und gelegentlich zu Besuch zu kommen, wenn die Schwestern dort sind, als ein Zeichen, dass sie ihre Großzügigkeit nicht vergessen haben. Bei diesen Besuchen ist David ungewöhnlich mitteilsam über die Akademie. Die

Schwestern haben sich angehört, was er über die edlen Zahlen und die Hilfszahlen zu erklären hatte, und haben ihn einige der Schrittfolgen der einfacheren Tänze, der Zwei und Drei, vorführen sehen, Tänze, die, wenn sie richtig ausgeführt werden, die ihnen entsprechenden edlen Zahlen von den Sternen herabrufen. Sie waren entzückt von seiner körperlichen Anmut und beeindruckt von der Ernsthaftigkeit, mit der er die ungewöhnlichen Lehren der Akademie vorträgt. Aber bei diesem neuen Besuch ist der Junge mit einer Herausforderung anderer Art konfrontiert: Er muss ihnen erklären, warum er zu Hause ausziehen und bei den Arroyos leben will.

»Bist du sicher, dass Señor und Señora Arroyo Platz für dich haben?«, fragt Consuelo. »Wie ich höre – korrigieren Sie mich, wenn ich mich täusche, Inés –, sind sie nur zu zweit, und sie haben recht viele Internatsschüler und dazu eigene Kinder. Was hast du dagegen, zu Hause bei deinen Eltern zu wohnen?«

»Sie verstehen mich nicht«, sagt der Junge.

Consuelo und Valentina wechseln Blicke. *»Meine Eltern verstehen mich nicht«*, sagt Consuelo nachdenklich. »Wo habe ich diese Worte schon einmal gehört? Bitte sag mir doch, junger Mann, warum ist es so wichtig, dass deine Eltern dich verstehen? Reicht es nicht, wenn sie gute Eltern sind?«

»Simón versteht die Zahlen nicht«, sagt der Junge.

»Ich verstehe Zahlen auch nicht. Solche Dinge überlasse ich Roberta.«

Der Junge schweigt.

»Hast du dir das gut überlegt, David?«, fragt Valentina. »Bist du fest entschlossen? Bist du sicher, dass du es dir nach einer Woche bei den Arroyos nicht anders überlegst und darum bittest, nach Hause zurückkommen zu dürfen?«

»Ich überlege es mir nicht anders.«

»Also gut«, sagt Consuelo. Sie blickt Valentina an, blickt Alma an. »Du sollst deinen Willen bekommen und Internatsschüler in der Akademie werden. Wir werden die Kosten mit Señora Arroyo besprechen. Aber deine Beschwerde über deine Eltern, dass sie dich nicht verstehen, schmerzt uns sehr. Es scheint eine Menge verlangt, dass sie nicht nur gute Eltern sein, sondern dich darüber hinaus auch verstehen sollen. Ich verstehe dich bestimmt nicht.«

»Und ich auch nicht«, sagt Valentina. Alma schweigt.

»Willst du dich nicht bei Señora Consuelo und Señora Valentina und Señora Alma bedanken?«, sagt Inés.

»Vielen Dank«, sagt der Junge.

Am nächsten Morgen begleitet Inés sie zur Akademie, statt zu Modas Modernas zu gehen. »David sagt, er möchte hier Internatsschüler werden«, sagt sie zu Ana Magdalena. »Ich weiß nicht, wer ihm diese Idee eingepflanzt hat, und ich fordere Sie nicht auf, es zu sagen. Ich möchte nur wissen: Haben Sie Platz für ihn?«

»Stimmt das, David? Du möchtest Internatsschüler bei uns sein?«

»Ja«, sagt der Junge.

»Und Sie haben etwas dagegen, Señora?«, fragt Ana Magdalena. »Wenn Sie etwas dagegen haben, warum sagen Sie es nicht einfach?«

Sie spricht Inés an, doch er, Simón, antwortet. »Wir stellen uns nicht gegen diesen letzten Wunsch von ihm, aus dem einfachen Grund, weil wir nicht die Kraft dazu haben«, sagt er. »Bei uns bekommt David letzten Endes immer seinen Willen. So eine Familie sind wir: ein Herr und zwei Diener.«

Inés findet das nicht witzig. Auch Ana Magdalena nicht. Doch David lächelt vor sich hin.

»Mädchen lieben Sicherheit«, sagt Ana Magdalena, »aber für Jungen ist es anders. Für Jungen, einige Jungen, ist das Fortgehen von zu Hause ein großes Abenteuer. Aber ich muss dich warnen, David, wenn du zu uns kommst, wirst du nicht mehr der Herr sein. In unserem Zuhause ist Señor Arroyo der Herr und die Jungen und Mädchen hören auf das, was er sagt. Akzeptierst du das?«

»Ja«, sagt der Junge.

»Aber nur unter der Woche«, sagt Inés. »An den Wochenenden kommt er nach Hause.«

»Ich werde eine Liste mit Sachen aufschreiben, die Sie für ihn einpacken sollten«, sagt Ana Magdalena. »Machen Sie sich keine Sorgen. Wenn ich sehe, dass er sich einsam fühlt und sich nach seinen Eltern sehnt, rufe ich Sie an. Aljoscha wird auch ein Auge auf ihn haben. Aljoscha hat ein gutes Gespür für derlei.«

»Aljoscha«, sagt Simón. »Wer ist Aljoscha?«

»Aljoscha ist der Mann, der sich um die Internatsschüler kümmert«, sagt Inés. »Das habe ich dir erzählt. Hast du nicht zugehört?«

»Aljoscha ist der junge Mann, der uns hilft«, sagt Ana Magdalena. »Er ist ein Produkt der Akademie, also kennt er unsere Vorgehensweise. Er hat die besondere Verantwortung für die Internatsschüler. Er nimmt die Mahlzeiten mit ihnen ein und hat ein eigenes Zimmer neben dem Schlafsaal. Er ist sehr einfühlsam, sehr gutmütig, sehr mitfühlend. Ich werde ihn Ihnen vorstellen.«

Der Übergang vom Tagesschüler zum Internatsschüler stellt sich als die einfachste Sache heraus. Inés kauft einen kleinen Koffer, in den sie ein paar Toilettensachen und Wechselkleidung einpacken. Der Junge fügt *Don Quijote* hinzu. Am nächsten Morgen gibt er Inés einen sachlichen Abschiedskuss und marschiert die Straße hinunter, gefolgt von ihm, Simón, der den Koffer trägt.

Dmitri wartet wie gewöhnlich an der Tür. »Aha, der junge Herr nimmt also seinen Wohnsitz hier«, sagt Dmitri und nimmt den Koffer. »Ganz bestimmt ein großer Tag. Ein Tag, um zu singen und zu tanzen und das gemästete Kalb zu schlachten.«

»Auf Wiedersehen, mein Junge«, sagt er, Simón. »Sei ein lieber Junge, ich sehe dich dann am Freitag wieder.«

»Ich bin lieb«, sagt der Junge. »Ich bin immer lieb.«

Er schaut zu, wie Dmitri und der Junge die Treppe hinauf verschwinden. Dann folgt er ihnen aus einem Impuls heraus. Er kommt gerade rechtzeitig im Studio an, um den Jungen an der Hand von Ana Magdalena in die inneren Bereiche der Wohnung trotten zu sehen. Ein Gefühl des Verlustes breitet sich in ihm aus wie ein Nebel. Tränen steigen auf, die er vergeblich zu verbergen versucht.

Dmitri legt ihm einen tröstenden Arm um die Schulter. »Ruhig«, sagt Dmitri.

Statt ruhig zu sein, bricht er in Schluchzen aus. Dmitri zieht ihn an die Brust; er sträubt sich nicht. Er gestattet sich einen mächtigen Schluchzer, noch einen und einen dritten, wobei er mit tiefen, zitternden Atemzügen den Geruch nach Tabak und Serge einatmet. *Loslassen*, denkt er: *Ich lasse los. Das ist bei einem Vater entschuldbar*.

Dann ist die Zeit für Tränen vorüber. Er befreit sich, räuspert sich, flüstert ein Wort, das ein Wort des Dankes sein soll, doch als eine Art Gurgeln herauskommt, und eilt die Treppe hinunter.

Zu Hause erzählt er an diesem Abend Inés von der Episode, einer Episode, die im Rückblick immer seltsamer erscheint – mehr als seltsam, bizarr.

»Ich weiß nicht, was in mich gefahren ist«, sagt er. »Schließlich ist es nicht so, dass das Kind weggenommen und in ein Gefängnis gesperrt wird. Wenn David sich einsam fühlt, wenn er mit diesem Aljoscha nicht auskommt, kann er in einer halben Stunde zu Hause sein, wie Ana Magdalena sagt. Warum also war ich so untröstlich? Und das ausgerechnet vor Dmitri! Dmitri!«

Aber Inés ist mit ihren Gedanken woanders. »Ich hätte ihm seinen warmen Schlafanzug einpacken sollen«, sagt sie. »Wenn ich ihn dir gebe, würdest du ihn morgen hinbringen?«

Am nächsten Morgen übergibt er Dmitri den in braunes Packpapier eingewickelten Schlafanzug mit Davids Namen darauf. »Warme Sachen, von Inés«, sagt er. »Geben Sie es nicht David selbst, der ist zu zerstreut. Geben Sie es Ana Magdalena, oder besser, geben Sie es dem jungen Mann, der sich um die Internatsschüler kümmert.«

»Aljoscha. Ich werde es ihm ganz sicher geben.«

»Inés macht sich Sorgen, dass David nachts frieren könnte. Das liegt in ihrer Natur – sich Sorgen zu machen. Übrigens möchte ich mich für das Spektakel entschuldigen, das ich gestern veranstaltet habe. Ich weiß nicht, was in mich gefahren ist.«

»Es war Liebe«, sagt Dmitri. »Sie lieben den Jungen.

Mit anzusehen, wie er Ihnen so den Rücken zukehrt, hat Ihnen das Herz gebrochen.«

»Den Rücken zukehrt? Das verstehen Sie falsch. David kehrt uns nicht den Rücken zu. Weit entfernt davon. Das Wohnen in der Akademie ist nur vorübergehend, eine Laune von ihm, ein Experiment. Wenn er es satthat oder unglücklich ist, kommt er wieder nach Hause.«

»Eltern bereitet es immer Kummer, wenn ihre Jungen das Nest verlassen«, sagt Dmitri. »Das ist nur natürlich. Sie haben ein weiches Herz, das sehe ich. Auch ich habe ein weiches Herz, trotz des rauen Äußeren. Dafür braucht man sich nicht zu schämen. Es ist unsere Natur, Ihre und meine. So wurden wir geboren. Wir sind Softies.« Er grinst. »Nicht wie Ihre Inés. *Un corazón de cuero*.«

»Sie haben keine Ahnung, wovon Sie reden«, sagt er steif. »Eine aufopferungsvollere Mutter als Inés hat es nie gegeben.«

»Un corazón de cuero«, wiederholt Dmitri. »Ein ledernes Herz. Wenn Sie mir nicht glauben, warten Sie's ab.«

Er dehnt die Fahrradtour des Tages so lange wie möglich aus, radelt langsam, trödelt an den Straßenecken. Der Abend dehnt sich vor ihm wie eine Wüste. Er entdeckt eine Bar und bestellt einen *vino de paja*, den herben Wein, an dem er auf der Farm Geschmack gefunden hat. Als er sich dann auf den Weg macht, fühlt er sich angenehm beduselt. Aber es dauert nicht lange und die bedrückend düstere Stimmung kehrt zurück. *Ich muss eine Beschäftigung finden!*, sagt er sich. *So kann man nicht leben, die Zeit totschlagend!*

Un corazón de cuero. Wenn irgendjemand hartherzig ist, dann David, nicht Inés. An Inés' Liebe für das Kind, und seiner eigenen, kann es keinen Zweifel geben. Aber ist es gut für das Kind, dass sie – aus Liebe – so leicht seinen Wünschen nachgeben? Vielleicht wohnt ja in den gesellschaftlichen Institutionen eine blinde Weisheit. Vielleicht sollten sie den Jungen, statt ihn wie einen kleinen Prinzen zu behandeln, wieder in die staatlichen Schulen schicken und die Lehrer ihn zähmen und in ein gesellschaftliches Wesen verwandeln lassen.

Mit schmerzendem Kopf kehrt er in die Wohnung zurück, begibt sich in sein Zimmer und schläft ein. Als er aufwacht, ist es Abend und Inés ist zu Hause.

»Entschuldige«, sagt er, »ich war erschöpft, ich habe kein Abendessen gemacht.«

»Ich habe schon gegessen«, sagt Inés.

Neun

In den folgenden Wochen wird die Brüchigkeit ihres häuslichen Arrangements immer deutlicher. Auf eine einfache Formel gebracht, gibt es jetzt, wo das Kind fort ist, keinen Grund, warum Inés und er zusammenleben sollten. Sie haben einander nichts zu sagen; sie haben fast keine Gemeinsamkeiten. Inés füllt das Schweigen mit Geplauder über Modas Modernas, dem er kaum zuhört. Wenn er nicht unterwegs auf seinen Fahrradtouren ist, bleibt er in seinem Zimmer, liest die Zeitung oder döst. Er kauft nicht ein, er kocht nicht. Inés fängt an, erst spät nach Hause zu kommen, er nimmt an, dass sie die Zeit mit Claudia verbringt, auch wenn sie keine Erklärung anbietet. Nur während der Wochenendbesuche des Jungen gibt es etwas Ähnliches wie ein Familienleben.

Dann, als er eines Freitags zur Akademie kommt, um den Jungen abzuholen, findet er verschlossene Türen vor. Nach langer Suche spürt er Dmitri im Museum auf.

»Wo ist David?«, will er wissen. »Wo sind die Kinder? Wo sind die Arroyos?«

»Sie sind schwimmen«, sagt Dmitri. »Haben sie Ihnen das nicht gesagt? Sie haben einen Ausflug zum See Calderón gemacht. Es soll eine besondere Freude für die Internatsschüler sein, wo das Wetter jetzt immer wärmer wird. Gern wäre ich mitgegangen, doch leider habe ich meine Pflichten.«

»Wann kommen sie zurück?«

»Wenn das Wetter schön bleibt, am Sonntagnachmittag.«

»Sonntag!«

»Sonntag. Machen Sie sich keine Sorgen. Ihr Junge wird eine wunderbare Zeit haben.«

»Aber er kann nicht schwimmen!«

»Der See Calderón ist das ruhigste Wasser in der ganzen weiten Welt. Dort ist noch nie einer ertrunken.«

Das sind die Neuigkeiten, mit denen Inés empfangen wird, als sie heimkommt: dass der Junge auf einem Ausflug zum See Calderón ist, dass sie ihn an diesem Wochenende nicht sehen werden.

»Und wo ist der See Calderón?«, will sie wissen.

»Zwei Stunden mit dem Auto nach Norden. Laut Dmitri ist der See Calderón ein Bildungserlebnis, das man nicht verpassen sollte. Die Kinder werden in Booten mit Glasboden hinausgefahren, um das Unterwasserleben zu beobachten.«

»Dmitri. Dmitri ist also jetzt ein Bildungsexperte.«

»Wir können gleich morgen früh zum See Calderón fahren, wenn du möchtest. Nur um uns davon zu überzeugen, dass alles in Ordnung ist. Wir können David begrüßen; wenn er sich nicht wohl fühlt, können wir ihn mit nach Hause nehmen.«

Das machen sie dann auch. Sie fahren hinaus zum See Calderón und Bolívar schlummert auf der Rückbank. Der Himmel ist wolkenlos, der Tag verspricht, heiß zu werden. Sie verpassen die Abzweigung; es ist Mittag, ehe sie die kleine Siedlung am See finden, mit ihrer einen Pension und ihrem einzigen Laden, der Eis und Plastiksandalen, Angelausrüstung und Köder verkauft.

»Ich suche den Ort, wo Schulgruppen hingehen«, sagt er zu dem Mädchen hinter dem Ladentisch.

»*El centro recreativo*. Folgen Sie der Straße am Seeufer entlang. Das ist ungefähr einen Kilometer weiter.«

El centro recreativo ist ein flaches, langgestrecktes Gebäude mit Zugang zu einem Sandstrand. Auf dem Strand tummeln sich Dutzende Menschen, Männer und Frauen, Erwachsene und Kinder, alle nackt. Selbst aus der Entfernung hat er keine Mühe, Ana Magdalena ausfindig zu machen.

»Davon hat Dmitri nichts gesagt – von der Freikörperkultur«, sagt er zu Inés. »Was sollen wir machen?«

»Nun, ich werde mich bestimmt nicht ausziehen«, antwortet sie.

Inés ist eine gutaussehende Frau. Sie hat keinen Grund, sich ihres Körpers zu schämen. Was sie nicht sagt, ist: *Ich werde mich nicht vor dir ausziehen.*

»Dann will ich derjenige sein«, sagt er. Während der Hund, freigelassen, in Richtung Strand davonspringt, zieht er sich auf den Rücksitz zurück und entledigt sich seiner Sachen.

Behutsam den Weg über die Steine suchend, kommt er auf dem Sandstrand an, als gerade ein Boot voller Kinder hereinkommt. Ein junger Mann mit einer dunklen Haartolle ähnlich einer Rabenschwinge hält das Boot fest, während die Kinder herauspurzeln, im flachen Wasser herumspritzen, jauchzen und lachen, nackt, David in ihrer Mitte. Überrascht entdeckt ihn der Junge. »Simón!«, ruft er und kommt angelaufen. »Rate mal, was wir gesehen haben, Simón! Wir haben einen Aal gesehen, und der hat einen Babyaal gegessen, der Kopf des Babyaals guckte aus dem Maul des großen Aals heraus, das war so lustig, das hättest du sehen sollen! Und wir haben Fische gesehen, jede Menge Fische. Und wir haben Krabben gesehen. Das ist alles. Wo ist Inés?«

»Inés wartet im Auto. Sie fühlt sich nicht wohl, sie hat Kopfschmerzen. Wir sind gekommen, weil wir hören wollten, was deine Pläne sind. Möchtest du mit uns nach Hause kommen oder möchtest du bleiben?«

»Ich möchte bleiben. Kann Bolívar auch hierbleiben?«

»Ich glaube nicht. Bolívar ist nicht an fremde Orte gewöhnt. Er könnte fortlaufen und verlorengehen.«

»Er wird nicht verlorengehen. Ich werde mich um ihn kümmern.«

»Ich weiß nicht. Ich werde es mit Bolívar besprechen und sehen, was er will.«

»Gut.« Und ohne ein weiteres Wort wendet sich der Junge um und läuft seinen Freunden hinterher.

Der Junge scheint es nicht seltsam zu finden, dass er, Simón, hier nackt dasteht. Und tatsächlich verschwindet seine eigene Befangenheit schnell unter all diesen Nackten, jung und alt. Aber er ist sich bewusst, dass er es vermieden hat, Ana Magdalena direkt anzusehen. Warum? Warum spürt er vor ihr allein seine Nacktheit? Er hat keine sexuellen Gefühle für sie. Er ist ihr einfach nicht ebenbürtig, sexuell oder anderweitig. Doch es ist, als ob etwas aus seinen Augen blitzen würde, wenn er sie direkt anblickte, etwas wie ein Pfeil, stahlhart und unmissverständlich, etwas, das er sich nicht erlauben kann.

Er ist ihr nicht ebenbürtig – dessen ist er gewiss. Wenn sie mit verbundenen Augen zur Schau gestellt würde, wie eine der Statuen in Dmitris Museum oder wie ein Tier in einem Käfig im Zoo, könnte er Stunden damit zubringen, sie anzusehen, verzückt vor Bewunderung über die Vollendung einer bestimmten Art kreatürlicher Form, die sie verkörpert. Aber das ist nicht die ganze Geschichte, bei weitem nicht. Es ist nicht nur, dass sie jung und vital, er aber alt und verbraucht ist; nicht nur, dass sie sozusagen aus Marmor gemeißelt, er aber sozusagen aus Lehm gemacht ist. Warum ist ihm sofort diese Wendung eingefallen: *nicht ebenbürtig*? Was ist der grundlegendere Unterschied zwischen ihnen beiden, den er spürt, den er aber nicht genau benennen kann?

Eine Stimme spricht hinter ihm, ihre Stimme: »Señor Simón.« Er dreht sich um und hebt zögernd die Augen.

Ihre Schultern sind sandbestäubt, die Brüste rosig, sonnenverbrannt; in ihrem Schritt ist ein Pelzflecken, im hellsten Braunton, so fein, dass er fast unsichtbar ist.

»Sind Sie allein hier?«, fragt sie.

Hohe Schultern, eine lange Taille. Lange Beine mit festen Muskeln, die Beine einer Tänzerin.

»Nein – Inés wartet im Auto. Wir haben uns Sorgen um David gemacht. Uns wurde nichts von diesem Ausflug erzählt.«

Sie runzelt die Stirn. »Aber wir haben alle Eltern schriftlich informiert. Haben Sie die Mitteilung nicht erhalten?«

»Ich weiß von keiner Mitteilung. Aber Ende gut, alles gut. Die Kinder scheinen sich zu amüsieren. Wann werden Sie sie zurückbringen?«

»Das haben wir noch nicht entschieden. Wenn das Wetter schön bleibt, sind wir vielleicht das ganze Wochenende hier. Haben Sie schon meinen Mann kennengelernt? Juan, das ist Señor Simón, Davids Vater.«

Señor Arroyo, Meister der Musik und Direktor der

Tanzakademie – er hatte nicht erwartet, ihn auf diese Weise kennenzulernen, nackt. Ein massiger Mann, nicht korpulent, nicht direkt, aber nicht mehr jung: An Hals, Brust und Bauch neigt sein Fleisch inzwischen zur Schlaffheit. Seine Hautfarbe, die Farbe seines ganzen Körpers, sogar die des kahlen Schädels, ist ein einheitliches Ziegelrot, als sei die Sonne sein natürliches Element. Das muss seine Idee gewesen sein, dieser Ausflug zum Strand.

Sie geben sich die Hand. »Ist das Ihr Hund?«, fragt Señor Arroyo und deutet auf ihn.

»Ja.«

»Ein schönes Tier.« Seine Stimme ist tief und leicht. Zusammen betrachten sie das schöne Tier. Bolívar blickt übers Wasser und beachtet sie nicht. Zwei Spaniels nähern sich ihm und schnüffeln abwechselnd an seinen Genitalien; er lässt sich nicht herab, die ihren zu beschnüffeln.

»Ich habe es gerade Ihrer Frau erklärt«, sagt er, Simón. »Durch irgendein Kommunikationsversagen haben wir vorher nichts von diesem Ausflug erfahren. Wir haben gedacht, David kommt wie gewöhnlich fürs Wochenende nach Hause. Deshalb sind wir hier. Wir waren etwas besorgt. Aber alles ist gut, wie ich sehe, deshalb werden wir jetzt wieder zurückfahren.«

Señor Arroyo betrachtet ihn mit amüsiert gekräuselten Lippen, so scheint es. Er sagt nicht: *Ein Kommunikationsversagen? Erklären Sie das bitte.*

Er sagt nicht: *Es tut mir leid, dass Ihre Fahrt umsonst gewesen ist.* Er sagt nicht: *Möchten Sie zum Mittagessen bleiben?* Er sagt nichts. Kein Smalltalk.

Sogar seine Augenlider haben eine sonnenverbrannte

Färbung. Und dann die blauen Augen, blasser als die seiner Frau.

Er sammelt sich. »Darf ich fragen, was David für Lernfortschritte macht?«

Der schwere Kopf nickt ein-, zwei-, dreimal. Jetzt ist ein deutliches Lächeln auf seinen Lippen. »Ihr Sohn hat – wie soll ich es nennen? – ein Selbstvertrauen, das bei einem so jungen Menschen ungewöhnlich ist. Er scheut keine Abenteuer – Abenteuer des Geistes.«

»Nein, er zeigt keine Scheu. Und er singt auch gut. Ich bin kein Musiker, doch das kann ich hören.«

Señor Arroyo hebt eine Hand und wischt die Worte träge weg. »Sie haben es gut gemacht«, sagt er. »Sie sind ja wohl derjenige, der die Verantwortung für seine Erziehung auf sich genommen hat. Das erzählt er mir.«

Das Herz schwillt ihm in der Brust. Das also erzählt der Junge – dass er, Simón, derjenige ist, der ihn erzogen hat! »David hat eine bunte Erziehung gehabt, wenn ich es so ausdrücken darf«, sagt er. »Sie sagen, er habe Selbstvertrauen. Das stimmt. Zuweilen ist es mehr als Selbstvertrauen. Er kann eigensinnig sein. Bei einigen seiner Lehrer ist das nicht gut angekommen. Aber für Sie und Señora Arroyo hat er den größten Respekt.«

»Nun, wenn das so ist, müssen wir alles tun, um das zu verdienen.«

Ohne dass er es bemerkt hat, hat sich Señora Arroyo, Ana Magdalena, davongemacht. Jetzt taucht sie erneut in seinem Blickfeld auf, als sie am Ufer entlanggeht, groß, anmutig, mit einer Meute nackter Kinder, die um sie herumtollen.

»Ich sollte mich auf den Weg machen«, sagt er. »Auf Wiedersehen.« Und dann: »Die Zahlen, zwei und drei und so weiter – ich habe mich redlich bemüht, Ihr System zu verstehen. Ich habe dem Vortrag aufmerksam zugehört, den Señora Arroyo gehalten hat, ich befrage David, doch ich gestehe, ich habe immer noch Mühe.«

Señor Arroyo zieht eine Braue in die Höhe und wartet.

»Zählen spielt keine große Rolle in meinem Leben«, fährt er hastig fort. »Ich meine, ich zähle Äpfel und Orangen wie jeder andere. Ich zähle Geld. Ich addiere und subtrahiere. Die Ameisenarithmetik, von der Ihre Frau gesprochen hat. Aber der Tanz der Zwei, der Tanz der Drei, die edlen Zahlen und die Hilfszahlen, die Sterne herabrufen – diese Dinge sind mir unverständlich. Kommen Sie in Ihrem Unterricht jemals über zwei und drei hinaus? Werden die Kinder jemals richtige Mathematik lernen – *x* und *y* und *z*? Oder kommt das erst später?«

Señor Arroyo schweigt. Die Mittagssonne brennt auf sie herab.

»Können Sie mir einen Hinweis geben, einen Anhaltspunkt?«, sagt er. »Ich möchte verstehen. Wirklich. Ich will wirklich verstehen.«

Señor Arroyo spricht. »Sie möchten verstehen. Sie fragen mich, als sei ich der Weise von Estrella, der Mann mit allen Antworten. Das bin ich nicht. Ich habe keine Antworten für Sie. Aber ich will etwas zu Antworten im Allgemeinen sagen. Meiner Meinung nach gehören Frage und Antwort zusammen wie Himmel und Erde oder wie Mann und Frau. Ein Mann macht sich auf und durchsucht die Welt nach der Antwort auf seine eine große Frage: *Was ist es, das mir fehlt?* Dann, eines Tages, wenn er Glück hat, findet er seine Antwort: Frau. Mann und

Frau kommen zusammen, sie *sind eins* – wir wollen auf diesen Ausdruck zurückgreifen – und aus ihrem Einssein, ihrer Verbindung, entsteht ein Kind. Das Kind wächst heran, bis eines Tages die Frage zu ihm kommt: *Was ist es, das mir fehlt?*, und so beginnt der Kreislauf von neuem. Der Kreislauf beginnt von neuem, weil in der Frage schon die Antwort liegt, wie ein ungeborenes Kind.«

»Und daher?«

»Daher, wenn wir dem Kreislauf entgehen wollen, sollten wir die Welt vielleicht nicht nach der wahren Antwort, sondern nach der wahren Frage durchforsten. Vielleicht ist es das, was uns fehlt.«

»Und wie hilft mir das, Señor, die Tänze zu verstehen, die Sie meinem Sohn beibringen, die Tänze und die Sterne, die durch die Tänze heruntergeholt werden sollen, und die Rolle der Tänze bei seiner Erziehung?«

»Ja, die Sterne … Sie sind für uns weiterhin ein Rätsel, selbst für alte Männer wie Sie und ich. *Wer sind sie? Was sagen sie uns? Nach welchen Gesetzen existieren sie?* Für ein Kind ist es leichter. Das Kind braucht nicht zu denken, denn das Kind kann tanzen. Während wir gelähmt dastehen und den weiten Raum anstarren, der zwischen uns und den Sternen gähnt – *Was für ein Abgrund! Wie können wir den je überwinden?* –, tanzt das Kind einfach hinüber.«

»So ist David nicht. Er ist voller Furcht vor Abgründen. Manchmal gelähmt. Ich habe es erlebt. Es ist ein bei Kindern nicht selten anzutreffendes Phänomen. Ein Syndrom.«

Señor Arroyo beachtet seine Worte nicht. »Der Tanz ist keine Sache der Schönheit. Wenn ich schöne Bewegungsfiguren schaffen wollte, würde ich Marionetten benutzen, keine Kinder. Marionetten können schweben und gleiten, wie es Menschen nicht möglich ist. Sie können Muster von großer Komplexität in die Luft zeichnen. Aber sie können nicht tanzen. Sie haben keine Seele. Die Seele bringt Anmut in den Tanz, die Seele, die dem Rhythmus folgt, jeder Schritt belebt vom nächsten und übernächsten Schritt.

Was nun die Sterne angeht, die Sterne haben ihre eigenen Tänze, aber ihre Logik ist für uns nicht zu begreifen, wie auch ihre Rhythmen. Das ist unsere Tragik. Und dann gibt es die wandernden Sterne, die nicht dem Tanz folgen, wie Kinder, die nicht rechnen können. *Las estrellas errantes, niños que ignoran la aritmética*, wie der Dichter geschrieben hat. Den Sternen ist es gegeben, das Undenkbare zu denken, die Gedanken, die Sie und ich nicht begreifen: die Gedanken *vor der Ewigkeit* und *nach der Ewigkeit*, die Gedanken *von nichts zu eins* und *von eins zu nichts*, und so weiter. Wir Sterblichen haben keinen Tanz für *von nichts zu eins*. Um also zu Ihrer Frage nach dem geheimnisvollen x zurückzukehren und danach, ob unsere Schüler an der Akademie jemals die Antwort auf x lernen werden, so ist meine Antwort: Bedauerlicherweise weiß ich es nicht.«

Er wartet auf mehr, doch mehr kommt nicht. Señor Arroyo hat gesagt, was er zu sagen hatte. Nun ist er an der Reihe. Doch er, Simón, weiß nicht weiter. Er hat nichts anzubieten.

»Trösten Sie sich«, sagt Señor Arroyo. »Sie sind nicht hergekommen, um sich nach x zu erkundigen, sondern weil Sie um das Wohlergehen Ihres Kindes besorgt waren. Sie können beruhigt sein. Es geht ihm gut. Wie andere Kinder auch hat David kein Interesse an x. Er will in der Welt sein, sein Lebendigsein erleben, das so neu und aufregend ist. Jetzt muss ich aber meiner Frau helfen. Auf Wiedersehen, Señor Simón.«

Er findet den Weg zurück zum Auto. Inés ist nicht dort. Er zieht sich eilig an, pfeift nach Bolívar. »Inés!«, sagt er zu dem Hund. »Wo ist Inés? Finde Inés!«

Der Hund führt ihn zu Inés, die nicht weit entfernt unter einem Baum auf einer kleinen Anhöhe sitzt, von wo aus man über den See blickt.

»Wo ist David?«, fragt sie. »Ich dachte, er kommt mit uns nach Hause.«

»David hat eine gute Zeit, er möchte bei seinen Freunden sein.«

»Wann werden wir ihn dann wiedersehen?«

»Das hängt vom Wetter ab. Wenn es schön bleibt, dann bleiben sie das ganze Wochenende. Mach dir keine Sorgen, Inés. Er ist in guten Händen. Er ist glücklich. Und ist das nicht das Wichtigste?«

»Dann fahren wir also nach Estrella zurück?« Inés steht auf, klopft ihr Kleid ab. »Ich wundere mich über dich. Macht dich die ganze Sache nicht traurig? Zuerst will er unbedingt zu Hause ausziehen, nun will er nicht einmal mehr das Wochenende mit uns verbringen.«

»Das wäre früher oder später sowieso passiert. Er hat ein unabhängiges Wesen.«

»Du nennst es Unabhängigkeit, doch für mich sieht es so aus, als stehe er vollkommen unter der Fuchtel der Arroyos. Ich habe gesehen, dass du dich mit el Señor unterhalten hast. Worum ging es da?«

»Er hat mir seine Philosophie erklärt. Die Philosophie hinter der Akademie. Die Zahlen und die Sterne. Die Sterne herabrufen und so weiter.«

»Nennst du das so: Philosophie?«

»Nein, ich nenne das nicht Philosophie. Für mich nenne ich das Gewäsch. Für mich nenne ich das einen Haufen mystischen Schwachsinn.«

»Warum reißen wir uns dann nicht zusammen und nehmen David von ihrer Akademie?«

»Wir nehmen ihn herunter und schicken ihn – wohin? Auf die Singakademie, wo sie irgendeine andere unsinnige Philosophie verbreiten? *Atme ein. Leere deinen Kopf. Sei eins mit dem Kosmos.* Auf die städtischen Schulen? *Sitz still. Sprich mir nach: eins und eins ist zwei, zwei und eins ist drei.* Die Arroyos mögen ja voller Schwachsinn sein, aber es ist wenigstens harmloser Schwachsinn. Und David ist dort glücklich. Er mag die Arroyos. Er mag Ana Magdalena.«

»Ja, Ana Magdalena … Ich glaube, du hast dich in sie verliebt. Du kannst es zugeben. Ich werde nicht lachen.«

»Verliebt? Nein, nichts dergleichen.«

»Aber du findest sie attraktiv.«

»Ich finde sie schön, so wie eine Göttin schön ist, aber ich finde sie nicht attraktiv. Es wäre – was soll ich sagen? – pietätlos, sie attraktiv zu finden. Vielleicht sogar gefährlich. Sie könnte einen Mann töten.«

»Dich töten! Dann solltest du Sicherheitsvorkehrungen treffen. Rüstung anlegen. Einen Schild tragen. Du hast mir erzählt, dass der Mann aus dem Museum, Dmitri, in sie vernarrt ist. Hast du ihn gewarnt, dass sie ihn auch töten kann?«

»Nein. Ich bin nicht befreundet mit Dmitri. Wir tauschen keine Vertraulichkeiten aus.«

»Und der junge Mann – wer ist das?«

»Der junge Mann, der mit den Kindern im Boot hinausgefahren ist? Das ist Aljoscha, der Hilfslehrer, der sich um die Internatsschüler kümmert. Er scheint nett zu sein.«

»Für dich scheint es einfach, unbekleidet vor Fremden zu sein.«

»Überraschend einfach, Inés. Überraschend einfach. Man gleitet zurück in sein animalisches Dasein. Tiere sind nicht nackt, sie sind schlicht sie selbst.«

»Ich habe dich und deine gefährliche Göttin zusammen als euch selbst gesehen. Das muss aufregend gewesen sein.«

»Mach dich nicht lustig über mich.«

»Ich mache mich nicht lustig über dich. Aber warum kannst du nicht offen mit mir sein? Jeder sieht, dass du verschossen in sie bist, genau wie Dmitri. Warum das nicht zugeben, statt drumherum zu reden?«

»Weil es nicht wahr ist. Dmitri und ich sind ganz verschieden.«

»Dmitri und du seid beide Männer. Das ist genug für mich.«

Zehn

Der Ausflug zum See markiert ein weiteres Abkühlen der Beziehung zwischen Inés und ihm. Kurz darauf informiert sie ihn, dass sie eine Woche Urlaub nehmen wird, um Zeit mit ihren Brüdern in Novilla zu verbringen. Sie vermisst ihre Brüder, denkt daran, sie nach Estrella einzuladen.

»Deine Brüder und ich sind nie gut miteinander ausgekommen«, sagt er. »Besonders Diego. Wenn sie bei dir wohnen werden, sollte ich vielleicht besser ausziehen.«

Inés protestiert nicht.

»Gib mir Zeit, eine eigene Wohnung zu finden«, sagt er. »Ich würde es David lieber nicht sagen wollen, noch nicht. Bist du einverstanden?«

»Paare lassen sich täglich scheiden und die Kinder kommen damit zurecht«, sagt Inés. »David hat mich, er hat dich, wir werden einfach nicht mehr zusammen wohnen.«

Inzwischen kennt er sich im Nordosten der Stadt sehr gut aus. Ohne Mühe findet er ein Zimmer für sich bei einem älteren Paar. Die sanitären Anlagen sind primitiv, der Strom fällt öfter ohne Vorwarnung aus, doch das Zimmer ist billig, hat seinen eigenen Zugang und ist nicht weit vom Stadtzentrum. Während Inés auf der Arbeit ist, holt er seine Sachen aus der Wohnung und richtet sich im neuen Zuhause ein.

Obwohl er und Inés für den Jungen eheliche Harmonie zur Schau stellen, lässt er sich nicht einen Moment lang täuschen. »Wo sind deine Sachen, Simón?«, fragt er; worauf er, Simón, zugeben muss, dass er vorläufig ausgezogen ist, um Platz für Diego und vielleicht auch Stefano zu machen.

»Wird Diego mein Onkel oder mein Vater sein?«, fragt der Junge.

»Er wird dein Onkel sein, was er immer gewesen ist.«

»Und du?«

»Ich werde sein, was ich immer gewesen bin. Ich ändere mich nicht. Um mich herum ändern sich die Dinge, doch ich bleibe unverändert. Du wirst es sehen.«

Falls der Junge unglücklich über den Bruch zwischen Inés und ihm ist, zeigt er es nicht. Im Gegenteil, er ist ausgelassen, voller Geschichten von seinem Leben in der Akademie. Ana Magdalena hat eine Waffelmaschine und bereitet jeden Morgen Waffeln für die Internatsschüler zu. »Du musst eine Waffelmaschine kaufen, Inés, die ist einfach toll.« Aljoscha hat es übernommen, die Gutenachtgeschichten für sie vorzulesen, und er liest ihnen eine Geschichte von drei Brüdern und ihrer Suche nach dem Schwert Madragil vor, die auch toll ist. Hinter dem Museum hat Ana Magdalena einen Garten mit einem Gehege, wo sie Kaninchen und Hühner und ein Lamm hält. Eins der Kaninchen ist ungezogen und gräbt sich immer wieder ins Freie. Einmal haben sie es im Keller des Museums versteckt gefunden. Sein Lieblingstier ist das Lamm, das Jeremia heißt. Jeremia hat keine Mutter, deshalb muss es Kuhmilch aus einem Fläschchen mit Sauger trinken. Dmitri erlaubt ihm, das Fläschchen für Jeremia zu halten.

»Dmitri?«

Es stellt sich heraus, dass Dmitri damit beauftragt ist, die Tiere der Akademie zu versorgen, wie er auch damit beauftragt ist, Holz für den großen Ofen aus dem Keller zu holen und das Bad auszuwischen, nachdem die Kinder sich geduscht haben.

»Ich dachte, Dmitri arbeitet für das Museum. Wissen die Museumsleute, dass Dmitri auch von der Akademie beschäftigt wird?«

»Dmitri will kein Geld. Er macht es für Ana Magdalena. Er würde alles für sie tun, weil er sie liebt und verehrt.«

»Sie liebt und verehrt – das sagt er?«

»Ja.«

»Das ist schön. Das ist bewundernswert. Ich bin nur besorgt, dass Dmitri diese Dienste aus Liebe und Verehrung leistet, während er vom Museum dafür bezahlt wird, dic Gemälde zu bewachen. Aber das ist genug von Dmitri. Was kannst du uns noch erzählen? Gefällt es dir als Internatsschüler? Haben wir richtig entschieden?«

»Ja. Wenn ich schlechte Träume habe, wecke ich Aljoscha auf und er lässt mich in seinem Bett schlafen.«

»Schläfst nur du in Aljoschas Bett?«, fragt Inés.

»Nein, jeder, der schlechte Träume hat, kann bei Aljoscha schlafen. Das hat er gesagt.«

»Und Aljoscha? In wessen Bett schläft Aljoscha, wenn er selbst schlechte Träume hat?«

Der Junge findet das nicht lustig.

»Was ist mit dem Tanzen?«, fragt er, Simón. »Wie hat sich dein Tanzen entwickelt?«

»Ana Magdalena sagt, ich bin der beste Tänzer von allen.«

»Das ist schön. Wann kann ich dich überreden, für mich zu tanzen?«

»Nie, weil du nicht daran glaubst.«

Du glaubst nicht daran. Woran muss er glauben, ehe der Junge für ihn tanzen will? An den Unfug über die Sterne?

Sie essen zusammen – Inés hat das Abendessen zubereitet –, dann ist es für ihn Zeit, sich zu verabschieden. »Gute Nacht, mein Junge. Ich komme am Morgen vorbei. Wir können einen Spaziergang mit Bolívar machen. Vielleicht gibt es ein Fußballspiel im Park.«

»Ana Magdalena sagt, wenn man Tänzer ist, darf man nicht Fußball spielen. Sie sagt, man kann eine Muskelzerrung bekommen.«

»Ana Magdalena weiß über vieles Bescheid, aber nicht über Fußball. Du bist ein kräftiger Junge. Du wirst dich nicht verletzen, wenn du Fußball spielst.«

»Ana Magdalena sagt, ich darf nicht.«

»Schön, ich werde dich nicht zwingen, Fußball zu spielen. Aber bitte erklär mir doch das eine. Mir folgst du nie, du folgst Inés kaum, aber du machst genau das, was Ana Magdalena dir sagt. Warum?«

Darauf gibt es keine Antwort.

»Nun gut. Gute Nacht. Bis morgen früh.«

Er trottet schlechtgelaunt zu seinem möblierten Zimmer zurück. Es gab einmal eine Zeit, als der Junge sich von ganzem Herzen Inés anvertraute, oder wenigstens Inés' Vision von ihm als dem kleinen Prinzen im Versteck; aber diese Tage scheinen vorbei zu sein. Es muss deprimierend für Inés sein, sich so durch Señora Arroyo ersetzt zu sehen. Und was ihn angeht, welcher Platz im Leben des Jungen bleibt für ihn? Vielleicht sollte er

Bolívars Beispiel folgen. Bolívar hat den Übergang zum Abend seines Hundelebens fast vollzogen. Er hat einen Wanst bekommen; wenn er sich manchmal zum Schlafen niederlegt, lässt er einen traurigen kleinen Seufzer hören. Doch wenn Inés so gedankenlos wäre, ein Hundekind in den Haushalt zu bringen – ein Hundekind, das heranwachsen und den Platz ihres jetzigen Wächters einnehmen soll –, würde Bolívar die Zähne in den Nacken des jüngeren Rivalen schlagen und ihn so lange schütteln, bis der Halswirbel zerbräche. Vielleicht ist das die Sorte Vater, zu der er werden sollte: faul, selbstsüchtig und gefährlich. Vielleicht würde der Junge ihn dann respektieren.

Inés begibt sich auf die versprochene Reise nach Novilla; vorläufig ist wieder er für den Jungen verantwortlich. Am Freitagnachmittag wartet er vor der Akademie. Es klingelt, die Schüler kommen herausgeströmt, aber David ist nirgends zu sehen.

Er steigt die Treppe hoch. Das Studio ist leer. Dahinter führt ein unbeleuchteter Korridor zu einer Reihe von Zimmern mit dunkler Holztäfelung, ohne Möbel. Er durchquert einen dämmrigen Raum, vielleicht einen Speisesaal, mit langen, ramponiert wirkenden Tischen und einer Anrichte, auf der sich Geschirr stapelt, und befindet sich am Fuß einer weiteren Treppe. Von oben dringt das Gemurmel einer männlichen Stimme. Er steigt hinauf, klopft an die geschlossene Tür. Die Stimme macht eine Pause. Dann: »Herein.«

Er befindet sich in einem geräumigen Zimmer, in das durch das Dachfenster Licht dringt, offenbar der Schlafsaal der Internatsschüler. Auf einem der Betten sitzen Ana Magdalena und Aljoscha nebeneinander. Ein Dutzend Kinder drängen sich um sie. Er erkennt die beiden Arroyo-Jungen, die bei dem Konzert getanzt haben, aber David ist nicht da.

»Entschuldigung, dass ich störe«, sagt er, »ich suche meinen Sohn.«

»David ist in seinem Musikunterricht«, sagt Ana Magdalena. »Er wird um vier fertig sein. Möchten Sie auf ihn warten? Sie können hier bei uns bleiben. Aljoscha liest uns eine Geschichte vor. Aljoscha, Kinder, das ist Señor Simón, Davids Vater.«

»Störe ich nicht?«, fragt er.

»Sie stören nicht«, sagt Ana Magdalena. »Setzen Sie sich. Joaquín, erzähl Señor Simón, was bis jetzt geschehen ist.«

Sie stören nicht. Setzen Sie sich. In Ana Magdalenas Stimme, in ihrem ganzen Gebahren liegt eine unerwartete Freundlichkeit. Gibt es diese Veränderung, weil sie zusammen nackt gewesen sind? War nur das nötig?

Joaquín, der ältere der Arroyo-Jungen, spricht. »Da ist ein Fischer, ein armer Fischer, und eines Tages fängt er einen Fisch und schneidet ihn auf und in seinem Magen findet er einen Goldring. Er reibt den Ring und –«

»Damit er funkelt.« Der jüngere Bruder unterbricht ihn. »Er reibt den Ring, damit er funkelt.«

»Er reibt den Ring, damit er funkelt und ein Dschinn erscheint, und der Dschinn sagt: ›Jedes Mal, wenn du den Zauberring reibst, werde ich erscheinen und dir einen Wunsch erfüllen, du hast drei Wünsche, was ist also dein erster Wunsch?‹ Das ist alles.«

»Allmächtig«, sagt Ana Magdalena. »Erinnere dich,

der Geist sagt, er sei allmächtig und könne jeden Wunsch erfüllen. Aljoscha, lies weiter.«

Er hat sich Aljoscha vorher noch nicht richtig angesehen. Der junge Mann hat feine, recht schöne schwarze Haare, die er von den Schläfen nach hinten kämmt, und einen Teint, so zart wie der eines Mädchens. Es gibt kein Anzeichen dafür, dass er sich rasiert. Er senkt die dunklen, lang-bewimperten Augen und liest mit einer überraschend volltönenden Stimme.

»Da der Fischer den Worten des Dschinns keinen Glauben schenkte, beschloss er, ihn zu prüfen. ›Ich wünsche mir hundert Fische, die ich auf dem Fischmarkt verkaufen kann‹, sagte er.

Augenblicklich ergoss sich eine große Welle auf den Strand und ließ hundert Fische zu seinen Füßen zurück, die herumsprangen und mit dem Schwanz schlugen, während sie verendeten.

›Was ist dein zweiter Wunsch?‹, fragte der Dschinn.

Kühn geworden antwortete der Fischer: ›Ich wünsche mir ein schönes Mädchen zur Frau.‹

Augenblicklich erschien vor dem Fischer kniend ein Mädchen, das so schön war, dass es ihm den Atem verschlug. ›Ich bin euer, mein Herr‹, sagte das Mädchen.

›Und was ist dein letzter Wunsch?‹, fragte der Dschinn.

›Ich wünsche mir, dass ich König der Welt bin‹, sagte der Fischer.

Augenblicklich fand sich der Fischer mit einer Robe aus golddurchwirktem Seidenstoff bekleidet und einer goldenen Krone auf dem Kopf wieder. Ein Elefant erschien, der ihn mit seinem Rüssel emporhob und ihn auf einen Thron auf seinem Rücken setzte. ›Du hast deinen letzten Wunsch gehabt. Du bist König der Welt‹, sagte der Geist. ›Lebe wohl.‹ Und er verschwand in einem Rauchwölkchen.

Es war spät am Tag. Der Strand war menschenleer, abgesehen vom Fischer und seiner schönen Braut und dem Elefanten und den hundert sterbenden Fischen. ›Wir werden uns in mein Dorf begeben‹, sagte der Fischer mit seiner königlichsten Stimme. ›Marsch!‹ Doch der Elefant rührte sich nicht. ›Marsch!‹, schrie der Fischer noch lauter; und immer noch gehorchte der Elefant ihm nicht. ›Du! Mädchen!‹, schrie der König. ›Hol einen Stock und schlage diesen Elefanten, damit er losmarschiert!‹ Gehorsam holte das Mädchen einen Stock und schlug den Elefanten, bis der Elefant loslief.

Bei Sonnenuntergang erreichten sie das Dorf des Fischers. Seine Nachbarn drängten sich um ihn, bestaunten den Elefanten und das schöne Mädchen und den Fischer selbst, der mit der Krone auf dem Kopf auf seinem Thron saß. ›Seht her, ich bin König der Welt und das ist meine Königin!‹, sagte der Fischer. ›Um meine Freigebigkeit zu beweisen, sollt ihr morgen ein Festessen von hundert Fischen haben.‹ Die Dorfbewohner jubelten und halfen dem König vom Elefanten herunter; er zog sich in seine bescheidene Hütte zurück, wo er die Nacht in den Armen seiner schönen Braut verbrachte.

Sobald der Tag anbrach, machten sich die Dorfbewohner zum Strand auf, um die hundert Fische zu holen. Aber als sie dort ankamen, erblickten sie nichts außer Fischgräten, denn während der Nacht waren Wölfe und Bären an den Strand heruntergekommen und hatten sich vollgefressen. Die Dorfbewohner kamen also zurück und sagten: ›O König, Wölfe und Bären haben die Fische gefressen, fang mehr Fische für uns, wir haben Hunger.‹

Aus den Falten seiner Robe holte der Fischer den Goldring. Er rieb und rieb ihn, aber kein Dschinn erschien.

Da wurden die Dorfbewohner böse und sagten: ›Was bist du für ein König, der uns nicht ernähren kann?‹

›Ich bin der König der ganzen Welt‹, antwortete der zum König gemachte Fischer. ›Wenn ihr mich nicht anerkennt, werde ich mich entfernen.‹ Er wandte sich an seine Braut der Nacht. ›Bring den Elefanten‹, befahl er. ›Wir verlassen dieses undankbare Dorf.‹

Aber während der Nacht war der Elefant davongewandert, mit dem Thron und allem, und keiner wusste, wo man ihn finden sollte.

›Komm!‹, sagte der Fischer zu seiner Braut. ›Wir laufen.‹

Aber seine Braut weigerte sich. ›Königinnen laufen nicht‹, schmollte sie. ›Ich will reiten wie eine Königin, auf *un palafrén blanco*, mit einem Gefolge von Maiden, die vor mir hergehen und auf Tamburine schlagen.‹«

Die Tür geht auf und Dmitri kommt auf Zehenspitzen ins Zimmer, gefolgt von David. Aljoscha macht eine Pause. »Komm, David«, sagt Ana Magdalena. »Aljoscha liest uns die Geschichte von dem Fischer vor, der König sein wollte.«

Während sich David neben sie setzt, bleibt Dmitri an der Tür und hockt sich mit der Mütze in der Hand hin. Ana Magdalena runzelt die Stirn und macht eine abrupte Handbewegung, als scheuche sie ihn hinaus, doch er achtet nicht darauf.

»Lies weiter, Aljoscha«, sagt Ana Magdalena, »und ihr

Kinder, hört aufmerksam zu, weil ich euch fragen werde, was wir aus der Geschichte von dem Fischer lernen können, wenn Aljoscha fertig ist.«

»Ich weiß die Antwort«, sagt David. »Ich habe die Geschichte schon selber gelesen.«

»Du hast die Geschichte ja vielleicht gelesen, David, aber wir anderen nicht«, sagt Ana Magdalena. »Aljoscha, lies weiter.«

»›Du bist meine Braut, du wirst mir gehorchen‹, sagte der Fischer.

Hochmütig warf das Mädchen den Kopf zurück. ›Ich bin eine Königin, ich laufe nicht, ich reite auf *un palafrén*‹, wiederholte sie.«

»Was ist ein *palafrén*, Aljoscha?«, fragt eins der Kinder.

»Ein *palafrén* ist ein Pferd«, sagt David. »Nicht wahr, Aljoscha?«

Aljoscha nickt. »›Ich reite auf *un palafrén*.‹

Wortlos kehrte der König seiner Braut den Rücken zu und marschierte davon. Er ging viele Meilen, bis er in ein anderes Dorf kam. Die Dorfbewohner versammelten sich um ihn, bewunderten seine Krone und seine Robe aus golddurchwirktem Seidenstoff.

›Seht an, ich bin der König der Welt‹, sagte der Fischer. ›Bringt mir zu essen, denn ich habe Hunger.‹

›Wir werden dir zu essen bringen‹, antworteten die Dorfbewohner, ›aber wenn du König bist, wie du behauptest, wo ist dann deine Gefolgschaft?‹

›Ich brauche keine Gefolgschaft, um König zu sein‹, sagte der Fischer. ›Seht ihr nicht die Krone auf meinem Kopf? Tut, wie ich euch sage. Bringt mir ein Festmahl.‹

Da lachten ihn die Dorfbewohner aus. Statt ihm ein

Festmahl zu bringen, schlugen sie ihm die Krone vom Kopf und rissen ihm die golddurchwirkte Robe vom Leib, bis er in der bescheidenen Kleidung eines Fischers vor ihnen stand. ›Du bist ein Scharlatan!‹, schrien die Dörfler. ›Du bist bloß ein Fischer! Du bist nichts Besseres als wir! Geh wieder dahin, wo du hergekommen bist!‹ Und sie schlugen ihn mit Stöcken, bis er wegrannte. Und so endete die Geschichte von dem Fischer, der König sein wollte.«

»Und so endete die Geschichte«, wiederholte Ana Magdalena. »Das ist doch eine interessante Geschichte, nicht wahr, Kinder? Was glaubt ihr, das wir daraus lernen können?«

»Ich weiß es«, sagt David und sieht ihn, Simón, mit einem kleinen Lächeln von der Seite an, als wolle er sagen: *Siehst du, wie klug ich hier in der Akademie bin?*

»Vielleicht weißt du es ja, David, doch das ist, weil du die Geschichte schon gelesen hast«, sagt Ana Magdalena. »Wir wollen anderen Kindern eine Chance geben.«

»Was ist mit dem Elefanten passiert?« Gesprochen hat der jüngere der Arroyo-Jungen.

»Aljoscha, was ist mit dem Elefanten passiert?«, fragt Ana Magdalena.

»Der Elefant wurde von einem großen Wirbelwind in den Himmel hochgehoben und wieder in seinem heimatlichen Wald abgesetzt, wo er von da an glücklich lebte«, sagt Aljoscha in ruhigem Ton.

Ein Blick geht von ihm zu ihr. Zum ersten Mal kommt ihm in den Sinn, dass zwischen den beiden etwas vorgehen könnte, zwischen der alabasterreinen Frau des Direktors und dem hübschen jungen Hilfslehrer.

»Was können wir aus der Geschichte vom Fischer lernen?«, wiederholt Ana Magdalena. »War der Fischer ein guter oder ein schlechter Mann?«

»Er war ein schlechter Mann«, sagt der jüngere Arroyo-Junge. »Er hat den Elefanten geschlagen.«

»Er hat den Elefanten nicht geschlagen, seine Braut hat den Elefanten geschlagen«, sagt Joaquín, der ältere Arroyo-Junge.

»Aber er hat es ihr befohlen.«

»Der Fischer war schlecht, weil er selbstsüchtig war«, sagt Joaquín. »Er hat nur an sich gedacht, als ihm die drei Wünsche geschenkt wurden. Er hätte an andere denken sollen.«

»Was lernen wir also aus der Geschichte vom Fischer?«, fragt Ana Magdalena.

»Das wir nicht selbstsüchtig sein sollten.«

»Stimmen wir zu, Kinder?«, fragt Ana Magdalena. »Stimmen wir Joaquín zu, dass die Geschichte uns davor warnt, selbstsüchtig zu sein, dass wir, wenn wir zu selbstsüchtig sind, am Ende von unseren Nachbarn in die Wüste gejagt werden? David, wolltest du etwas sagen?«

»Die Dorfbewohner hatten unrecht«, sagt David. Er schaut in die Runde und hebt herausfordernd das Kinn.

»Erkläre das«, sagt Ana Magdalena. »Nenne uns deine Gründe. Warum hatten die Dorfbewohner unrecht?«

»Er war König. Sie hätten sich vor ihm verneigen sollen.«

Von Dmitri, der auf der Türschwelle hockt, kommt das Geräusch langsamen Händeklatschens. »Bravo, David«, sagt Dmitri. »Gesprochen wie ein Meister.«

Ana Magdalena sieht Dmitri stirnrunzelnd an. »Hast du keine Pflichten?«, fragt sie.

»Pflichten gegenüber Statuen? Die Statuen sind tot, jede einzelne, sie kommen allein zurecht.«

»Er war kein richtiger König«, sagt Joaquín, der an Selbstvertrauen zu gewinnen scheint. »Er war ein Fischer, der vorgab, König zu sein. Das sagt die Geschichte.«

»Er war König«, sagt David. »Der Dschinn hat ihn zum König gemacht. Der Dschinn war allmächtig.«

Die beiden Jungen starren sich an. Aljoscha schaltet sich ein. »Wie wird man zum König?«, fragt er. »Das ist doch die wahre Frage, nicht wahr? Wie wird einer von uns zum König? Müssen wir einem Dschinn begegnen? Müssen wir einen Fisch aufschneiden und einen Zauberring darin finden?«

»Man muss erst Prinz sein«, sagt Joaquín. »Man kann nicht König sein, wenn man nicht zuerst Prinz gewesen ist.«

»Doch«, sagt David. »Er hatte drei Wünsche und das war sein dritter Wunsch. Der Dschinn machte ihn zum König der Welt.«

Wieder kommt von Dmitri bedächtiges, hallendes Händeklatschen. Ana Magdalena beachtet ihn nicht. »Was denkst *du* denn, was wir aus der Geschichte lernen können, David?«, fragt sie.

Der Junge holt tief Luft, als wolle er sprechen, schüttelt aber dann den Kopf.

»Was?«, wiederholt Ana Magdalena.

»Ich weiß nicht. Ich kann es nicht sehen.«

»Wir müssen los, David«, sagt er und steht auf. »Vielen Dank, Aljoscha, fürs Vorlesen. Vielen Dank, Señora.«

Der Junge kommt zum ersten Mal mit in das beengte Zimmer, wo er, Simón, jetzt wohnt. Er sagt nichts dazu, sondern trinkt seinen Orangensaft und isst seine Kekse. Dann machen sie einen Spaziergang, mit Bolívar auf den Fersen, und erkunden das Viertel. Das ist nicht interessant, bloß eine Straße mit schmalen Wohnhäusern nach der anderen. Es ist jedoch Freitagabend und von der Wochenarbeit heimkehrende Menschen schauen neugierig auf den kleinen Jungen und den großen Hund mit den kalten gelben Augen.

»Das ist mein Territorium«, sagt er, Simón. »Hier liefere ich meine Nachrichten aus, in allen Straßen in dieser Gegend. Es ist keine großartige Arbeit, aber die Arbeit als Schauermann war auch nicht großartig. Jeder von uns findet den Platz, der am besten zu ihm passt, und das ist mein Platz.«

Sie bleiben an einer Kreuzung stehen. Bolívar tappt an ihnen vorbei auf die Straße. Ein stämmiger Mann auf einem Fahrrad macht einen Bogen, um ihm auszuweichen und schaut sich ärgerlich um. »Bolívar!«, ruft der Junge. Gemächlich kehrt Bolívar an seine Seite zurück.

»Bolívar benimmt sich, als wäre er König«, sagt er, Simón. »Er benimmt sich, als hätte er einen Dschinn getroffen. Er denkt, jeder müsste ihm Platz machen. Er sollte es sich besser überlegen. Vielleicht sind seine Wünsche alle aufgebraucht. Oder vielleicht bestand sein Dschinn nur aus Rauch.«

»Bolívar ist König der Hunde«, sagt der Junge.

»Auch wenn er König der Hunde ist, schützt ihn das nicht davor, von einem Auto überfahren zu werden. Der König der Hunde ist am Ende nur ein Hund.«

Der Junge ist nicht so lebendig wie sonst, aus welchem Grund auch immer. Am Tisch fallen ihm über ihrem Essen – Kartoffelbrei mit Bratensoße und Erbsen – die

Augen zu. Ohne zu protestieren begibt er sich in sein Bett auf dem Sofa.

»Schlaf schön«, flüstert er, Simón, und küsst ihn auf die Stirn.

»Ich werde ganz, ganz klein«, sagt der Junge mit heiserer Stimme, schon halb im Schlaf. »Ich werde ganz, ganz klein und ich falle.«

»Lass dich fallen«, flüstert er. »Ich bin hier, um dich zu beschützen.«

»Bin ich ein Geist, Simón?«

»Nein, du bist kein Geist, du bist wirklich. Du bist wirklich und ich bin wirklich. Schlaf jetzt.«

Am nächsten Morgen wirkt er lebhafter. »Was wollen wir heute machen?«, fragt er. »Können wir zum See? Ich möchte wieder mit dem Boot fahren.«

»Nicht heute. Wir können einen Ausflug zum See machen, wenn Diego und Stefano hier sind, wenn wir ihnen die Sehenswürdigkeiten zeigen. Wie wär's stattdessen mit einem Fußballspiel? Ich kaufe eine Zeitung und schaue mal, wer spielt.«

»Ich möchte nicht Fußball gucken. Es ist langweilig. Können wir ins Museum?«

»Nun gut. Aber willst du wirklich das Museum besuchen oder etwa Dmitri? Warum magst du Dmitri so? Weil er dir Bonbons gibt?«

»Er spricht mit mir. Er erzählt mir was.«

»Er erzählt dir Geschichten?«

»Ja.«

»Dmitri ist ein einsamer Mann. Er ist immer auf der Suche nach jemandem, dem er seine Geschichten erzählen kann. Es ist mitleiderregend. Er sollte sich eine Freundin suchen.«

»Er liebt Ana Magdalena.«

»Ja, das hat er mir erzählt, das erzählt er jedem, der ihm zuhört. Ana Magdalena muss das peinlich sein.«

»Er hat Fotos von Frauen, die nichts anhaben.«

»Das überrascht mich nicht. Das machen Männer, wenn sie einsam sind, manche Männer. Sie sammeln Fotos von schönen Frauen und träumen davon, wie es sein würde, wenn sie mit ihnen zusammen wären. Dmitri ist einsam und er weiß nicht, was er mit seiner Einsamkeit anfangen soll, wenn er also nicht Señora Arroyo wie ein Hund überallhin folgt, schaut er sich Fotos an. Wir können es ihm nicht vorwerfen, aber er sollte dir die Fotos nicht zeigen. Das gehört sich nicht, und es wird Inés wütend machen, wenn sie es erfährt. Ich werde mit ihm sprechen. Zeigt er sie auch anderen Kindern?«

Der Junge nickt.

»Was kannst du mir noch erzählen? Worüber spricht er noch mit dir?«

»Über das andere Leben. Er sagt, er wird im anderen Leben mit Ana Magdalena zusammen sein.«

»Ist das alles?«

»Er sagt, ich kann im anderen Leben mit ihnen zusammen sein.«

»Du und wer noch?«

»Nur ich.«

»Ich werde ganz bestimmt mit ihm reden. Ich werde auch mit Ana Magdalena reden. Ich bin nicht glücklich über Dmitri. Ich glaube, du solltest ihn nicht so oft sehen. Iss jetzt dein Frühstück auf.«

»Dmitri sagt, er ist geil. Was ist geil?«

»Geil ist ein Zustand, an dem Erwachsene leiden, mein Junge, meist erwachsene Männer wie Dmitri, die zu viel für sich sind und keine Frau oder Freundin haben. Es ist wie eine Art Schmerz, wie Kopf- oder Bauchweh. Sie haben dann Phantasievorstellungen. Sie bilden sich dann Dinge ein, die nicht wahr sind.«

»Leidet Dmitri wegen Ana Magdalena an Geile?«

»David, Ana Magdalena ist eine verheiratete Frau. Sie hat einen Ehemann, den sie lieben kann. Sie kann eine Freundin für Dmitri sein, aber sie kann ihn nicht lieben. Dmitri braucht eine Frau, die ihn um seinetwillen liebt. Sobald er eine Frau findet, die ihn liebt, wird er von allen Schmerzen erlöst sein. Dann braucht er sich keine Fotos mehr anzuschauen, und er braucht auch keinem, der ihm über den Weg läuft, mehr erzählen, wie sehr er die Dame oben im Haus verehrt. Aber ich bin sicher, er ist dir dankbar dafür, dass du seine Geschichten anhörst, dass du ihm ein guter Freund bist. Ich bin sicher, dass es ihm geholfen hat.«

»Er hat einem anderen Jungen erzählt, dass er sich umbringen will. Er will sich eine Kugel in den Kopf schießen.«

»Welcher Junge war das?«

»Ein anderer.«

»Das glaube ich nicht. Der Junge muss das missverstanden haben. Dmitri wird sich nicht umbringen. Außerdem hat er gar kein Gewehr. Am Montagmorgen wenn ich dich zur Schule bringe, werde ich ein Wörtchen mit Dmitri reden und ihn fragen, was los ist und wie wir ihm helfen können. Vielleicht können wir Dmitri einladen mitzukommen, wenn wir alle zum See fahren. Wollen wir das machen?«

»Ja.«

»Bis dahin möchte ich, dass du Dmitri nicht mehr allein besuchst. Hast du verstanden? Hast du verstanden, was ich gesagt habe?«

Der Junge schweigt und will ihn nicht ansehen.

»David, hast du verstanden, was ich gesagt habe? Das ist eine ernste Angelegenheit. Du kennst Dmitri nicht. Du weißt nicht, warum er dich ins Vertrauen zieht. Du weißt nicht, was in seinem Inneren vorgeht.«

»Er hat geweint. Ich habe ihn gesehen. Er hat sich in der Kammer versteckt und geweint.«

»Welche Kammer?«

»Die Kammer mit den Besen und anderen Sachen.«

»Hat er dir gesagt, warum er weint?«

»Nein.«

»Nun, wenn uns etwas auf der Seele liegt, tut es uns oft gut zu weinen. Vielleicht liegt Dmitri etwas auf der Seele, und wo er nun geweint hat, ist ihm leichter zumute. Ich rede mit ihm. Ich finde heraus, was nicht stimmt. Ich werde es ergründen.«

Elf

Er hält Wort. Nachdem er David am Montagmorgen bei seiner Klasse abgeliefert hat, sucht er nach Dmitri. Er findet ihn in einem der Ausstellungsräume, wo er auf einem Stuhl stehend mit einem langen Federwisch ein gerahmtes Bild hoch oben an der Wand abstaubt. Das Gemälde zeigt einen Mann und eine Frau in ziemlich steifer schwarzer Kleidung, die in waldreicher Umgebung auf einem Rasen sitzen, zwischen ihnen ein Picknicktuch, während im Hintergrund friedlich eine Rinderherde grast.

»Haben Sie einen Moment Zeit, Dmitri?«, fragt er.

Dmitri steigt herab und sieht ihn an.

»David hat mir erzählt, dass Sie Kinder von der Akademie in Ihr Zimmer eingeladen haben. Er hat mir auch erzählt, dass Sie ihm Fotos von nackten Frauen gezeigt haben. Wenn das stimmt, dann möchte ich, dass Sie sofort damit aufhören. Andernfalls würde das ernsthafte Konsequenzen für Sie haben, die ich nicht näher zu beschreiben brauche. Verstehen Sie mich?«

Dmitri schiebt seine Mütze nach hinten. »Glauben Sie, dass ich die hübschen jungen Körper dieser Kinder missbrauche? Werfen Sie mir das vor?«

»Ich werfe Ihnen gar nichts vor. Ich bin sicher, dass Ihre Beziehungen zu den Kindern völlig untadelig sind. Aber Kinder stellen sich Dinge vor, sie übertreiben, sie sprechen miteinander, sie sprechen mit ihren Eltern. Das Ganze könnte sehr unangenehm werden. Bestimmt begreifen Sie das.«

Ein junges Paar kommt in den Ausstellungsraum, die ersten Besucher des Tages. Dmitri stellt den Stuhl wieder an seinen Platz in einer Ecke, setzt sich dann darauf und hält den Federwisch aufrecht wie einen Speer. »Völlig untadelig«, sagt er mit gedämpfter Stimme. »Sie sagen mir das ins Gesicht: *völlig untadelig*? Sie scherzen wohl, Simón. Heißen Sie so: Simón?«

Das junge Paar wirft ihnen einen Blick zu, flüstert miteinander und verlässt den Raum.

»Nächstes Jahr werde ich mein fünfundvierzigstes Lebensjahr begehen, Simón. Gestern war ich ein Bürschchen und heute, hast du nicht gesehen, bin ich vierundvierzig, mit Schnauzbart und Schmerbauch und einem schlimmen Knie und allem anderen, was zum Alter von vierundvierzig gehört. Glauben Sie wirklich, dass man ein so vorgerücktes Alter erreichen und immer noch *völlig untadelig* sein kann? Würden Sie das von sich selbst behaupten? Sind Sie völlig untadelig?«

»Bitte, Dmitri, keine Reden. Ich bin gekommen, um eine Bitte auszusprechen, eine höfliche Bitte. Hören Sie auf, Kinder von der Akademie in Ihr Zimmer einzuladen. Hören Sie auf, ihnen schmutzige Fotos zu zeigen. Hören Sie außerdem auf, mit ihnen über ihre Lehrerin, Señora Arroyo, und Ihre Gefühle für sie zu sprechen. Sie verstehen das nicht.«

»Und wenn ich nicht damit aufhöre?«

»Wenn Sie nicht damit aufhören, werde ich Sie bei der Museumsaufsicht anzeigen und Sie verlieren Ihren Job. So einfach ist das.«

»So einfach ist das ... Nichts im Leben ist einfach, Simón – das sollten Sie wissen. Ich möchte Ihnen etwas über diesen meinen Job erzählen. Bevor ich zum Museum gekommen bin, habe ich im Krankenhaus gearbeitet. Nicht als Arzt, füge ich eilig hinzu, ich war immer der Dumme, habe nie die Prüfungen bestanden, war nie gut in der Schule. Dmitri, der blöde Ochse. Nein, ich war kein Arzt, ich war Pfleger und habe die Aufgaben übernommen, die keiner sonst machen wollte. Sieben Jahre lang war ich, mit Unterbrechungen, Krankenpfleger. Das habe ich Ihnen schon erzählt, wenn Sie sich erinnern. Ich bereue diese Jahre nicht. Ich habe eine Menge vom Leben gesehen, eine Menge vom Leben und eine Menge vom Tod. So viel Tod, dass ich am Ende fortmusste, ich konnte es nicht mehr ertragen. Ich habe stattdessen diesen Job angenommen, wo es nichts zu tun gibt, als den ganzen Tag herumzusitzen, zu gähnen und darauf zu warten, dass das Klingelzeichen für die Schließzeit ertönt. Wenn es nicht die Akademie oben gäbe, wenn es nicht Ana Magdalena gäbe, wäre ich schon lange vor Langeweile umgekommen.

Was glauben Sie denn, Simón, warum ich mit Ihrem kleinen Jungen oder mit den anderen Kleinen schwatze? Was glauben Sie denn, warum ich Spiele mit ihnen mache und ihnen Bonbons kaufe? Etwa weil ich sie verderben will? Etwa weil ich mich an ihnen vergreifen will? Nein. Glauben Sie's oder nicht, ich spiele mit ihnen in der Hoffnung, dass etwas von ihrem Duft und ihrer Unschuld auf mich abfärbt, damit ich nicht zu einem trübsinnigen, einsamen alten Mann werde, der wie eine Spinne in der Ecke hockt, keinem was nützt, überflüssig, unerwünscht. Denn was tauge ich denn und was taugen

Sie denn – ja, Sie, Simón! –, was taugen wir denn, müde, verbrauchte alte Männer wie wir? Wir könnten uns auch in der Toilette einschließen und uns eine Kugel durch den Kopf jagen. Finden Sie nicht auch?«

»Vierundvierzig ist nicht alt, Dmitri. Sie sind im besten Alter. Sie brauchten nicht in den Fluren der Arroyo'schen Tanzakademie herumzugeistern. Sie könnten heiraten, Sie könnten eigene Kinder haben.«

»Könnte ich. In der Tat. Glauben Sie, ich will das nicht? Aber da gibt es einen Haken, Simón, da gibt es einen Haken. Der Haken ist Señora Arroyo. Ich bin *encaprichado* in sie. Kennen Sie das Wort? Nein? Sie finden es in Büchern. Vernarrt. Sie wissen es, sie weiß es, jeder weiß es, es ist kein Geheimnis. Sogar Señor Arroyo, der mit dem Kopf die meiste Zeit in den Wolken ist, weiß es. Ich bin vernarrt in Señora Arroyo, verrückt nach ihr, *total verrückt*, das ist Anfang und Ende der Sache. Sie sagen: *Gib sie auf, schau dich anderweitig um*. Aber ich will nicht. Ich bin zu blöd dazu – zu blöd, zu einfältig, zu altmodisch, zu treu. Wie ein Hund. Ich schäme mich nicht, das zu sagen. Ich bin Ana Magdalenas Hund. Ich lecke den Boden, wo sie ihren Fuß hingesetzt hat. Auf den Knien. Und jetzt wollen Sie, dass ich sie verlasse und einen Ersatz finde. *Gentleman, verantwortungsvoll, feste Arbeitsstelle, nicht mehr jung, sucht ehrbare Witwe, die einer Heirat nicht abgeneigt ist. Zuschriften unter 123, Foto erbeten.*

Das funktioniert nicht, Simón. Es ist nicht die Frau unter 123, die ich liebe, sondern Ana Magdalena Arroyo. Was für ein Ehemann würde ich für 123 sein, was für ein Vater, solange ich Ana Magdalenas Bild im Herzen trage? Und diese Kinder, die Sie mir wünschen, diese eigenen Kinder – glauben Sie denn, die würden mich lieben, Kinder, gezeugt aus den Lenden der Gleichgültigkeit? Natürlich nicht. Sie würden mich hassen und verachten, und das wäre genau das, was ich verdiente. Wer braucht einen Vater, dessen Herz anderswo ist?

Ich danke Ihnen also für Ihren wohlüberlegten und vernünftigen Rat, doch leider kann ich ihm nicht folgen. Wenn es um die großen Entscheidungen des Lebens geht, folge ich meinem Herzen. Warum? Weil das Herz immer recht hat, und der Kopf unrecht. Verstehen Sie?«

Er fängt an zu verstehen, warum David von diesem Mann fasziniert ist. Zweifellos gibt es bei all diesem Gerede von einer außergewöhnlichen, unerwiderten Liebe ein Quäntchen des Posierens wie auch eine perverse Art von Prahlerei. Auch Spott: Von Anfang an hat er das Gefühl gehabt, er sei für diese Bekenntnisse auserwählt worden, nur weil Dmitri ihn für einen Eunuchen oder einen Mann vom Mond hält, dem irdische Leidenschaften fremd sind. Doch die Darbietung ist dennoch eindrucksvoll. Wie aufrichtig, wie großartig, wie *wahr* muss Dmitri einem Jungen von Davids Alter erscheinen, verglichen mit einem alten Langweiler wie ihm selbst!

»Ja, Dmitri, ich verstehe. Sie haben sich deutlich ausgedrückt, allzu deutlich. Ich möchte mich Ihnen gegenüber auch deutlich ausdrücken. Ihre Beziehung zu Señora Arroyo ist Ihre Angelegenheit, nicht meine. Señora Arroyo ist eine erwachsene Frau, sie kann selbst auf sich aufpassen. Aber Kinder sind eine andere Sache. Die Arroyos leiten eine Schule, kein Waisenheim. Sie können ihre Schüler nicht einfach übernehmen und in eine eigene Familie adoptieren. *Es sind nicht Ihre Kinder*, Dmitri, wie Señora Arroyo nicht Ihre Frau ist. Ich will, dass Sie David, mein Kind, das Kind, für dessen Wohlergehen ich verantwortlich bin, nicht mehr in Ihr Zimmer einladen und ihm schmutzige Fotos zeigen. Mein Kind oder irgendein anderes Kind. Wenn Sie nicht damit aufhören, werde ich dafür sorgen, dass Sie entlassen werden. Das ist alles.«

»Eine Drohung, Simón? Drohen Sie mir?« Dmitri steht von seinem Stuhl auf, immer noch den Federwisch in der Hand. »Sie, ein Fremder von Nirgendwo, drohen mir? Glauben Sie, ich hätte keine Macht hier?« Seine Lippen öffnen sich zu einem Lächeln, das seine gelblichen Zähne sehen lässt. Er schüttelt den Federwisch leicht in sein, Simóns, Gesicht. »Glauben Sie, ich hätte keine Freunde an höherer Stelle?«

Er, Simón, tritt zurück. »Was ich glaube, spielt keine Rolle«, sagt er kalt. »Ich habe gesagt, was ich zu sagen hatte. Guten Tag.«

In dieser Nacht fängt es zu regnen an. Es regnet auch den ganzen Tag, ohne Unterbrechung oder Aussicht auf eine Unterbrechung. Die Fahrradkuriere können nicht auf ihre Runden gehen. Er bleibt in seinem Zimmer, schlägt die Zeit tot, hört Musik im Radio, döst, während durch das undichte Dach Wasser in einen Eimer tropft.

Am dritten Regentag wird seine Zimmertür aufgerissen und David steht vor ihm, seine Kleidung ist klitschnass, die Haare kleben ihm am Kopf.

»Ich bin weggelaufen«, verkündet er. »Ich bin aus der Akademie weggelaufen.«

»Du bist aus der Akademie weggelaufen! Komm, schließ die Tür, zieh diese nassen Sachen aus, du musst ja eiskalt sein. Ich dachte, dir gefiele es in der Akademie. Ist was passiert?« Während er spricht, macht er sich am Jungen zu schaffen, zieht ihn aus, wickelt ihn in ein Handtuch.

»Ana Magdalena ist fort. Und Dmitri auch. Sie sind beide fort.«

»Sicher gibt es dafür eine Erklärung. Wissen sie, dass du hier bist? Weiß es Señor Arroyo? Weiß es Aljoscha?«

Der Junge schüttelt den Kopf.

»Sie werden sich Sorgen machen. Ich mache dir was Warmes zum Trinken, dann gehe ich telefonieren und sage Bescheid, dass du in Sicherheit bist.«

Er zieht sein gelbes Ölzeug und den gelben Südwester an und geht in den Platzregen hinaus. Von der Telefonzelle an der Ecke aus ruft er die Akademie an. Niemand antwortet.

Er kehrt zum Zimmer zurück. »Es meldet sich niemand«, sagt er. »Ich muss selbst hingehen. Warte hier auf mich. Bitte, bitte, lauf nicht weg.«

Diesmal fährt er mit dem Rad. Er braucht eine Viertelstunde, durch den Platzregen. Nass bis auf die Knochen kommt er an. Das Studio ist leer, aber im höhlenartigen Speisesaal findet er Davids Internatskameraden an einem der langen Tische mit Aljoscha, der ihnen vorliest. Aljoscha bricht ab und starrt ihn fragend an.

»Tut mir leid, wenn ich störe«, sagt er. »Ich habe angerufen, doch keiner hat sich gemeldet. Ich bin gekommen, um Ihnen zu sagen, dass David in Sicherheit ist. Er ist zu Hause bei mir.«

Aljoscha wird rot. »Entschuldigung. Ich habe versucht, alle beisammenzuhalten, doch manchmal verliere ich jemanden aus den Augen. Ich dachte, er wäre oben.«

»Nein, er ist bei mir. Er hat was davon gesagt, dass Ana Magdalena fort sei.«

»Ja, Ana Magdalena ist weg. Wir machen eine Unterrichtspause, bis sie zurückkommt.«

»Und wann wird das sein?«

Aljoscha zuckt hilflos mit den Schultern.

Er radelt zum Haus zurück. »Aljoscha sagt, sie machen eine Unterrichtspause«, sagt er dem Jungen. »Er sagt, Ana Magdalena kommt bald wieder. Sie ist überhaupt nicht weggelaufen. Das ist reiner Unfug.«

»Es ist kein Unfug. Ana Magdalena ist mit Dmitri weggelaufen. Sie werden Zigeuner sein.«

»Wer hat dir das erzählt?«

»Dmitri.«

»Dmitri ist ein Träumer. Er hat schon immer davon geträumt, mit Ana Magdalena durchzubrennen. Ana Magdalena interessiert sich nicht für ihn.«

»Du hörst mir nie zu! Sie sind weggelaufen. Sie werden ein neues Leben haben. Ich will nicht wieder in die Akademie. Ich will mit Ana Magdalena und Dmitri zusammen sein.«

»Du willst Inés verlassen und mit Ana Magdalena zusammen sein?«

»Ana Magdalena liebt mich. Dmitri liebt mich. Inés liebt mich nicht.«

»Natürlich liebt Inés dich! Sie kann es nicht erwarten, aus Novilla zurückzukommen, damit sie wieder mit dir zusammen sein kann. Und was Dmitri angeht, der liebt niemanden. Er ist unfähig zu lieben.«

»Er liebt Ana Magdalena.«

»Er hat eine Leidenschaft für Ana Magdalena. Das ist etwas anderes. Leidenschaft ist selbstsüchtig. Liebe ist selbstlos. Inés liebt dich auf selbstlose Art. Wie ich auch.«

»Mit Inés zusammen zu sein ist langweilig. Mit dir zusammen zu sein ist langweilig. Wann hört es zu regnen auf? Ich hasse den Regen.«

»Tut mir leid zu hören, dass du so gelangweilt bist. Was den Regen angeht, leider bin ich nicht der Kaiser des Himmels, ich kann nichts tun, um ihn zu beenden.«

Estrella hat zwei Radiosender. Er schaltet zum zweiten Sender, als der Sprecher gerade über die Schließung der Landwirtschaftsmesse aufgrund des »für die Jahreszeit ungewöhnlichen« Wetters berichtet. Nach den Nachrichten kommt eine lange Aufzählung von Busverbindungen, die eingeschränkt wurden, und von Schulen, die den Unterricht ausgesetzt haben. »Auch Estrellas zwei Akademien, die Singakademie und die Tanzakademie, schließen ihre Pforten.«

»Ich hab's dir ja gesagt«, meint der Junge. »Ich gehe nie wieder in die Akademie. Ich hasse es dort.«

»Vor einem Monat hast du die Akademie geliebt. Jetzt hasst du sie. Vielleicht ist es an der Zeit, David, dass du begreifst, es gibt nicht nur zwei Gefühle, Liebe und Hass, es gibt noch viele andere Gefühle. Wenn du beschließt, die Akademie zu hassen und ihr den Rücken zu kehren, wirst du dich bald in einer der staatlichen Schulen wiederfinden, wo deine Lehrer dir keine Geschichten über Dschinns und Elefanten vorlesen, sondern dich den ganzen Tag lang rechnen lassen, dreiundsechzig geteilt durch neun, zweiundsiebzig geteilt durch sechs. Du bist ein Glückspilz, David, und ziemlich verwöhnt. Ich denke, du solltest dir dieser Tatsache bewusstwerden.«

Nachdem er seine Meinung gesagt hat, geht er in den Regen hinaus und ruft die Akademie an. Diesmal meldet sich Aljoscha. »Aljoscha! Hier ist noch einmal Simón. Ich habe gerade im Radio gehört, dass die Akademie geschlossen bleibt, bis der Regen aufgehört hat. Warum haben Sie mir das nicht gesagt? Ich möchte mit Señor Arroyo sprechen.«

Langes Schweigen. Dann: »Señor Arroyo ist beschäftigt, er kann nicht ans Telefon kommen.«

»Señor Arroyo, der Direktor Ihrer Akademie, ist zu beschäftigt, um mit den Eltern zu sprechen. Señora Arroyo hat ihre Pflichten vernachlässigt und ist nicht zu finden. Was geht da vor?«

Schweigen. Von draußen vor der Telefonzelle wirft ihm eine junge Frau einen verärgerten Blick zu, formt lautlos Worte, klopft auf ihre Armbanduhr. Sie hat einen Schirm, doch er ist instabil und bietet keinen Schutz vor den Regenschauern, die auf sie niedergehen.

»Aljoscha, hören Sie mir zu. Wir kommen zurück, David und ich. Wir kommen gleich. Lassen Sie die Tür unabgeschlossen. Auf Wiedersehen.«

Er hat den Versuch aufgegeben, sich trocken zu halten. Sie fahren zusammen zur Akademie, der Junge sitzt auf der Querstange des schweren alten Fahrrads. Er schaut aus dem gelben Ölzeug, schreit vor Vergnügen und hebt die Füße hoch, während sie durch ausgedehnte Wasserflächen pflügen. Die Ampeln funktionieren nicht, die Straßen sind beinahe leer. Auf dem Stadtplatz haben die Markthändler schon längst zusammengepackt und sind nach Hause gegangen.

Vor dem Eingang zur Akademie steht ein Auto. Ein Kind, das er als einen von Davids Klassenkameraden erkennt, sitzt hinten, das Gesicht an die Scheibe gepresst, während seine Mutter einen Koffer in den Kofferraum zu heben versucht. Er eilt ihr zu Hilfe.

»Vielen Dank«, sagt sie. »Sie sind Davids Vater, nicht wahr? Ich erinnere mich an Sie vom Konzert. Wollen wir nicht aus dem Regen gehen?«

Er zieht sich mit ihr in den Eingang zurück, während David zu seinem Freund in das Auto klettert.

»Schrecklich, nicht wahr?«, sagt die Frau und schüttelt sich das Wasser aus dem Haar. Er erkennt sie wieder, erinnert sich an ihren Namen: Isabella. In ihrem Regenmantel und den Absatzschuhen ist sie recht elegant, recht attraktiv. Ihre Augen sind ruhelos.

»Sie meinen das Wetter? Ja, ich habe noch nie so einen Regen erlebt. Es ist wie das Weltenende.«

»Nein, ich meinte die Sache mit Señora Arroyo. So beunruhigend für die Kinder. Sie hatte einen so guten Ruf, die Akademie. Jetzt frage ich mich schon. Was sind Ihre Pläne für David? Werden Sie ihn hierlassen?«

»Ich weiß nicht. Seine Mutter und ich müssen das besprechen. Was genau meinten Sie wegen Señora Arroyo?«

»Haben Sie es nicht gehört? Sie haben sich getrennt, die Arroyos, und sie ist auf und davon. Ich schätze, man hätte es vorhersehen können, die jüngere Frau und der ältere Mann. Aber mitten im Schulhalbjahr, ohne Warnung an die Eltern. Ich sehe nicht, wie die Akademie weiterfunktionieren kann. Das ist der Nachteil bei diesen kleinen Unternehmen – sie hängen so sehr von Einzelnen ab. Nun, wir müssen los. Wie sollen wir die Kinder trennen? Sie müssen stolz auf David sein. So ein kluger Junge, höre ich.«

Sie klappt den Kragen ihres Regenmantels hoch, bietet dem Regen die Stirn, pocht ans Autofenster. »Carlos! Carlito! Wir fahren jetzt los! Auf Wiedersehen, David. Vielleicht kannst du bald einmal zum Spielen zu uns kommen. Wir werden deine Eltern anrufen.« Ein kurzes Winken und sie fährt davon.

Die Türen zum Studio stehen offen. Als sie die Treppe hochgehen, hören sie Orgelmusik, eine schnelle bravouröse Passage, stetig wiederholt. Aljoscha wartet auf sie, sein Gesicht ist angespannt. »Regnet es immer noch draußen?«, fragt er. »Komm, David, drück mich.«

»Sei nicht traurig, Aljoscha«, sagt der Junge. »Sie haben sich in ein neues Leben aufgemacht.«

Aljoscha wirft ihm, Simón, einen fragenden Blick zu.

»Dmitri und Ana Magdalena«, erklärt der Junge geduldig. »Sie haben sich in ein neues Leben aufgemacht. Sie werden Zigeuner sein.«

»Ich bin total verwirrt, Aljoscha«, sagt er, Simón. »Ich höre eine Geschichte nach der anderen, und ich weiß nicht, welche ich glauben soll. Es ist unbedingt erforderlich, dass ich mit Señor Arroyo spreche. Wo ist er?«

»Señor Arroyo spielt«, sagt Aljoscha.

»Das höre ich. Kann ich trotzdem mit ihm sprechen?«

Die schnelle großartige Passage, die er gehört hat, wird jetzt mit einer schwerfälligeren Passage im Bass verwoben, die auf unbestimmte Weise mit ihr verwandt erscheint. In der Musik liegt keine Trauer, keine Nachdenklichkeit, nichts, was andeuten könnte, dass der Musiker von seiner schönen jungen Frau verlassen wurde.

»Er sitzt seit sechs Uhr morgens an der Orgel«, sagt Aljoscha. »Ich glaube nicht, dass er unterbrochen werden möchte.«

»Gut, ich habe Zeit, ich warte. Können Sie sich darum

kümmern, dass David trockene Sachen anzieht? Und darf ich das Telefon benutzen?«

Er ruft bei Modas Modernas an. »Hier spricht Inés' Freund Simón. Könnte bitte jemand Inés in Novilla eine Nachricht übermitteln? Sagen Sie ihr, dass es eine Krise an der Akademie gibt und dass sie unverzüglich nach Hause kommen soll … Nein, ich habe keine Telefonnummer für sie … Sagen Sie einfach, *eine Krise an der Akademie*, sie wird schon verstehen.«

Er setzt sich hin und wartet auf Arroyo. Wenn er nicht so aufgebracht wäre, könnte er die Musik genießen, die geniale Art, wie der Mann Motive verwebt, die harmonischen Überraschungen, die Logik seiner Auflösungen. Ein wahrer Musiker, kein Zweifel, dem die Rolle des Lehrers zugewiesen wurde. Kein Wunder, dass er nicht geneigt ist, sich zornigen Eltern zu stellen.

Aljoscha kommt mit einer Plastiktüte zurück, in der sich die feuchten Sachen des Jungen befinden. »David begrüßt die Tiere«, berichtet er.

Dann kommt der Junge hereingestürmt. »Aljoscha! Simón!«, schreit er. »Ich weiß, wo er steckt! Ich weiß, wo Dmitri steckt! Kommt mit!«

Sie folgen dem Jungen die Hintertreppe hinunter in das riesige, schlechtbeleuchtete Untergeschoss des Museums, vorbei an Regalen mit Gerüstteilen, vorbei an unordentlich an den Wänden lehnenden Leinwänden, vorbei an einer Gruppe mit einem Seil zusammengeschnürter nackter Marmorplastiken, bis sie zu einer kleinen Kabine aus Sperrholz in einer Ecke kommen, liederlich zusammengezimmert und ohne Dach. »Dmitri!«, schreit der Junge und hämmert gegen die Tür. »Aljoscha ist hier, und Simón!«

Keine Antwort. Dann bemerkt er, Simón, dass die Tür mit einem Vorhängeschloss gesichert ist. »Da ist niemand drin«, sagt er. »Sie ist von außen verschlossen.«

»Er *ist* hier!«, sagt der Junge. »Ich kann ihn hören! Dmitri!«

Aljoscha zieht eins der Gerüstteile herüber und lehnt es gegen eine Kabinenwand. Er steigt hinauf, schaut hinein und steigt hastig wieder herunter.

Ehe ihn einer daran hindern kann, hat auch David das Gestell erklommen. Oben erstarrt er sichtlich. Aljoscha steigt hinauf und holt ihn herunter.

»Was ist da?«, fragt er, Simón.

»Ana Magdalena. Gehen Sie. Nehmen Sie David mit. Rufen Sie einen Krankenwagen. Sagen Sie, es hätte einen Unfall gegeben. Sagen Sie, es eilt.« Dann geben seine Beine nach und er kniet auf dem Boden. Sein Gesicht ist bleich. »Schnell, schnell, schnell!«, sagt er.

Alles, was folgt, geschieht in Eile. Der Krankenwagen trifft ein, dann die Polizei. Das Museum wird von Besuchern geräumt; eine Wache wird am Eingang postiert; die Treppe zum Untergeschoss wird abgeriegelt. Mit den beiden Arroyo-Jungen und den verbliebenen Internatsschülern im Schlepptau zieht sich Aljoscha ins Obergeschoss zurück. Keine Spur von Señor Arroyo – die Orgelempore ist leer.

Er wendet sich an einen der Polizeibeamten. »Können wir gehen?«, fragt er.

»Wer sind Sie?«

»Wir sind die Entdecker … die Entdecker der Leiche. Mein Sohn David ist hier Schüler. Er ist sehr betroffen. Ich würde ihn gern nach Hause bringen.«

»Ich will nicht nach Hause«, verkündet der Junge. Er

hat einen entschlossenen, störrischen Gesichtsausdruck; der Schock, der ihn verstummen ließ, scheint vorbei zu sein. »Ich will Ana Magdalena sehen.«

»Das kommt nicht in Frage.«

Eine Pfeife ertönt. Ohne ein Wort verlässt sie der Beamte. Im gleichen Augenblick rennt der Junge mit gesenktem Kopf wie ein kleiner Stier quer durchs Studio. Er, Simón, holt ihn erst am Fuß der Treppe ein, wo zwei Sanitäter mit einer Trage, über die ein weißes Laken gebreitet ist, sich einen Weg durch ein Menschenknäuel zu bahnen versuchen. Das Laken bleibt hängen und enthüllt für einen Moment die tote Señora Arroyo bis zu ihrem nackten Busen. Ihre linke Gesichtshälfte ist blau, beinahe schwarz. Die Augen stehen weit offen. Die hochgezogene Oberlippe lässt die gefletschten Zähne sehen. Rasch legen die Sanitäter das Laken wieder zurück.

Ein Polizeibeamter in Uniform packt den Jungen beim Arm und hält ihn fest. »Lass mich los!«, schreit der und versucht sich loszureißen. »Ich will sie retten!«

Der Polizeibeamte hebt ihn mühelos in die Luft und hält den Strampelnden dort fest. Er, Simón, schaltet sich nicht ein, sondern wartet ab, bis die Trage in den Krankenwagen geschoben ist und die Türen zugeschlagen sind.

»Sie können ihn jetzt loslassen«, sagt er zum Polizisten. »Ich übernehme jetzt. Er ist mein Sohn. Er ist betroffen. Sie war seine Lehrerin.«

Er hat weder die Energie noch den Mumm, mit dem Fahrrad zu fahren. Seite an Seite trotten er und der Junge durch den gleichförmigen Regen zum Haus zurück. »Ich werde wieder nass«, beklagt sich der Junge. Er drapiert das Ölzeug über ihn.

An der Tür werden sie von Bolívar in der ihm eigenen majestätischen Art begrüßt. »Setz dich dicht neben Bolívar«, weist er den Jungen an. »Er soll dich wärmen. Er soll dir etwas von seiner Hitze abgeben.«

»Was passiert jetzt mit Ana Magdalena?«

»Sie wird inzwischen im Krankenhaus sein. Ich werde nicht weiter darüber reden. Es ist genug für einen Tag.«

»Hat Dmitri sie umgebracht?«

»Ich habe keine Ahnung. Ich weiß nicht, wie sie gestorben ist. Ich möchte jetzt, dass du mir etwas erzählst. Der kleine Raum, in dem wir sie gefunden haben – war das der Raum, in den dich Dmitri mitgenommen hat, um dir Fotos von Frauen zu zeigen?«

»Ja.«

Zwölf

Am nächsten Tag, dem ersten wolkenlosen Tag nach dem großen Regen, stellt sich Dmitri. Er erscheint am Empfangsschalter der Polizeiwache. »Ich war es«, verkündet er der jungen Frau hinter dem Schalter, und als sie nicht begreift, holt er die Morgenausgabe der Tageszeitung heraus und tippt auf die Schlagzeile »TOD DER BALLERINA«, mit einem Foto von Ana Magdalena, Kopf und Schultern, schön auf ihre recht kalte Art. »Ich habe sie getötet«, sagt er. »Ich bin der Schuldige.«

In den darauffolgenden Stunden schreibt er für die Polizei einen vollständigen und detaillierten Bericht des Geschehens: wie er Ana Magdalena unter einem Vorwand überredete, ihn in das Untergeschoss des Museums zu begleiten; wie er sie vergewaltigte und danach erdrosselte; wie er die Leiche in der Kabine einschloss; wie er zwei Tage und Nächte lang in den Straßen der Stadt umherirrte, für Kälte und Regen unempfindlich, außer sich, schreibt er, obwohl er nicht sagt, außer sich vor was (vor Schuld? vor Kummer?), bis er die Zeitung am Kiosk entdeckte, mit der Fotografie, deren Augen sich ihm in die Seele bohrten, wie er es ausdrückt, und er zur Vernunft kam und sich stellte, »entschlossen, für seine Schuld zu bezahlen«.

Das alles kommt bei der ersten Anhörung heraus, die

auf starkes öffentliches Interesse stößt, da nichts so Extravagantes in Estrella vorgefallen ist, so weit man zurückdenken kann. Señor Arroyo ist bei der Anhörung nicht anwesend – er hat die Türen der Akademie verriegelt und will mit niemandem sprechen. Er, Simón, versucht dabei zu sein, aber der Andrang vor dem winzigen Gerichtssaal ist so groß, dass er aufgibt. Aus dem Radio erfährt er, dass Dmitri sich schuldig bekannt und Rechtsbeistand abgelehnt hat, obwohl der Richter ihm erklärt hat, dass das weder die Zeit noch der Ort ist, ein Schuldgeständnis abzugeben. »Ich habe das Schlimmste überhaupt getan, ich habe die Person getötet, die ich geliebt habe«, hat er gesagt, wie berichtet wurde. »Peitscht mich aus, henkt mich, brecht mir die Knochen.« Aus dem Gerichtssaal wurde er in seine Zelle zurückgebracht und erduldete unterwegs einen Hagel an Beschimpfungen und Beleidigungen vonseiten der Zuschauer.

Auf seinen Anruf hin ist Inés aus Novilla zurückgekehrt, begleitet von ihrem älteren Bruder Diego. David zieht wieder in die Wohnung zu ihnen. Da es keinen Unterricht gibt, ist er frei, den ganzen Tag mit Diego Fußball zu spielen. Diego sei »genial« beim Fußballspiel, berichtet er.

Er, Simón, trifft Inés zum Mittagessen. Sie besprechen, was mit David geschehen soll. »Er wirkt ganz normal, er hat den Schock anscheinend überwunden«, erzählt er ihr, »doch ich habe meine Zweifel. Kein Kind kann einem solchen Anblick ausgesetzt werden und nicht unter Nachwirkungen leiden.«

»Er hätte nie in diese Akademie gehen sollen«, sagt Inés. »Wir hätten einen Privatlehrer engagieren sollen, wie ich gesagt habe. Diese Arroyos haben sich als eine solche Katastrophe entpuppt!«

Er erhebt Einwände. »Es ist wohl kaum Señora Arroyos Schuld, dass sie ermordet wurde, oder etwa die Schuld ihres Mannes. Auf ein Monster wie Dmitri kann man überall treffen. Um die positive Seite zu sehen – David hat wenigstens eine Lektion über Erwachsene gelernt, und wohin ihre Leidenschaften sie führen können.«

Inés rümpft die Nase. »Leidenschaften? Nennst du Vergewaltigung und Mord Leidenschaften?«

»Nein, Vergewaltigung und Mord sind Verbrechen, aber du kannst doch nicht leugnen, dass Dmitri von der Leidenschaft dazu getrieben wurde.«

»Umso schlimmer für die Leidenschaft«, sagt Inés. »Wenn es weniger Leidenschaft gäbe, wäre die Welt ein sicherer Ort.«

Sie sitzen in einem Café gegenüber von Modas Modernas und die Tische stehen dicht beieinander. Ihre Nachbarn, zwei gutgekleidete Frauen, die sehr wohl zu Inés' Kundinnen gehören könnten, sind verstummt und lauschen dem, was sich allmählich wie ein Streit anhört. Deshalb hält er zurück, was er gerade sagen wollte (*Leidenschaft*, wollte er gerade sagen – *was weißt du denn von Leidenschaft, Inés?*), und bemerkt stattdessen: »Wir wollen nicht in schwieriges Fahrwasser geraten. Wie geht es Diego? Wie findet er Estrella? Wie lange wird er bleiben? Wird Stefano zu euch stoßen?«

Nein, erfährt er, Stefano wird nicht nach Estrella kommen. Stefano steht vollkommen unter dem Pantoffel seiner Freundin, die nicht möchte, dass er sie verlässt. Was Diego angeht, so hat er keinen vorteilhaften Eindruck von Estrella bekommen. Er nennt es *atrasada*, rückständig; er versteht nicht, was Inés hier macht; er will, dass sie mit ihm nach Novilla zurückgeht.

»Und erwägst du das?«, fragt er. »Denkst du daran, nach Novilla zurückzugehen? Ich muss es wissen, weil ich dahin gehe, wo David hingeht.«

Inés antwortet nicht, spielt mit ihrem Teelöffel.

»Was ist mit dem Geschäft?«, fragt er. »Wie wird sich Claudia fühlen, wenn du sie plötzlich im Stich lässt?« Er beugt sich über den Tisch näher zu ihr. »Sag mir ehrlich, Inés, bist du David immer noch so innig verbunden?«

»Was willst du damit sagen, ob ich ihm *immer noch so innig verbunden* bin?«

»Ich meine, ob du noch die Mutter des Jungen bist? Liebst du ihn noch oder entfremdest du dich von ihm? Weil ich dich warnen muss, dass ich nicht sowohl Vater als auch Mutter sein kann.«

Inés steht auf. »Ich muss ins Geschäft zurück«, sagt sie.

Die Singakademie unterscheidet sich sehr von der Tanzakademie. Sie ist in einem eleganten Gebäude mit einer Glasfront untergebracht und befindet sich auf einem baumreichen Platz im teuersten Stadtviertel. Er und David werden in das Büro von Señora Montoya, der stellvertretenden Rektorin, geführt, die sie kühl begrüßt. Nach der Schließung der Tanzakademie ist eine kleine Flut von Bewerbungen ehemaliger Schüler bei der Singakademie eingegangen, teilt sie ihm mit. Davids Name kann mit auf die Liste gesetzt werden, aber die Aussichten für ihn sind nicht günstig: Bewerber, die eine ordentliche musikalische Ausbildung genossen haben, werden bevorzugt. Außerdem solle er, Simón, beachten, dass die Gebühren für die Singakademie beträchtlich höher sind als die für die Tanzakademie.

»David hat Musikunterricht bei Señor Arroyo selbst gehabt«, sagt er. »Er hat eine gute Stimme. Wollen Sie ihm nicht die Chance geben, sich zu beweisen? Er war ein ausgezeichneter Tänzer. Er könnte auch ein ausgezeichneter Sänger werden.«

»Möchte er das denn werden: ein Sänger?«

»David, du hast die Frage der Señora gehört. Möchtest du ein Sänger werden?«

Der Junge antwortet nicht, sondern starrt gleichgültig aus dem Fenster.

»Was möchtest du mit deinem Leben anfangen, junger Mann?«, fragt Señora Montoya.

»Ich weiß nicht«, sagt der Junge. »Es kommt darauf an.«

»David ist sechs Jahre alt«, sagt er, Simón. »Man kann von einem Sechsjährigen nicht erwarten, einen Lebensplan zu haben.«

»Señor Simón, wenn es etwas gibt, das alle Schüler an unserer Akademie eint, vom jüngsten zum ältesten, dann ist es eine Leidenschaft für Musik. Hast du eine Leidenschaft für Musik, junger Mann?«

»Nein. Leidenschaften sind etwas Schlechtes.«

»Wirklich! Wer hat dir das gesagt – dass Leidenschaften etwas Schlechtes sind?«

»Inés.«

»Und wer ist Inés?«

»Inés ist seine Mutter«, schaltet er, Simón, sich ein. »Ich denke, du hast Inés missverstanden, David. Sie hat körperliche Leidenschaft gemeint. Eine Leidenschaft fürs Singen ist keine körperliche Leidenschaft. Warum singst du nicht für Señora Montoya, damit sie hören kann, was für eine gute Stimme du hast? Sing doch das englische Lied, das du mir früher vorgesungen hast.«

»Nein. Ich will nicht singen. Ich hasse das Singen.«

Er nimmt den Jungen zu einem Besuch bei den Drei Schwestern auf ihrer Farm mit. Man empfängt sie so herzlich wie immer und bewirtet sie mit kleinen glasierten Kuchen und Robertas selbstgemachter Limonade. Der Junge begibt sich auf einen Rundgang durch die Ställe und begrüßt alte Freunde. Während seiner Abwesenheit berichtet er, Simón, vom Vorstellungsgespräch bei Señora Montoya. »Eine Leidenschaft für Musik«, sagt er; »stellen Sie sich vor, man fragt einen Sechsjährigen, ob er eine Leidenschaft für Musik hat. Kinder sind vielleicht begeistert von etwas, aber sie können keine Leidenschaften haben.«

Er hat die Schwestern inzwischen gern. Ihnen kann er sein Herz ausschütten, meint er.

»Ich habe die Singakademie immer für eine recht ambitiöse Institution gehalten«, sagt Valentina. »Aber sie haben dort ein hohes Niveau, daran gibt es keinen Zweifel.«

»Wenn David durch ein Wunder aufgenommen werden sollte, wären Sie dann bereit, ihn mit den Gebühren zu unterstützen?« Er gibt die Summe wieder, die ihm genannt wurde.

»Natürlich«, sagt Valentina ohne zu zögern. Consuelo und Alma nicken zustimmend. »Wir mögen David. Er ist ein außergewöhnliches Kind. Er hat eine großartige Zukunft vor sich. Obwohl nicht unbedingt auf der Opernbühne.«

»Wie wird er mit dem Schock fertig, Simón?«, fragt Consuelo. »Das muss für ihn zutiefst erschreckend gewesen sein.«

»Er träumt von Señora Arroyo. Er war ihr sehr verbunden, was mich überrascht hat, weil ich sie ziemlich kalt fand, kalt und abweisend. Aber er hat sie von Anfang an gemocht. Er muss einen Wesenszug bei ihr entdeckt haben, der mir entgangen ist.«

»Sie war sehr schön. Im klassischen Sinn. Haben Sie sie nicht auch schön gefunden?«

»Ja, sie war schön. Aber das interessiert einen kleinen Jungen wohl kaum.«

»Wahrscheinlich nicht. Sagen Sie mir: Glauben Sie, dass sie unschuldig an der ganzen traurigen Affäre war?«

»Nicht ganz. Zwischen ihr und Dmitri hat es eine lange Geschichte gegeben. Dmitri war von ihr besessen, er verehrte den Boden, über den sie schritt. Das hat er mir erzählt, das hat er jedem erzählt, der ihm zuhörte. Doch sie behandelte ihn rücksichtslos. Sie behandelte ihn eigentlich wie Dreck. Ich habe es selbst erlebt. Ist es da ein Wunder, dass er am Ende außer sich geriet? Natürlich versuche ich nicht, ihn zu entschuldigen …«

David kommt von seinem Rundgang zurück. »Wo ist Rufo?«, will er wissen.

»Er war krank, wir mussten ihn einschläfern lassen«, antwortet Valentina. »Wo sind deine Schuhe?«

»Roberta hat mir gesagt, ich soll sie ausziehen. Kann ich Rufo sehen?«

»Jemanden einschläfern ist ein Euphemismus, mein Junge. Rufo ist tot. Roberta wird uns einen Welpen besorgen, der zu einem Wachhund heranwachsen und ihn ersetzen wird.«

»Aber wo ist er?«

»Das kann ich nicht sagen. Ich weiß es nicht. Wir haben das Roberta erledigen lassen.«

»Sie hat ihn nicht wie Dreck behandelt.«

»Wie bitte – wer hat wen nicht wie Dreck behandelt?«

»Ana Magdalena. Sie hat Dmitri nicht wie Dreck behandelt.«

»Hast du gelauscht? Das gehört sich nicht, David. Du solltest nicht lauschen.«

»Sie hat ihn nicht wie Dreck behandelt. Sie hat nur so getan.«

»Nun, du weißt das bestimmt besser als ich. Wie geht es deiner Mutter?«

Er, Simón, schaltet sich ein. »Leider kann Inés nicht hier sein, aber sie hat einen Bruder aus Novilla zu Besuch. Er wohnt bei uns. Ich bin vorübergehend ausgezogen.«

»Er heißt Diego«, sagt der Junge. »Er hasst Simón. Er sagt, Simón ist *una manzana podrida*. Er sagt, Inés sollte Simón verlassen und nach Novilla zurückkehren. Was bedeutet das, *una manzana podrida*?«

»Ein verfaulter Apfel.«

»Ich weiß, aber was *bedeutet* das?«

»Ich weiß nicht. Wollen Sie ihm erklären, Simón, was *una manzana podrida* ist, da Sie die besagte *manzana* sind?«

Die Drei Schwestern lachen los.

»Diego ist schon seit langem wütend auf mich, weil ich ihm seine Schwester weggenommen habe. Nach seiner Sicht der Dinge haben er und Inés und ihr jüngerer Bruder glücklich zusammen gelebt, bis ich auf der Bildfläche erschien und Inés stahl. Was natürlich vollkommen falsch ist, eine völlige Fehlinterpretation der Fakten.«

»Oh? Und was ist die Wahrheit?«, fragt Consuelo.

»Ich habe Inés nicht gestohlen. Inés hat nichts für mich übrig. Sie ist Davids Mutter. Sie beschützt ihn und ich beschütze die beiden. Das ist alles.«

»Sehr seltsam«, sagt Consuelo. »Sehr ungewöhnlich. Aber wir glauben Ihnen. Wir kennen Sie und wir glauben Ihnen. Wir glauben ganz und gar nicht, dass Sie *una manzana podrida* sind.« Ihre Schwestern nicken zustimmend. »Deshalb solltest du, junger Mann, zu diesem Bruder von Inés zurückgehen und ihm mitteilen, dass er einen großen Fehler gemacht hat, was Simón betrifft. Wirst du das tun?«

»Ana Magdalena hatte eine Leidenschaft für Dmitri«, sagt der Junge.

»Das glaube ich nicht«, sagt er, Simón. »Es war andersherum. Es war Dmitri, der die Leidenschaft hatte. Es war seine Leidenschaft für Ana Magdalena, die ihn dazu brachte, Böses zu tun.«

»Du sagst immer, dass Leidenschaft böse ist«, sagt der Junge. »Inés auch. Ihr beide hasst Leidenschaft.«

»Überhaupt nicht. Ich hasse Leidenschaft nicht, das ist vollkommen falsch. Dennoch kann man die bösen Folgen von Leidenschaft nicht ignorieren. Was denken Sie, Valentina, Consuelo, Alma: Ist Leidenschaft gut oder böse?«

»Ich glaube, dass Leidenschaft gut ist«, sagt Alma. »Ohne Leidenschaft würde die Welt aufhören, sich zu drehen. Sie wäre ein langweiliger und leerer Ort. Wirklich« – sie schaut ihre Schwestern an –, »ohne Leidenschaft wären wir nicht hier, keine von uns. Auch nicht die Schweine und die Kühe und die Hühner. Wir existieren alle aufgrund von Leidenschaft, der Leidenschaft von jemandem für jemand anders. Man kann es im Frühling hören, wenn die Luft voller Vogelrufe ist, jeder Vogel sucht einen Partner. Wenn das nicht Leidenschaft ist, was dann? Sogar die Moleküle. Wir hätten kein Wasser, wenn Sauerstoff keine Leidenschaft für Wasserstoff hätte.«

Von den Drei Schwestern mag er Alma am meisten, obwohl nicht mit Leidenschaft. Ihr fehlt jede Spur des guten Aussehens ihrer Schwestern. Sie ist klein, sogar pummelig; ihr Gesicht ist rund und angenehm, doch ohne Charakter; sie trägt eine kleine Brille mit Drahtgestell, die ihr nicht steht. Ist sie eine richtige Schwester der anderen beiden oder nur eine Halbschwester? Er kennt sie nicht gut genug, um sie danach zu fragen.

»Du glaubst also nicht, dass es zwei Arten von Leidenschaft gibt, Alma, gute Leidenschaft und böse Leidenschaft?«, fragt Valentina.

»Nein, ich glaube, dass es nur eine Art von Leidenschaft gibt, die gleiche überall. Was denkst du darüber, David?«

»Simón sagt, ich darf keine Gedanken haben«, sagt der Junge. »Simón sagt, ich bin zu jung. Er sagt, ich muss so alt wie er werden, bevor ich Gedanken haben kann.«

»Simón steckt voller Unsinn«, sagt Alma. »Simón wird allmählich zu einer verschrumpelten alten *manzana*.« Wieder lachen die Schwestern los. »Hör nicht auf Simón. Sag uns, was *du* denkst.«

Der Junge begibt sich in die Mitte des Raums und beginnt ohne Vorbemerkung in Socken zu tanzen. Sofort erkennt er, Simón, den Tanz wieder. Es ist der gleiche Tanz, den der ältere Arroyo-Junge beim Konzert dargeboten hat; aber David macht es besser, mit mehr Anmut und Kompetenz und Überzeugung, obwohl der andere Junge der Sohn des Tanzmeisters war. Die Schwestern schauen schweigend und gebannt zu, als der Junge seine komplexe Hieroglyphe ausführt und dabei mühelos die verspielten Tischchen und Hocker des Salons vermeidet.

Du tanzt für diese Frauen, doch du willst nicht für mich tanzen, denkt er. *Du tanzt für Inés. Was haben sie, was mir fehlt?*

Der Tanz endet. David verbeugt sich nicht – das ist nicht der Stil der Akademie –, aber einen Augenblick bleibt er aufrecht und still mit geschlossenen Augen und einem verzückten Lächeln auf den Lippen vor ihnen stehen.

»Bravo!«, sagt Valentina. »War das ein Tanz der Leidenschaft?«

»Es ist ein Tanz, um die Drei herabzurufen«, sagt der Junge.

»Und Leidenschaft?«, fragt Valentina. »Wo kommt die Leidenschaft ins Spiel?«

Der Junge antwortet nicht, aber er legt mit einer Geste, die er, Simón, noch nicht gesehen hat, drei Finger der rechten Hand über seinen Mund.

»Ist das eine Scharade?«, fragt Consuelo. »Müssen wir raten?«

Der Junge rührt sich nicht, doch seine Augen funkeln spitzbübisch.

»Ich verstehe«, sagt Alma.

»Dann kannst *du* es uns vielleicht erklären«, sagt Consuelo.

»Es gibt nichts zu erklären«, sagt Alma.

Als er den Schwestern erzählt hat, dass der Junge von Ana Magdalena geträumt hat, war das nicht die ganze Wahrheit. Während der gesamten gemeinsamen Zeit, zuerst mit ihm, dann mit Inés, konnte der Junge nachts ohne Probleme einschlafen, tief schlafen und frisch und voller Energie aufwachen. Aber seit der Entdeckung im Untergeschoss des Museums ist das anders geworden. Jetzt taucht er während der Nacht regelmäßig an Inés' Bett auf oder an seinem Bett, wenn er ihn besucht, wimmert und klagt über schlechte Träume. In seinen Träumen erscheint ihm Ana Magdalena, blau von Kopf bis Fuß, und trägt ein Baby, das »winzig, winzig, winzig, winzig wie eine Erbse« ist; oder sie öffnet ihre Hand und das Baby ist in ihrer Handfläche, zusammengerollt wie eine kleine blaue Nacktschnecke.

Er versucht nach Kräften, den Jungen zu trösten. »Ana Magdalena hat dich sehr geliebt«, sagt er. »Deshalb besucht sie dich in deinen Träumen. Sie kommt, um sich zu verabschieden und um dir zu sagen, dass du keine dunklen Gedanken mehr haben sollst, weil sie in Frieden im nächsten Leben ist.«

»Ich habe auch von Dmitri geträumt. Seine Sachen waren ganz nass. Wird Dmitri mich töten, Simón?«

»Natürlich nicht«, beruhigt er ihn – »warum sollte er das tun? Außerdem ist es nicht der wirkliche Dmitri, den du siehst, nur ein Dmitri aus Rauch. Du musst so mit den Händen wedeln« – er wedelt mit den Händen – »und er verschwindet.«

»Aber hat sein Penis ihn dazu gebracht, Menschen zu töten? Hat sein Penis ihn dazu gebracht, Ana Magdalena zu töten?«

»Dein Penis bringt dich nicht dazu, etwas zu tun. Etwas anderes ist in Dmitri gefahren und hat ihn dazu gebracht, das zu tun, was er getan hat, etwas Unheimliches, das keiner von uns versteht.«

»Ich werde keinen Penis wie Dmitri haben, wenn ich groß bin. Wenn mein Penis wächst, werde ich ihn abschneiden.«

Er berichtet Inés von dem Gespräch. »Er scheint den Eindruck gewonnen zu haben, dass Erwachsene sich zu ermorden versuchen, wenn sie miteinander schlafen, dass Erdrosseln der Höhepunkt des Aktes ist. Er scheint Dmitri auch irgendwann nackt gesehen zu haben. Alles geht in seinem Kopf durcheinander. Wenn Dmitri sagt, er liebe ihn, dann bedeutet das, er wolle ihn vergewaltigen und erdrosseln. Ich wünschte nur, wir hätten den Mann nie zu Gesicht bekommen!«

»Der Fehler war zuallererst, ihn in ihre sogenannte Akademie zu schicken«, sagt Inés. »Ich habe dieser Ana Magdalena nie vertraut.«

»Sei barmherzig«, sagt er. »Sie ist tot. Wir leben.«

Er bittet Inés um etwas Barmherzigkeit, aber war da nicht wirklich etwas Seltsames an Ana Magdalena – seltsamer als seltsam, unmenschlich? Ana Magdalena und ihr Rudel Kinder, wie eine Wolfsmutter mit ihren Welpen. Augen, die durch dich hindurchsahen. Schwer zu glauben, dass diese Augen, sogar im alles verzehrenden Feuer, je vernichtet werden.

»Werde ich blau werden wie Ana Magdalena, wenn ich sterbe?«, fragt der Junge.

»Natürlich nicht«, antwortet er. »Du wirst geradewegs ins neue Leben gehen. Dort wirst du ein strahlend neuer Mensch sein. Das wird aufregend. Es wird ein Abenteuer sein, wie auch dieses Leben ein Abenteuer gewesen ist.«

»Aber wenn ich nicht in das neue Leben gehe, werde ich dann blau?«

»Vertrau mir, Junge, es wird immer ein neues Leben geben. Vor dem Tod braucht man sich nicht zu fürchten. Er ist im Handumdrehen vorbei, dann beginnt das neue Leben.«

»Ich möchte nicht in das neue Leben gehen. Ich möchte zu den Sternen gehen.«

Dreizehn

Die Gerichte in Estrella sind mit der Rückgewinnung, Rehabilitation und Rettung *(recuperación, rehabilitación y salvación)* von Straftätern beauftragt – so viel hat er von seinen Fahrradkurier-Kollegen erfahren. Daraus folgt, dass es zwei Arten von Gerichtsprozessen gibt: die lange Art, in der der Angeklagte die Anklage bestreitet und das Gericht seine Schuld oder Unschuld feststellen muss; und die kurze Art, in der der Angeklagte sich schuldig bekennt und es die Aufgabe des Gerichts ist, die angemessene Korrekturstrafe zu verhängen.

Dmitri hat sich von Anfang an schuldig bekannt. Er hat nicht ein, sondern drei Geständnisse unterzeichnet, jedes weitschweifiger als das vorige, und detailliert berichtet, wie er Ana Magdalena Arroyo vergewaltigt und dann erdrosselt hat. Ihm wurde jede Möglichkeit eingeräumt, seine Schuld zu minimieren *(Ob er in der verhängnisvollen Nacht getrunken habe? Ob das Opfer durch einen Unfall bei erotischen Spielen umgekommen sei?)*, doch er hat sie alle zurückgewiesen. Was er getan habe, sei unentschuldbar, sagt er, unverzeihlich. Ob das, was er getan habe, verzeihlich oder unverzeihlich sei, habe nicht er zu entscheiden, erwidern seine Vernehmer; was er sagen müsse, sei, *warum* er getan habe, was er getan hat. An diesem Punkt kommt das dritte Geständnis zu einem abrupten Ende. »Der Angeklagte verweigerte eine weitere

Kooperation«, berichten seine Vernehmer. »Der Angeklagte wurde unflätig und gewalttätig.«

Der Prozess ist für den letzten Tag des Monats angesetzt, wenn Dmitri vor einem Richter und zwei Beisitzern erscheinen und sein Urteil entgegennehmen wird.

Zwei Tage vor dem Gerichtsprozess klopfen zwei uniformierte Polizisten an seine, Simóns, Tür zum gemieteten Zimmer und überbringen eine Botschaft: Dmitri verlangt, ihn zu sehen.

»Mich?«, fragt er. »Warum sollte er mich sehen wollen? Er kennt mich kaum.«

»Keine Ahnung«, sagen die Polizisten. »Bitte kommen Sie mit.«

Sie fahren ihn zum Polizeigefängnis. Es ist sechs Uhr abends; ein Schichtwechsel findet statt, die Gefangenen in den Zellen sollen gerade ihr Abendessen bekommen; er muss sich eine ganze Weile gedulden, ehe er in einen stickigen Raum mit einem Staubsauger in einer Ecke und zwei unterschiedlichen Stühlen geführt wird, wo Dmitri – mit ordentlich geschnittenem Haar, scharf gebügelten Khakihosen und einem Khakihemd und Sandalen, beträchtlich schicker aussehend als in den alten Museumswärterzeiten – auf ihn wartet.

»Wie geht's Ihnen, Simón?«, begrüßt ihn Dmitri. »Wie geht es der schönen Inés, und wie geht's Ihrem Jungen? Ich denke oft an ihn. Ich habe ihn nämlich geliebt. Ich habe sie alle geliebt, die kleinen Tänzer von der Akademie. Und sie haben mich geliebt. Aber das ist jetzt vorbei, alles vorbei.«

Er, Simón, ist verärgert genug darüber, zu einem Besuch des Mannes aufgerufen zu werden; dass er nun mit diesem sentimentalen Geschwätz konfrontiert wird, bringt ihn zum Kochen. »Sie haben sich ihre Zuneigung mit Süßigkeiten erkauft«, sagt er. »Was wollen Sie von mir?«

»Sie sind zornig, und ich weiß, warum. Ich habe etwas Schreckliches getan. Ich habe vielen Herzen Kummer bereitet. Mein Verhalten war unentschuldbar, unentschuldbar. Sie haben recht, mir die kalte Schulter zu zeigen.«

»Was wollen Sie, Dmitri? Warum bin ich hier?«

»Sie sind hier, Simón, weil ich Ihnen vertraue. Ich habe mir alle meine Bekannten vorgestellt, und Sie sind derjenige, dem ich am meisten vertraue. Warum vertraue ich Ihnen? Nicht weil ich Sie gut kenne – ich kenne Sie nicht gut, wie auch Sie mich nicht gut kennen. Aber ich vertraue Ihnen. Sie sind ein vertrauenswürdiger Mann, ein Mann, der Vertrauen verdient. Jeder kann das sehen. Und Sie sind diskret. Ich selbst bin nicht diskret, aber ich bewundere Diskretheit bei anderen. Wenn ich ein anderes Leben hätte, würde ich eines als diskreter, vertrauenswürdiger Mann wählen. Aber nun habe ich dieses Leben, das Leben, das mir zugeteilt wurde. Ich bin leider, was ich bin.«

»Kommen Sie zur Sache, Dmitri. Warum bin ich hier?«

»Wenn Sie die Treppe ins Lager des Museums hinuntergehen, wenn Sie unten angekommen sind und nach rechts schauen, werden Sie drei graue Aktenschränke an der Wand sehen. Die Schränke sind verschlossen. Ich hatte einen Schlüssel, aber man hat ihn mir hier abgenommen. Man kann die Schränke jedoch leicht aufbrechen. Stecken Sie einen Schraubenzieher in den Spalt über dem Schloss und versetzen Sie ihm einen kräftigen

Schlag. Der Metallstreifen, der die Schubkästen verschlossen hält, wird nachgeben. Sie werden es selbst sehen, wenn Sie es versuchen. Es ist leicht.

Im untersten Schubfach des mittleren Schrankes – *im untersten Schubfach des mittleren Schrankes* – werden Sie eine kleine Schachtel von der Art, die Schulkinder benutzen, finden. Sie enthält Schriftstücke. Ich möchte, dass Sie diese verbrennen. Verbrennen Sie das Ganze, ohne es sich anzusehen. Kann ich Ihnen vertrauen, dass Sie das tun werden?«

»Sie wollen, dass ich ins Museum gehe und einen Aktenschrank aufbreche und Schriftstücke stehle und sie vernichte. Welche anderen Straftaten soll ich noch für Sie begehen, weil Sie sie nicht selbst begehen können, da Sie hinter Gittern sind?«

»Vertrauen Sie mir, Simón. Ich vertraue Ihnen, Sie müssen mir vertrauen. Diese kleine Schachtel hat nichts mit dem Museum zu tun. Sie gehört mir. Sie enthält private Dinge. In wenigen Tagen werde ich verurteilt und wer weiß, wie das Urteil ausfallen wird? Estrella werde ich aller Wahrscheinlichkeit nie wiedersehen, nie wieder durch die Türen des Museums gehen. In der Stadt, die ich die meine nannte, werde ich vergessen sein, der Vergessenheit anheimfallen. Und das wird richtig sein, richtig und gerecht und gut. Ich möchte nicht, dass man sich an mich erinnert. Ich möchte nicht, dass ich im öffentlichen Gedächtnis bleibe, nur weil die Zeitungen zufällig meinen privatesten Besitz in die Hände bekommen. Verstehen Sie?«

»Ich verstehe, doch ich heiße es nicht gut. Ich werde nicht tun, was Sie verlangen. Stattdessen werde ich Folgendes tun. Ich werde zum Museumsdirektor gehen und sagen: ›Dmitri, der hier gearbeitet hat, hat mir erzählt, dass es im Gebäude private Dinge von ihm gibt, Schriftstücke und so weiter. Er hat mich gebeten, sie zu holen und sie ihm ins Gefängnis zu bringen. Habe ich Ihre Erlaubnis dafür?‹ Wenn der Direktor zustimmt, werde ich Ihnen die Schriftstücke bringen. Dann können Sie sie vernichten, wie Sie es wollen. So viel will ich für Sie tun, doch nichts Illegales.«

»Nein, Simón, nein, nein, nein! Sie können sie nicht hierherbringen, das ist zu gefährlich! Keiner darf diese Schriftstücke sehen, nicht einmal Sie!«

»Das Letzte wäre, dass ich Ihre sogenannten privaten Schriftstücke sehen wollen würde. Ich bin sicher, dass sie nichts als Schweinereien enthalten.«

»Ja! Genau! Schweinereien! Und deshalb müssen sie vernichtet werden! Damit es weniger Schweinereien auf der Welt gibt!«

»Nein. Ich werde es nicht tun. Finden Sie einen anderen.«

»Es gibt keinen anderen, Simón, keinen, dem ich vertraue. Wenn Sie mir nicht helfen, wird es keiner tun. Es ist nur eine Frage der Zeit, bis jemand sie findet und an die Zeitungen verkauft. Dann wird der Skandal wieder losbrechen und alle alten Wunden werden wieder aufgerissen. Das können Sie nicht zulassen, Simón. Denken Sie an die Kinder, die sich mit mir angefreundet und meine Tage verschönt haben. Denken Sie an Ihren Sohn.«

»In der Tat ein Skandal. Die Wahrheit ist, Sie wollen nicht, dass Ihre Sammlung schmutziger Fotos bekanntgemacht wird, weil Sie wollen, dass die Menschen gut von Ihnen denken. Sie wollen, dass man Sie für einen

Mann der Leidenschaft hält, nicht für einen Verbrecher mit einem Appetit für Pornographie. Ich gehe jetzt.« Er klopft an die Tür, die sofort geöffnet wird. »Gute Nacht, Dmitri.«

»Gute Nacht, Simón. Ich hoffe, Sie sind mir nicht böse!«

Der Tag des Prozesses ist da. Das *crime passionnel* im Museum ist Gesprächsthema in ganz Estrella, wie er auf seinen Fahrradrunden erfahren hat. Obwohl er dafür gesorgt hat, dass er weit vor der angesetzten Zeit beim Gericht ankommt, gibt es schon ein Menschengedränge vor den Türen. Er arbeitet sich ins Foyer vor, wo ihn eine große gedruckte Mitteilung erwartet: *Geänderter Verhandlungsort. Die für 8.30 Uhr anberaumte Gerichtsverhandlung wurde verlegt. Sie findet um 9.30 Uhr im Teatro Solar statt.*

Das Teatro Solar ist das größte Theater in Estrella. Auf dem Weg dorthin gerät er in eine Unterhaltung mit einem Mann, der ein Kind dabeihat, ein kleines Mädchen, nicht viel älter als David.

»Unterwegs zum Prozess?«, fragt der Mann.

Als Antwort nickt er.

»Ein großer Tag«, sagt der Mann. Das Kind, ganz in Weiß mit einem roten Band im Haar, wirft ihm ein Lächeln zu.

»Ihre Tochter?«, fragt er.

»Meine Älteste«, antwortet der Mann.

Er schaut sich um und bemerkt etliche andere Kinder in der Menge, die zum Theater drängt.

»Halten Sie es für eine gute Idee, sie mitzunehmen?«, fragt er. »Ist sie nicht ein bisschen zu jung für so etwas?«

»Eine gute Idee? Kommt darauf an«, sagt der Mann.

»Wenn es viel juristisches Palaver gibt und es ihr langweilig wird, muss ich sie vielleicht nach Hause bringen. Aber ich hoffe, dass es kurz und zur Sache sein wird.«

»Ich habe einen Sohn in ungefähr demselben Alter«, sagt er. »Ich muss sagen, dass ich nie daran denken würde, ihn mitzubringen.«

»Hm«, sagt der Mann, »wahrscheinlich gibt es verschiedene Ansichten. Wie ich es sehe, kann ein großes Ereignis wie das hier pädagogisch wertvoll sein – und den jungen Leuten klarmachen, wie gefährlich es sein kann, sich mit ihren Lehrern einzulassen.«

»Der Angeklagte ist, soweit ich weiß, nie Lehrer gewesen«, antwortet er scharf. Dann sind sie am Theatereingang angekommen und Vater und Tochter werden von der Menge verschluckt.

Das Parkett ist schon voll besetzt, aber er findet einen Platz auf dem Balkon mit Blick auf die Bühne, auf der eine lange mit grünem Fries bedeckte Bank aufgestellt wurde, vermutlich für die Richter.

Die angegebene Zeit – 9.30 Uhr – kommt heran und verstreicht. Im Zuschauerraum wird es heiß und stickig. Neuankömmlinge drängen von hinten nach, bis er dicht ans Geländer gedrückt ist. Unten sitzen Leute in den Gängen. Ein rühriger junger Mann geht auf und ab und verkauft Wasser in Flaschen.

Dann gibt es eine Bewegung. Die Scheinwerfer über der Bühne gehen an. Geführt von einem Polizeibeamten erscheint der mit Fußfesseln versehene Dmitri. Geblendet bleibt er stehen und starrt in den Zuschauerraum hinaus. Sein Begleiter führt ihn zu einem kleinen, mit Seilen abgesperrten Platz.

Alles ist still. Aus den Kulissen tauchen drei Richter in

roten Roben auf, oder vielmehr der Vorsitzende Richter und seine zwei Beisitzer. Mit großem Gewoge kommt die Menge auf die Füße. Das Theater fasst seiner Vermutung nach zweihundert Personen; doch es sind mindestens doppelt so viele anwesend.

Die Menge setzt sich wieder. Der Vorsitzende Richter sagt etwas Unverständliches. Der Dmitri bewachende Beamte springt nach vorn und stellt das Mikrophon ein.

»Sie sind der als Dmitri bekannte Strafgefangene?«, sagt der Richter. Er nickt dem Beamten zu, der vor Dmitri ein eigenes Mikrophon hinstellt.

»Ja, Euer Ehren.«

»Und Ihnen wird vorgeworfen, am fünften März dieses Jahres eine gewisse Ana Magdalena Arroyo vergewaltigt und getötet zu haben.«

Es ist keine Frage, sondern eine Feststellung. Dennoch antwortet Dmitri: »Die Vergewaltigung und Tötung fand in der Nacht des vierten März statt, Euer Ehren. Auf diesen Fehler in der Akte habe ich schon einmal hingewiesen. Der vierte März war Ana Magdalenas letzter Tag auf Erden. Es war ein schrecklicher Tag, schrecklich für mich, aber noch schrecklicher für sie.«

»Und Sie haben sich in beiden Anklagepunkten für schuldig bekannt.«

»Dreimal. Ich habe dreimal gestanden. Ich bin schuldig, Euer Ehren. Verurteilen Sie mich.«

»Geduld. Bevor Sie verurteilt werden, haben Sie das Recht, sich gegenüber dem Gericht zu äußern, ein Recht, von dem Sie hoffentlich Gebrauch machen werden. Zunächst werden Sie die Gelegenheit haben, etwas zu Ihrer Entlastung vorzubringen, und später werden Sie die Gelegenheit haben, für Strafmilderung zu plädieren.

Verstehen Sie die Bedeutung dieser Begriffe: Entlastung, Strafmilderung?«

»Ich verstehe die Begriffe sehr wohl, Euer Ehren, aber Sie sind für meinen Fall nicht von Bedeutung. Ich bringe nichts Entlastendes vor. Ich bin schuldig. Fällen Sie Ihr Urteil. Verurteilen Sie mich. Lassen Sie mich das volle Gewicht des Gesetzes spüren. Ich werde nicht murren, verspreche ich.«

In der Menge unten entsteht Unruhe. »Verurteilen Sie ihn!«, kommt ein Ruf. »Ruhe!«, kommt ein Antwortruf. Gemurmel, leises Zischen.

Der Richter sieht seine Kollegen fragend an, erst den einen, dann den anderen. Er hebt seinen Hammer und lässt ihn einmal, zweimal, dreimal fallen. Die Unruhe legt sich, Stille tritt ein.

»Ich wende mich an Sie alle, die Sie sich die Mühe gemacht haben, heute hierherzukommen, um zu erleben, dass Gerechtigkeit geübt wird«, sagt er. »Ich erinnere Sie sehr ernsthaft daran, dass Gerechtigkeit nicht in Eile geübt wird, auch nicht durch Zuruf und gewiss nicht, indem man das juristische Prozedere außer Kraft setzt.« Er wendet sich an Dmitri. »Entlastung. Sie sagen, dass Sie nichts Entlastendes vorbringen können oder wollen. Warum nicht? Weil, wie Sie sagen, Ihre Schuld unbestreitbar ist. Ich frage: Wer sind Sie, dass Sie diesem Prozess zuvorkommen und die diesem Gericht vorliegende Frage entscheiden, die exakt die Frage Ihrer Schuld ist?

Ihre Schuld: Lassen wir uns einen Moment Zeit, um über diese Formulierung nachzudenken. Was bedeutet es, was bedeutet es denn, wenn man von *meiner Schuld* oder *deiner Schuld* oder *unserer Schuld* im Hinblick auf diese oder jene Tat spricht? Was, wenn wir nicht wir selbst waren, nicht ganz wir selbst, als die fragliche Tat ausgeführt wurde? War es dann *unsere* Tat? Warum sagen dann Menschen, wenn sie Abscheuliches getan haben, meist hinterher: *Ich kann nicht erklären, warum ich getan habe, was ich getan habe, ich war außer mir, ich war nicht ich selbst?* Sie stehen heute vor uns und gestehen Ihre Schuld. Sie behaupten, Ihre Schuld sei unbestreitbar. Aber was wäre, wenn Sie in dem Augenblick, in dem Sie das behaupten, nicht Sie selbst oder nicht ganz Sie selbst sind? Das sind nur einige der Fragen, die das Gericht zu stellen und dann zu klären verpflichtet ist. Es ist nicht an Ihnen, dem Angeklagten, dem Mann im Auge des Sturms, sie abzuwiegeln.

Sie sagen des Weiteren, dass Sie sich nicht retten wollen. Aber Ihre Rettung ist keine Angelegenheit, die in Ihren Händen liegt. Wenn wir, die Richter, nicht unser Bestes tun, um Sie zu retten, indem wir gewissenhaft dem Buchstaben des Gesetzes folgen, dann ist es uns nicht gelungen, das Gesetz zu retten. Natürlich haben wir eine Verpflichtung gegenüber der Gesellschaft, eine ernste und schwerwiegende Verpflichtung, sie vor Vergewaltigern und Mördern zu schützen. Doch wir haben gleichermaßen eine Verpflichtung, Sie, den Angeklagten, vor sich selbst zu schützen, falls zutrifft, dass Sie nicht Sie selbst sind oder waren, wie das Gesetz es versteht. Drücke ich mich verständlich aus?«

Dmitri schweigt.

»So viel zur Sache der Entlastung, die Sie nicht in Anspruch nehmen wollen. Ich gehe nun über zur Sache der Strafmilderung, die Sie, wie Sie sagen, auch nicht erbitten wollen. Lassen Sie mich Ihnen sagen, Dmitri, wie ein Mann zum anderen spricht: Ich kann verstehen, dass Sie vielleicht ehrenhaft handeln und ohne Murren das über Sie verhängte Urteil annehmen wollen. Ich kann verstehen, dass Sie sich in der Öffentlichkeit keine Schande machen wollen, indem Sie vor dem Gericht zu kriechen scheinen. Aber das ist genau der Grund, weshalb wir Rechtsanwälte haben. Wenn Sie einen Rechtsanwalt beauftragen, Sie zu verteidigen, gestatten Sie ihm, jedwede Schande auf sich zu nehmen, die die Verteidigung mit sich bringt. Als Ihr Stellvertreter kriecht er sozusagen statt Ihrer, was Ihre kostbare Würde bewahrt. Ich möchte Sie also fragen: Warum haben Sie einen Anwalt abgelehnt?«

Dmitri räuspert sich. »Ich spucke auf Anwälte«, sagt er und spuckt auf den Boden.

Der erste Beisitzer schaltet sich ein. »Unser Vorsitzender Richter hat die Möglichkeit zur Sprache gebracht, dass Sie möglicherweise nicht Sie selbst sind, wie das vom Gesetz verstanden wird. Lassen Sie mich dem von ihm Gesagten hinzufügen, dass Spucken während eines Gerichtsprozesses etwas ist, was man nicht tut, wenn man man selbst ist.«

Dmitri starrt ihn unverwandt an und fletscht die Zähne wie ein in die Enge getriebenes Tier.

»Das Gericht kann einen Anwalt für Sie bestimmen«, fährt der Beisitzer fort. »Dafür ist es noch nicht zu spät. Es steht in der Macht des Gerichts, das zu tun. Wir können einen Anwalt bestimmen und die Verhandlung vertagen, um dem Beamten Zeit zu geben, sich gründlich mit dem Fall vertraut zu machen und über die für Sie beste Vorgehensweise zu entscheiden.«

Leises Gemurmel der Enttäuschung geht von der Menge aus.

»Verurteilt mich jetzt!«, schreit Dmitri. »Wenn Sie es nicht tun, schneide ich mir die Kehle durch. Ich hänge mich auf. Ich schlage mir den Schädel ein. Sie können mich nicht daran hindern.«

»Vorsicht«, sagt der Beisitzer. »Mein Kollege hat schon Ihren Wunsch erkannt, sich als ehrenhaft Handelnder zu präsentieren. Aber Sie verhalten sich nicht ehrenhaft, wenn Sie dem Gericht drohen. Im Gegenteil, Sie verhalten sich wie ein Verrückter.«

Dmitri will etwas sagen, doch der Vorsitzende Richter hebt eine Hand. »Schweigen Sie, Dmitri. Wir werden alle mit Ihnen schweigen. Wir werden gemeinsam schweigen und unsere Leidenschaften abkühlen lassen. Und danach werden wir auf ruhige und vernünftige Weise die Frage entscheiden, wie wir fortfahren sollen.«

Der Richter schließt die Augen und faltet die Hände. Seine Kollegen tun das Gleiche. Die Menschen ringsum beginnen, die Hände zu falten und die Augen zu schließen. Zögernd folgt er, Simón, ihrem Beispiel. Die Sekunden vergehen. Irgendwo hinter ihm wimmert ein Baby. *Unsere Leidenschaften abkühlen lassen*, denkt er – welche Leidenschaft spüre ich außer Verärgerung?

Der Vorsitzende Richter öffnet die Augen. »So«, sagt er. »Es ist nicht strittig, dass die verstorbene Ana Magdalena ihr Ende fand als Folge von Handlungen des Angeklagten Dmitri. Das Gericht fordert nun Dmitri auf, seine Geschichte zu erzählen, die Geschichte des vierten März, durch seine Augen gesehen; und für das Protokoll sei gesagt, dass Dmitris Erzählung als Entlastungsgesuch gewertet werden wird. Sprechen Sie, Dmitri.«

»Wenn der Fuchs die Gans bei der Kehle gepackt hat«, sagt Dmitri, »dann sagt er nicht: ›Liebe Gans, als

Zeichen meiner Gnade gebe ich dir die Chance, mich davon zu überzeugen, dass du am Ende gar keine Gans bist.‹ Nein, er beißt ihr den Kopf ab und reißt ihr die Brust auf und frisst ihr Herz. Sie haben mich bei der Kehle. Los, beißen Sie mir den Kopf ab.«

»Sie sind kein Tier, Dmitri, und wir sind auch keine Tiere. Sie sind ein Mensch und wir sind Menschen, betraut mit der Aufgabe, Gerechtigkeit herzustellen, oder zumindest eine Annäherung an Gerechtigkeit. Machen Sie bei dieser Aufgabe mit. Setzen Sie Ihr Vertrauen in das Gesetz, in das geprüfte und erprobte Prozedere des Gesetzes. Erzählen Sie uns Ihre Geschichte und beginnen Sie mit der verstorbenen Ana Magdalena. Wer war Ana Magdalena für Sie?«

»Ana Magdalena war eine Tanzlehrerin und die Frau des Direktors der Tanzakademie. Die Tanzakademie befand sich in der Etage über dem Museum, wo ich gearbeitet habe. Ich habe sie jeden Tag gesehen.«

»Fahren Sie fort.«

»Ich habe Ana Magdalena geliebt. Ich liebte sie seit dem Moment, als ich sie zum ersten Mal sah. Ich verehrte sie. Ich vergötterte sie. Ich küsste den Boden, über den sie schritt. Aber sie wollte nichts mit mir zu tun haben. Sie fand mich unkultiviert. Sie lachte mich aus. Also habe ich sie getötet. Ich habe sie vergewaltigt und danach erdrosselt. Das ist alles.«

»Das ist nicht alles, Dmitri. Sie haben Ana Magdalena verehrt, Sie haben sie vergöttert, doch Sie haben sie vergewaltigt und erdrosselt. Es fällt uns schwer, das zu verstehen. Helfen Sie uns. Wenn die Frau, die wir lieben, uns zurückweist, sind unsere Gefühle verletzt, aber gewiss reagieren wir nicht, indem wir uns auf sie stürzen und sie umbringen. Es muss noch einen weiteren Grund gegeben haben, etwas, was an dem fraglichen Tag geschehen ist, was Sie zu der Tat getrieben hat. Erzählen Sie uns ausführlicher, was an jenem Tag geschah.«

Selbst von seinem Platz aus kann er, Simón, die Zornesröte sehen, die in Dmitris Gesicht steigt, die Kraft, mit der er das Mikrophon packt. »Verurteilt mich!«, brüllt er. »Macht endlich Schluss!«

»Nein, Dmitri. Wir sind nicht hier, um Ihren Befehlen zu gehorchen. Wir sind hier, um der Gerechtigkeit Genüge zu tun.«

»Sie können der Gerechtigkeit nicht Genüge tun! Sie können meine Schuld nicht messen! Sie ist unermesslich!«

»Im Gegenteil, genau deshalb sind wir hier: um Ihre Schuld zu messen und über ein Urteil zu befinden, das zu ihr passt.«

»Wie ein Hut auf einen Kopf passt!«

»Ja, wie ein Hut, der auf Ihren Kopf passt. Um nicht nur Ihnen, sondern auch Ihrem Opfer Gerechtigkeit widerfahren zu lassen.«

»Der Frau, die Sie mein Opfer nennen, ist es egal, was Sie tun. Sie ist tot. Sie ist fort. Keiner kann sie zurückbringen.«

»Im Gegenteil, Dmitri, Ana Magdalena ist nicht fort. Sie ist heute unter uns, hier, in diesem Theater. Sie sucht uns heim, Sie am meisten von allen. Sie wird nicht verschwinden, bis sie überzeugt ist, dass der Gerechtigkeit Genüge getan wurde. Erzählen Sie uns daher, was am vierten März geschehen ist.«

Man hört es deutlich knacken, als das Gehäuse des Mikrophons in Dmitris Händen bricht. Tränen quellen aus seinen zusammengepressten Augen wie Wasser, das einem Stein abgerungen wird. Er schüttelt den Kopf langsam von einer Seite zur anderen. Erstickte Worte kommen aus seinem Mund: »Ich kann nicht! Ich will nicht!«

Der Richter schenkt Wasser in ein Glas und bedeutet dem Wärter, es Dmitri zu bringen. Er schlürft geräuschvoll.

»Können wir fortfahren, Dmitri?«, erkundigt sich der Richter.

»Nein«, sagt Dmitri, und nun fließen die Tränen frei. »Nein.«

»Dann machen wir eine Pause, damit Sie sich fassen können. Wir versammeln uns wieder um vierzehn Uhr.«

Ein unzufriedenes Knurren kommt von den Zuschauern. Der Richter lässt seinen Hammer heftig niedersausen. »Ruhe!«, befiehlt er. »Das ist keine Unterhaltung! Besinnen Sie sich!« Und er stolziert von der Bühne, gefolgt zunächst von den zwei Beisitzern, dann vom Wärter, der Dmitri vor sich herschiebt.

Er, Simón, schließt sich der Menge an, die die Treppe hinunterströmt. Zu seiner Überraschung trifft er im Foyer auf Inés' Bruder Diego und mit ihm David.

»Was machst du hier?«, fragt er den Jungen und ignoriert Diego.

»Ich wollte kommen«, sagt der Junge. »Ich wollte Dmitri sehen.«

»Ich bin sicher, dass Dmitri es beschämend genug findet, ohne dass auch noch Kinder von der Akademie hier sind, um ihn zu begaffen. Hat Inés dir erlaubt zu kommen?«

»Er möchte beschämt werden«, sagt der Junge.

»Das stimmt nicht. Das kann ein Kind nicht verstehen. Dmitri möchte nicht wie ein Wahnsinniger behandelt werden. Er möchte seine Würde behalten.«

Ein Fremder, ein dünner, vogelähnlicher junger Mann mit einer Aktentasche hat ihr Gespräch mit angehört. Jetzt schaltet er sich ein. »Der Mann muss doch wirklich nicht richtig im Kopf sein«, sagt er. »Wie könnte einer ein solches Verbrechen begehen, wenn er nicht geistesgestört ist? Und er verlangt ständig das härteste Urteil. Welcher normale Mensch würde das tun?«

»Was gilt denn als härtestes Urteil hier in Estrella?«, fragt Diego.

»Die Salzminen. Lebenslängliche Strafarbeit in den Salzminen.«

Diego lacht. »Ihr habt also noch Salzminen!«

Der junge Mann ist verwundert. »Ja, wir haben Salzminen. Was ist daran so seltsam?«

»Nichts«, sagt Diego. Aber er lächelt weiter.

»Was ist eine Salzmine?«, fragt der Junge.

»Das ist, wo man Salz schürft. Wie eine Goldmine, wo man Gold schürft.«

»Geht Dmitri dorthin?«

»Dorthin schicken sie die verdorbenen Früchte, die üblen Burschen«, sagt Diego.

»Können wir ihn besuchen? Können wir zur Salzmine?«

»Wir wollen nicht vorgreifen«, sagt er, Simón. »Ich glaube nicht, dass der Richter Dmitri in die Salzminen schicken wird. Meinem Gefühl nach läuft es darauf hinaus. Ich glaube, sein Urteil wird sein, dass Dmitri eine Geisteskrankheit hat, und er wird ihn in ein Krankenhaus schicken, damit man ihn heilt. Damit er in ein oder zwei Jahren als völlig neuer Mensch mit einem völlig neuen Kopf wieder auftauchen kann.«

»Sie hören sich nicht so an, als würden Sie viel von der Psychiatrie halten«, sagt der junge Mann mit der Aktentasche. »Entschuldigung, ich habe mich nicht vorgestellt. Ich heiße Mario. Ich bin Student an der juristischen Fakultät. Deshalb bin ich heute hier. Es ist ein faszinierender Fall. Er wirft einige der grundlegendsten Fragen auf. Zum Beispiel: Es ist die Aufgabe des Gerichts, die Straftäter zu rehabilitieren, aber wie weit sollte das Gericht sich abmühen, einen Straftäter zu rehabilitieren, der nicht rehabilitiert werden möchte, wie dieser Dmitri? Vielleicht sollte man ihm eine Alternative anbieten: Rehabilitierung durch die Salzminen oder Rehabilitierung durch die psychiatrische Klinik. Andererseits, sollte einem Straftäter irgendeine Rolle bei seiner Verurteilung zugestanden werden? In juristischen Kreisen hat es immer großen Widerstand gegen ein solches Vorgehen gegeben, wie Sie sich vorstellen können.«

Diego wird langsam unruhig, wie er sehen kann. Er kennt Diego und weiß, dass ihn Klugscheißerei, wie er es nennt, langweilt. »Es ist ein schöner Tag, Diego«, sagt er. »Warum findest du mit David nicht was Interessanteres für euch?«

»Nein!«, sagt der Junge. »Ich möchte hierbleiben!«

»Es war seine Idee hierherzukommen, nicht meine«, sagt Diego. »Mir ist es schnurzegal, was mit diesem Dmitri passiert.«

»Dir ist es egal, aber mir nicht!«, sagt der Junge. »Ich will nicht, dass Dmitri einen neuen Kopf bekommt! Ich will, dass er in die Salzmine geht!«

Die Verhandlung wird um vierzehn Uhr fortgesetzt.

Die wiederversammelte Zuhörerschaft ist beträchtlich kleiner als vorher. Er und Diego und der Junge finden problemlos Sitzplätze.

Dmitri wird wieder auf die Bühne gebracht, gefolgt vom Richter und von den Beisitzern.

»Vor mir liegt ein Bericht vom Direktor des Museums, wo Sie, Dmitri, angestellt waren«, sagt der Richter. »Er schreibt, dass Sie stets zuverlässig Ihre Pflichten erfüllt haben und dass er bis zu diesen kürzlichen Ereignissen allen Grund zu der Annahme hatte, Sie seien ein ehrenhafter Mann. Ich habe auch einen Bericht von Dr. Alejandro Toussaint, einem Spezialisten für Nervenkrankheiten, der vom Gericht beauftragt wurde, Ihren Geisteszustand zu begutachten. Dr. Toussaint berichtet, dass er sein Gutachten nicht durchführen konnte, wegen des gewalttätigen und unkooperativen Verhaltens von Ihrer Seite. Möchten Sie etwas dazu sagen?«

Dmitri schweigt eisern.

»Schließlich habe ich einen Bericht vom Polizeiarzt über die Vorgänge am vierten März. Er schreibt, dass vollendeter sexueller Verkehr stattgefunden hat, das heißt, Verkehr, der mit der Ejakulation des männlichen Samens endete, und dass das stattgefunden hat, während die Verstorbene noch lebte. Anschließend wurde die Verstorbene mit den Händen erdrosselt. Bestreiten Sie irgendetwas davon?«

Dmitri schweigt.

»Sie könnten fragen, warum ich diese letzten widerlichen Tatsachen erneut ins Gedächtnis rufe. Ich tue das, um zu verdeutlichen, dass dem Gericht völlig bewusst ist, ein wie schreckliches Verbrechen Sie begangen haben. Sie haben eine Frau vergewaltigt, die Ihnen vertraut hat, und haben sie dann auf die erbarmungsloseste Weise getötet. Ich schaudere, wir alle schaudern, wenn wir daran denken, was sie in ihren letzten Minuten durchgemacht hat. Uns fehlt jede Art von Verständnis dafür, warum Sie diese sinnlose, grundlose Tat begangen haben. Sind Sie ein irrendes menschliches Wesen, Dmitri, oder gehören Sie zu einer anderen Art, ohne Seele, ohne Gewissen? Ich fordere Sie wieder eindringlich auf: Erklären Sie uns das.«

»Ich gehöre zu einer fremden Art. Ich habe keinen Platz auf dieser Erde. Vernichten Sie mich. Töten Sie mich. Zermalmen Sie mich.«

»Ist das alles, was Sie sagen wollen?«

Dmitri schweigt.

»Das ist nicht genug, Dmitri, nicht genug. Aber Sie werden nicht wieder zum Sprechen aufgefordert werden. Dieses Gericht hat sich die allergrößte Mühe gegeben, Ihnen Gerechtigkeit widerfahren zu lassen, und Sie haben bei jedem Schritt Widerstand geleistet. Nun müssen Sie die Konsequenzen tragen. Meine Kollegen und ich ziehen uns zur Beratung zurück.« Er weist den Wärter an: »Bringen Sie den Angeklagten hinaus.«

Unruhe breitet sich unter der Menge aus. Sollten sie dableiben? Wie lange wird das Ganze dauern? Doch kaum fangen die Leute an, aus dem Zuschauerraum abzuwandern, wird Dmitri wieder auf die Bühne geführt und die Richter kehren auf ihre Plätze zurück.

»Erheben Sie sich, Dmitri«, sagt der Richter. »Gemäß der mir verliehenen Amtsgewalt verkünde ich nun das Urteil. Ich werde mich kurz fassen. Sie ersuchen nicht um Strafmilderung. Im Gegenteil, Sie fordern, dass wir gegen Sie mit der äußersten Härte vorgehen. Die Frage, die sich uns stellt, ist die, entspringt diese Forderung Ihrem Herzen, aus Reue über Ihre abscheulichen Taten, oder einem verwirrten Geist?

Die Beantwortung dieser Frage ist schwierig. In Ihrem Benehmen zeigt sich keine Reue. Dem trauernden Ehemann Ihres Opfers gegenüber haben Sie kein Wort der Entschuldigung geäußert. Sie präsentieren sich als ein Wesen ohne Gewissen. Meine Kollegen und ich haben jeden Grund, Sie in die Salzminen zu schicken und das Buch über Sie zu schließen.

Andererseits ist das ihre erste Straftat. Sie waren ein guter Arbeiter. Sie haben die Verstorbene respektvoll behandelt bis zum Tag, an dem Sie über sie hergefallen sind. Welche böse Kraft an jenem Tag von Ihnen Besitz ergriff, bleibt ein Rätsel für uns. Sie haben jeder Bemühung unsererseits, das zu verstehen, Widerstand geleistet.

Unser Urteil lautet: Sie werden von hier in das Krankenhaus für geisteskranke Straftäter gebracht und dort inhaftiert. Die Amtsärzte werden einmal jährlich Ihren Fall erneut prüfen und dem Gericht darüber berichten. Abhängig von diesen Berichten können Sie zu einem zukünftigen Termin erneut vor das Gericht gestellt werden, um Ihr Urteil zu überprüfen. Das ist alles.«

Etwas wie ein kollektiver Seufzer steigt aus der Bürgerschaft auf. Gilt der Seufzer Dmitri? Tut er ihnen leid? Kaum zu glauben. Die Richter gehen nacheinander von der Bühne ab. Dmitri, der das Haupt gesenkt hat, wird abgeführt.

»Auf Wiedersehen, Diego«, sagt er, Simón. »Auf Wiedersehen, David. Was sind deine Pläne fürs Wochenende? Kommst du mich besuchen?«

»Können wir mit Dmitri sprechen?«, fragt der Junge.

»Nein, Das ist nicht möglich.«

»Ich will aber!« Und ohne Warnung rennt er den Gang hinunter und klettert auf die Bühne. Eilig folgen er und Diego, durch die Kulissen und einen dunklen Gang entlang. Am Ende des Gangs stoßen sie auf Dmitri und seinen Wärter, der durch eine halbgeöffnete Tür auf die Straße sieht.

»Dmitri!«, ruft der Junge.

Ungeachtet seiner Fesseln hebt Dmitri den Jungen hoch und drückt ihn. Halbherzig versucht der Wärter sie zu trennen.

»Wollen sie dich nicht in die Salzminen gehen lassen, Dmitri?«, sagt der Junge.

»Nein, für mich sind es nicht die Salzminen, es ist das Irrenhaus. Aber ich werde fliehen, keine Angst. Ich werde fliehen und den ersten Bus zu den Salzminen nehmen. Ich werde sagen: *Hier ist Dmitri und meldet sich zum Einsatz, Sir*. Sie werden es nicht wagen, mich wegzuschicken. Mach dir also keine Sorgen, junger Mann. Dmitri ist noch immer Herr seines Schicksals.«

»Simón sagt, sie werden dir den Kopf abschlagen und dir einen neuen geben.«

Die Tür wird aufgerissen und Licht flutet herein. »Komm!«, sagt der Wärter. »Der Wagen ist da.«

»Der Wagen ist da«, sagt Dmitri. »Zeit zu gehen für Dmitri.« Er küsst den Jungen voll auf die Lippen und setzt ihn auf den Boden. »Auf Wiedersehen, mein junger Freund. Ja, sie wollen mir einen neuen Kopf geben. Das ist der Preis für Vergebung. Sie vergeben dir, doch dann schlagen sie dir den Kopf ab. Hüte dich vor Vergebung, das sage ich.«

»Ich vergebe dir nicht«, sagt der Junge.

»Das ist gut! Lass dir Dmitri zur Lehre dienen: Lass sie dir niemals vergeben und höre nicht drauf, wenn sie dir ein neues Leben versprechen. Das neue Leben ist eine Lüge, mein Junge, die größte Lüge von allen. Es gibt kein neues Leben. Das hier ist das einzige, das es gibt. Wenn du dir den Kopf abschlagen lässt, dann ist das dein Ende. Nur Dunkelheit und Dunkelheit und nichts als Dunkelheit.«

Aus dem blendenden Sonnenlicht tauchen zwei Männer in Uniform auf und zerren Dmitri die Stufen hinunter. Als sie ihn gerade hinten im Wagen verstauen wollen, dreht er sich um und ruft: »Sag Simón, er soll du weißt schon was verbrennen! Sag ihm, ich komme und schneide ihm die Kehle durch, wenn er's nicht tut!« Dann wird die Tür zugeschlagen und der Wagen fährt davon.

»Worum ging es da bei dem letzten Gerede?«, fragt Diego.

»Nichts weiter. Er hat irgendwelches Zeug zurückgelassen, das ich für ihn vernichten soll. Fotos, die er aus Zeitschriften ausgeschnitten hat – so etwas.«

»Damen ohne Kleider«, sagt der Junge. »Er hat sie mir gezeigt.«

Vierzehn

Er wird in das Büro des Museumsdirektors geführt. »Vielen Dank, dass Sie mich empfangen«, sagt er. »Ich komme auf Bitte eines Ihrer Angestellten, Dmitri, der sowohl sich selbst als auch dem Museum möglichen Ärger ersparen möchte. In Ihren Räumlichkeiten existiert eine Sammlung obszöner Bilder, die ihm gehört, wie er mir sagt. Er möchte, dass sie vernichtet werden, bevor die Zeitungen sie in die Hände bekommen. Werden Sie das erlauben?«

»Obszöne Bilder … Sie haben diese Bilder gesehen, Señor Simón?«

»Nein, aber mein Sohn. Mein Sohn ist Schüler der Tanzakademie.«

»Und Sie sagen, diese Bilder sind aus unserer Sammlung entwendet worden?«

»Nein, nein, solche Bilder sind das nicht. Es sind Fotos von Frauen, die aus Pornozeitschriften ausgeschnitten wurden. Ich kann sie Ihnen zeigen. Ich weiß genau, wo sie zu finden sind – Dmitri hat es mir mitgeteilt.«

Der Direktor holt einen Schlüsselbund hervor, geht den Weg hinunter zum Untergeschoss voran und schließt den von Dmitri beschriebenen Aktenschrank auf. Das unterste Schubfach enthält eine kleine Pappschachtel, die er öffnet.

Das erste Foto zeigt eine blonde Frau mit schreiend

roten Lippen, die mit gespreizten Beinen nackt auf einem Sofa sitzt. Sie hat ihre ziemlich großen Brüste gepackt und schiebt sie nach vorn.

Mit einem Ausruf des Abscheus schließt der Direktor die Schachtel. »Bringen Sie das weg!«, sagt er. »Ich will davon nichts mehr hören.«

Es gibt noch ein halbes Dutzend Fotos derselben Art, wie er, Simón, entdeckt, als er die Schachtel in den eigenen vier Wänden öffnet. Doch unter den Fotos gibt es dazu noch einen Briefumschlag und darin einen Frauenschlüpfer, schwarz, einen einzelnen silbernen Ohrring von einfacher Machart, ein Foto eines Mädchens, offensichtlich Ana Magdalena, die eine Katze auf dem Arm hat und für die Kamera lächelt, und schließlich, von einem Gummi zusammengehalten, Briefe an *Mi amor* von AM. Keiner von ihnen ist datiert, es gibt auch keinen Absender, doch er schließt, dass sie vom Urlaubsort Aguaviva am Meer abgeschickt wurden. Sie schildern verschiedene Urlaubsaktivitäten (Schwimmen, Muscheln sammeln, Spaziergang auf den Dünen) und erwähnen Joaquín und Damian namentlich. »Ich sehne mich danach, wieder in Deinen Armen zu sein«, steht in einem Brief. »Ich sehne mich leidenschaftlich *(apasionadamente)* nach dir«, heißt es in einem anderen.

Er liest sie, langsam, von Anfang bis Ende durch, liest sie ein zweites Mal, indem er sich an die Handschrift gewöhnt, die ziemlich kindlich ist, überhaupt nicht, was er erwartet hätte, jedes *i* gekrönt von einem sorgfältigen kleinen Kreis, legt sie dann zusammen mit dem Foto, dem Ohrring und dem Schlüpfer in den Umschlag zurück, legt den Umschlag zurück in die Schachtel und schiebt die Schachtel unter sein Bett.

Sein erster Gedanke ist, dass Dmitri wollte, dass er die Briefe liest – dass er ihn wissen lassen wollte, dass er, Dmitri, von einer Frau geliebt wurde, die er, Simón, vielleicht von fern begehrt hätte, aber nicht Manns genug war zu besitzen. Doch je länger er darüber nachdenkt, desto weniger plausibel erscheint diese Erklärung. Falls Dmitri tatsächlich eine Affäre mit Ana Magdalena gehabt hat, falls sein Gerede davon, dass er den Boden verehrt habe, über den sie schritt, und dass sie ihn wiederum verächtlich behandelt habe, nichts weiter als eine Tarnung für heimlichen Sex im Untergeschoss des Museums gewesen war, warum hatte er dann in seinen verschiedenen Geständnissen behauptet, sie vergewaltigt zu haben? Und weiter, warum sollte Dmitri wollen, dass er, Simón, die Wahrheit über sie beide erfährt, wenn er, Simón, aller Wahrscheinlichkeit nach umgehend die Behörden informieren würde, die genauso umgehend ein neues Gerichtsverfahren ansetzen würden? Ist die einfachste Erklärung nicht schließlich die beste: dass Dmitri ihm vertraute, dass er die Schachtel und ihren Inhalt verbrennen würde, ohne sie zu untersuchen?

Aber das größere Rätsel bleibt bestehen: Wenn Ana Magdalena nicht die Frau war, die sie für alle Welt zu sein schien, und ihr Tod nicht die Art von Tod, die er zu sein schien, warum hat Dmitri dann die Polizei und das Gericht belogen? Um ihren Namen zu schützen? Um ihrem Ehemann eine Demütigung zu ersparen? Nahm Dmitri, aus edlen Regungen, die ganze Schuld auf sich, damit der Name der Arroyos nicht durch den Dreck gezogen würde?

Doch was konnte Ana Magdalena in der Nacht des vierten März gesagt oder getan haben, um von einem

Mann getötet zu werden, in dessen Armen zu sein sie sich sehnte – *apasionadamente* sehnte?

Andererseits, was, wenn Ana Magdalena die Briefe überhaupt nicht geschrieben hat? Was, wenn sie Fälschungen waren, und was, wenn er, Simón, als Werkzeug in einer Verschwörung zur Beschmutzung ihres Namens benutzt wurde?

Er schaudert. *Er ist wirklich ein Irrer!*, sagt er sich. *Der Richter hatte tatsächlich recht! Er gehört in eine Irrenanstalt, in Ketten, hinter eine siebenfach gesicherte Tür!*

Er verflucht sich. Er hätte sich nie in Dmitris Angelegenheiten hineinziehen lassen sollen. Er hätte nie auf Dmitris Wunsch, ihn zu sehen, eingehen, nie mit dem Museumsdirektor sprechen, nie in die Schachtel schauen sollen. Nun ist der Geist aus der Flasche und er weiß nicht, was er tun soll. Wenn er die Briefe der Polizei übergibt, wird er zum Komplizen einer Verschwörung, deren Zweck er nicht kennt; ähnlich ist es, wenn er sie dem Museumsdirektor zurückgibt; während er zum Komplizen einer anderen Verschwörung wird, wenn er sie verbrennt oder versteckt, eine Verschwörung, Ana Magdalena als makellose Märtyrerin zu präsentieren.

Mitten in der Nacht steht er auf, holt die Schachtel unter seinem Bett vor, wickelt sie in eine nicht benutzte Decke und verstaut sie oben auf dem Schrank.

Am Morgen, als er gerade ins Depot aufbrechen will, um die Prospekte abzuholen, die er an dem Tag verteilen wird, fährt Ines' Auto vor und Diego steigt aus, der Junge mit ihm.

Diego ist eindeutig in schlechter Stimmung. »Gestern den ganzen Tag und heute wieder ist uns der Junge auf die Nerven gegangen«, sagt er. »Er hat uns beide, Inés und mich, fertiggemacht. Jetzt sind wir hier. Sag ihm, David – sag Simón, was du willst.«

»Ich will Dmitri besuchen. Ich will in die Salzmine. Aber Inés erlaubt es nicht.«

»Natürlich nicht. Ich dachte, du hättest es begriffen. Dmitri ist nicht in der Salzmine. Er ist in ein Krankenhaus gebracht worden.«

»Ja, aber Dmitri will nicht in ein Krankenhaus, er will in die Salzmine!«

»Ich bin nicht sicher, was du dir unter dem Geschehen in einer Salzmine vorstellst, David, aber zunächst einmal ist die Salzmine Hunderte von Kilometern weit weg und zweitens ist eine Salzmine kein Urlaubsort. Deshalb hat der Richter Dmitri in ein Krankenhaus geschickt – um ihm die Salzmine zu ersparen. Eine Salzmine ist ein Ort, an den man geht, um zu leiden.«

»Aber Dmitri möchte nicht, dass ihm etwas erspart bleibt! Er will leiden! Können wir ins Krankenhaus fahren?«

»Bestimmt nicht. Das Krankenhaus, in das man Dmitri geschickt hat, ist kein normales Krankenhaus. Es ist ein Krankenhaus für gefährliche Menschen. Die Öffentlichkeit hat dort keinen Zutritt.«

»Dmitri ist nicht gefährlich.«

»Im Gegenteil, Dmitri ist extrem gefährlich, wie er bewiesen hat. Jedenfalls bringe ich dich nicht in das Krankenhaus, und auch Diego nicht. Ich möchte nichts mehr mit Dmitri zu tun haben.«

»Warum?«

»Ich muss dir nicht erklären, warum.«

»Weil du Dmitri hasst! Du hasst alle!«

»Du benutzt das Wort viel zu pauschal. Ich hasse nicht

alle. Ich möchte nur nichts mehr mit Dmitri zu tun haben. Er ist kein guter Mensch.«

»Er ist ein guter Mensch! Er liebt mich! Er erkennt mich. Du liebst mich nicht!«

»Das ist nicht wahr. Ich liebe dich. Ich liebe dich sehr viel mehr, als Dmitri dich liebt. Dmitri weiß nicht, was Liebe bedeutet.«

»Dmitri liebt viele Menschen. Er liebt sie, weil er ein großes Herz hat. Er hat es mir gesagt. Hör auf zu lachen, Diego! Warum lachst du?«

Diego kann nicht aufhören zu lachen. »Hat er das wirklich gesagt – dass man viele Menschen lieben kann, wenn man ein großes Herz hat? Vielleicht hat er viele Mädchen gemeint.«

Diegos Gelächter stachelt den Jungen noch mehr an. Er wird lauter. »Es stimmt! Dmitri hat ein großes Herz und Simón hat ein klitzekleines Herz – das hat Dmitri gesagt. Er hat gesagt, Simón hat ein klitzekleines Herz wie eine Wanze, deshalb kann er niemand lieben. Simón, stimmt es, dass Dmitri Geschlechtsverkehr mit Ana Magdalena gemacht hat, um sie sterben zu lassen?«

»Diese Frage beantworte ich nicht. Sie ist dumm, lächerlich. Du weißt nicht, was Geschlechtsverkehr ist.«

»Doch! Inés hat es mir erzählt. Sie hat oft Geschlechtsverkehr gemacht und sie hasst es. Sie sagt, es ist schrecklich.«

»Das mag sein, wie es will, ich werde keine weiteren Fragen zu Dmitri beantworten. Ich möchte seinen Namen nicht mehr hören. Er ist für mich erledigt.«

»Aber warum hat er Geschlechtsverkehr mit ihr gemacht? Warum willst du es mir nicht sagen? Wollte er, dass ihr Herz zu schlagen aufhört?«

»Das reicht, David. Beruhige dich.« Und zu Diego: »Du siehst ja, dass das Kind aufgeregt ist. Er hat seitdem immer Albträume gehabt … seit dem Geschehen. Du solltest ihm helfen, nicht ihn auslachen.«

»Sag es mir!«, schreit der Junge. »Warum willst du es mir nicht sagen? Wollte er ein Baby in ihr machen? Wollte er, dass ihr Herz zu schlagen aufhört? Kann sie ein Baby haben, auch wenn ihr Herz zu schlagen aufhört?«

»Nein, das geht nicht. Wenn die Mutter stirbt, stirbt auch das Baby in ihr. Das ist einfach so. Aber Ana Magdalena erwartete kein Kind.«

»Woher weißt du das? Du weißt überhaupt nichts. Hat Dmitri ihr Baby blau gemacht? Können wir ihr Herz wieder zum Schlagen bringen?«

»Ana Magdalena erwartete kein Kind und nein, wir können ihr Herz nicht wieder zum Schlagen bringen, weil das Herz nicht so funktioniert. Wenn das Herz erst einmal stillsteht, dann steht es für immer still.«

»Aber wenn sie ein neues Leben hat, dann schlägt ihr Herz wieder, nicht wahr?«

»In gewisser Weise, ja. Im kommenden Leben wird Ana Magdalena ein neues Herz haben. Sie wird nicht nur ein neues Leben und ein neues Herz haben, sie wird sich auch an nichts von diesem traurigen Geschehen erinnern. Sie wird sich nicht an die Akademie und sie wird sich nicht an Dmitri erinnern, was eine Wohltat sein wird. Sie wird neu anfangen können, so wie du und ich einst, reingewaschen von der Vergangenheit, ohne böse Erinnerungen, die auf ihr lasten.«

»Hast du Dmitri vergeben, Simón?«

»Mich hat Dmitri nicht verletzt, deshalb ist es nicht

an mir, ihm zu vergeben. Ana Magdalenas Vergebung sollte er suchen. Und Señor Arroyos.«

»Ich habe ihm nicht vergeben. Er will nicht, dass irgend jemand ihm vergibt.«

»Das ist nur Prahlerei von ihm, perverse Prahlerei. Er möchte, dass wir ihn für einen Wilden halten, der Dinge tut, die normale Menschen sich nicht trauen. David, ich habe es gründlich satt, über den Mann zu reden. Was mich angeht, ist er tot und begraben. Jetzt muss ich auf meine Runden gehen. Wenn du das nächste Mal schlechte Träume hast, denk dran, dass du nur mit den Armen zu wedeln brauchst und sie werden sich auflösen wie Rauch. Wedle mit den Armen und rufe: *Verschwindet!* – wie Don Quijote. Gib mir einen Kuss. Bis Freitag dann. Auf Wiedersehen, Diego.«

»Ich will zu Dmitri! Wenn Diego mich nicht hinbringt, gehe ich allein hin!«

»Das kannst du machen, aber sie werden dich nicht hineinlassen. Wo er eingesperrt ist, das ist kein normales Krankenhaus. Es ist ein Krankenhaus für Verbrecher, mit Mauern ringsherum und Wachen mit Wachhunden.«

»Ich nehme Bolívar mit. Er wird die Wachhunde töten.«

Diego hält die Wagentür auf. Der Junge steigt ein und sitzt mit verschränkten Armen und Schmollmund da.

»Wenn du meine Meinung hören willst«, sagt Diego leise, »der ist außer Kontrolle. Du und Inés, ihr solltet etwas dagegen unternehmen. Schickt ihn als Erstes mal in die Schule.«

Was das Krankenhaus angeht, hat er sich geirrt, wie sich herausstellt, mächtig geirrt. Das psychiatrische Krankenhaus, das er sich vorgestellt hat, das Krankenhaus abgelegen auf dem Lande, mit hohen Mauern und Wachhunden, gibt es nicht. Es gibt nur das städtische Krankenhaus mit seinem recht bescheidenen psychiatrischen Flügel – dasselbe Krankenhaus, wo Dmitri einst gearbeitet hat, ehe er zur Belegschaft des Museums kam. Unter den Krankenpflegern sind einige, die sich von früher mit Wohlwollen an ihn erinnern. Ungeachtet der Tatsache, dass er ein geständiger Mörder ist, verwöhnen sie ihn, bringen ihm Snacks aus der Personalküche, versorgen ihn mit Zigaretten. Er hat ein eigenes Zimmer in dem Bereich des Flügels, der mit ›Beschränkter Zutritt‹ gekennzeichnet ist, mit einer Duschkabine und einem Schreibtisch mit Lampe.

Von all dem – den Snacks, den Zigaretten, der Duschkabine – erfährt er, als er am Tag nach Diegos Besuch von seinen Fahrradtouren nach Hause kommt und den geständigen Mörder ausgestreckt auf dem Bett, schlafend, vorfindet, während der Junge mit gekreuzten Beinen auf dem Boden sitzt und mit Karten spielt. So überrascht ist er, dass ihm ein Schrei entfährt, worauf der Junge einen Finger zu den Lippen führt und *»Pst!«* flüstert.

Mit großen Schritten geht er zum Bett und rüttelt Dmitri ärgerlich. »Du! Was machst du hier?«

Dmitri setzt sich auf. »Beruhigen Sie sich, Simón«, sagt er. »Ich bin gleich wieder weg. Ich wollte nur sichergehen, dass … Sie wissen schon … Haben Sie getan, was ich Ihnen gesagt habe?«

Er ignoriert die Frage. »David, wie kommt dieser Mann hierher?«

Dmitri antwortet selbst. »Wir sind mit dem Bus gekommen, Simón, wie normale Menschen. Beruhigen Sie sich. David hat mich besucht, wie der gute Freund, der er ist. Wir haben geplaudert. Dann habe ich, wie in alten Zeiten, die Uniform eines Krankenpflegers angezogen und der Junge hat mich bei der Hand genommen und wir sind hinausgegangen, wir zwei, einfach so. *Er ist mein Sohn*, habe ich gesagt. *Was für ein netter Junge*, haben sie gesagt. Natürlich war die Uniform hilfreich. Die Leute vertrauen einer Uniform – das ist eins der Dinge, die man über das Leben lernt. Wir sind aus dem Krankenhaus raus und direkt hierher. Und wenn Sie und ich unsere Angelegenheit geregelt haben, nehme ich den Bus zurück. Keiner wird überhaupt mitbekommen, dass ich fort war.«

»David, stimmt das? Ein Krankenhaus für geistesgestörte Straftäter, und man hat diesen Mann hinausgelassen?«

»Er wollte Brot«, sagt der Junge. »Er hat gesagt, im Krankenhaus gibt es kein Brot für ihn.«

»Das ist Unfug. Er bekommt dort drei Mahlzeiten pro Tag, mit so viel Brot, wie er will.«

»Er hat gesagt, es gibt kein Brot, da habe ich ihm Brot gebracht.«

»Setzen Sie sich, Simón«, sagt Dmitri. »Und wollen Sie mir einen Gefallen tun?« Er holt eine Schachtel Zigaretten hervor und zündet eine an. »Beleidigen Sie mich bitte nicht, nicht vor dem Jungen. Nennen Sie mich nicht einen geistesgestörten Straftäter. Weil das nicht stimmt. Ein Straftäter vielleicht, aber nicht geistesgestört, nicht im mindesten.

Wollen Sie hören, was die Ärzte sagen, die Ärzte,

denen aufgetragen wurde herauszufinden, was mit mir nicht stimmt? Nein? Gut, ich überspringe die Ärzte. Wir wollen stattdessen über die Arroyos reden. Wie ich höre, mussten sie die Akademie schließen. Das ist schade. Ich mochte die Akademie. Ich war gern zusammen mit den Kindern, den kleinen Tänzern, alle so glücklich, so voller Leben. Ich wünschte, ich wäre als Kind in eine solche Akademie gegangen. Wer weiß, vielleicht hätte ich mich anders entwickelt. Aber futsch ist futsch und hin ist hin. Es ist nicht zu ändern.«

Futsch ist futsch. Die Redewendung macht ihn wütend. »Viele haben geweint über das, was ›futsch‹ ist«, bricht es aus ihm heraus. »Sie haben gebrochene Herzen und eine Menge Zorn verursacht.«

»Was ich verstehen kann«, sagt Dmitri, der ruhig seine Zigarette pafft. »Glauben Sie, ich sei mir der Ungeheuerlichkeit meines Verbrechens nicht bewusst, Simón? Warum sonst habe ich mich freiwillig für die Salzminen gemeldet, was glauben Sie? Die Salzminen sind nichts für Schwächlinge. Man muss ein Mann sein, um die Salzminen zu ertragen. Wenn sie mich bloß aus dem Krankenhaus entlassen würden, dann würde ich mich morgen zu den Salzminen aufmachen. *Hier ist Dmitri*, würde ich zum Minenkapitän sagen, *gesund und munter und einsatzbereit*! Aber sie wollen mich nicht entlassen, die Psychologen und die Psychiater, die Spezialisten für Abweichungen von dieser oder jener Art. *Erzählen Sie mir von Ihrer Mutter*, sagen sie. *Hat Ihre Mutter Sie geliebt? Hat sie Ihnen als Säugling die Brust gegeben? Wie war es, an ihrer Brust zu saugen?* Was soll ich sagen? Welche Erinnerung habe ich an meine Mutter und ihre Brüste, wenn ich mich kaum an gestern erinnere? Also sage ich einfach, was mir durch den Kopf geht. *Es war wie das Saugen an einer Zitrone*, sage ich. Oder: *Es war wie Schweinefleisch, es war wie das Saugen an einer Schweinerippe*. Denn so funktioniert sie, die Psychiatrie, nicht wahr? Man sagt das Erste, was einem durch den Kopf geht, und dann gehen sie davon und analysieren es und entdecken, was mit dir nicht stimmt.

Sie sind alle so an mir interessiert, Simón! Das erstaunt mich. Ich bin nicht an mir interessiert, aber sie sind es. Für mich bin ich nur ein gewöhnlicher Verbrecher, so gewöhnlich wie Unkraut. Aber für sie bin ich etwas Besonderes. Ich habe kein Gewissen, oder aber ich habe zu viel Gewissen, sie können sich nicht entscheiden. Ich möchte ihnen sagen, wenn du zu viel Gewissen hast, dann frisst dich dein Gewissen auf und nichts bleibt von dir übrig, wie eine Spinne eine Wespe frisst oder eine Wespe eine Spinne, ich kann mich nie erinnern, wie herum, nichts außer der Hülle bleibt übrig. Was hältst du davon, junger Mann? Weißt du, was Gewissen ist?«

Der Junge nickt.

»Natürlich weißt du es! Du verstehst den alten Dmitri besser als jeder sonst – besser als alle Psychologen auf der Welt. *Wovon träumen Sie?*, fragen sie. *Vielleicht träumen Sie davon, in dunkle Löcher zu fallen und von Drachen verschlungen zu werden. – Ja*, sage ich, *genau das!* Während du mich nie nach meinen Träumen zu fragen brauchtest. Du hast mich nur einmal angesehen und mich sofort verstanden. Er ist wirklich etwas Besonderes, Simón, Ihr Junge hier. Ein besonderer Fall. Klug über seine Jahre hinaus. Sie könnten von ihm lernen.«

»David ist kein besonderer Fall. Es gibt keinen besonderen Fall. Er ist kein besonderer Fall, Sie auch nicht.

Niemand fällt auf Ihre Veranstaltung als Verrückter herein, die Sie abziehen, Dmitri, keine Sekunde lang. Ich hoffe, man schickt Sie tatsächlich in die Salzminen. Das wird Ihrem Unfug ein Ende bereiten.«

»Gut gesprochen, Simón, gut gesprochen! Dafür liebe ich Sie. Ich könnte Sie küssen, aber das würde Ihnen nicht gefallen, denn Sie sind kein Mann fürs Küssen. Während Ihr Sohn hier stets bereit war, dem alten Dmitri einen Kuss zu geben, nicht wahr, mein Junge?«

»Dmitri, warum hast du gemacht, dass Ana Magdalenas Herz stehenbleibt?«, fragt der Junge.

»Gute Frage! Das wollen ja die Ärzte am allermeisten wissen. Es erregt sie, der Gedanke daran – eine schöne Frau so heftig zu drücken, dass ihr Herz stehenbleibt –, nur dass sie sich zu fragen schämen. Sie trauen sich nicht, direkt danach zu fragen, wie du, nein, sie müssen sich hinten herum anschleichen, wie die Schlangen. *Hat Ihre Mutter Sie geliebt? Wie hat sie geschmeckt, die Milch Ihrer Mutter?* Oder dieser einfältige Richter: *Wer sind Sie? Sind Sie Sie selbst?*

Warum habe ich ihr Herz angehalten? Ich werde es dir sagen. Wir waren zusammen, sie und ich, als mir plötzlich ein Gedanke durch den Kopf ging – er sprang mir in den Kopf und wollte nicht verschwinden. Ich dachte: *Warum nicht die Hände um ihren Hals legen, während sie, ihr wisst schon, mitten drin ist, und sie ein wenig würgen? Ihr zeigen, wer der Herr ist. Ihr zeigen, wie Liebe wirklich ist.*

Töten, den man liebt – das ist etwas, was der alte Simón hier nie verstehen wird. Aber du verstehst es, nicht wahr? Du verstehst Dmitri. Vom ersten Augenblick an hast du verstanden.«

»Wollte sie dich nicht heiraten?«

»Mich heiraten? Nein. Warum sollte eine Dame wie Ana Magdalena jemanden wie mich heiraten? Ich bin Dreck, mein Junge. Der alte Simón hat recht. Ich bin Dreck, und mein Dreck färbt auf alle ab, die ich berühre. Deshalb muss ich in die Salzminen, wo alle Dreck sind, wo ich zu Hause sein werde. Nein, Ana Magdalena hat mich verschmäht. Ich habe sie geliebt, ich habe sie verehrt, ich hätte alles für sie getan, aber sie wollte nichts mit mir zu tun haben, du hast es gesehen, alle konnten es sehen. Also habe ich ihr eine große Überraschung bereitet und habe ihr Herz angehalten. Ihr eine Lektion erteilt. Ihr was zu denken gegeben.«

Schweigen tritt ein. Dann spricht er, Simón. »Sie haben nach Ihren Papieren gefragt, den Papieren, die ich für Sie vernichten sollte.«

»Ja. Warum sollte ich mir sonst die Mühe machen, mein Zuhause im Krankenhaus zu verlassen und hierherzukommen? Um herauszufinden, was aus den Papieren geworden ist, natürlich. Also dann, sagen Sie's mir. Ich habe Ihnen vertraut und Sie haben dieses Vertrauen enttäuscht. Werden Sie das sagen? Sagen Sie es.«

»Ich habe kein Vertrauen enttäuscht. Aber ich will Folgendes sagen. Ich habe gesehen, was in der Schachtel ist, einschließlich von, Sie wissen schon, was. Daher weiß ich, dass die Geschichte, die Sie mir erzählen, nicht wahr ist. Ich werde nichts weiter sagen. Aber ich stehe hier nicht lammfromm herum und lasse mich anlügen.«

Dmitri wendet sich an den Jungen. »Hast du was zu essen, mein Junge? Dmitri hat ein wenig Hunger.«

Der Junge springt auf, kramt im Schrank und kommt mit einer Schachtel Kekse zurück.

»Ingwerkekse!«, sagt Dmitri. »Möchten Sie einen Ingwerkeks, Simón? Nein? Und du, David?«

Der Junge lässt sich einen Keks von ihm geben und beißt hinein.

»Dann ist es also an der Öffentlichkeit, wie?«, sagt Dmitri.

»Nein, es ist nicht an der Öffentlichkeit.«

»Aber Sie werden es gegen mich verwenden.«

»Was gegen dich verwenden?«, fragt der Junge.

»Kümmere dich nicht drum, mein Sohn. Das ist etwas zwischen Simón und mir.«

»Das kommt darauf an, was Sie mit *gegen* meinen. Wenn Sie Ihr Versprechen halten und für den Rest Ihres Lebens in die Salzminen verschwinden, dann ist das, wovon wir sprechen, so oder so nicht mehr von Bedeutung.«

»Treiben Sie keine Logikspielchen mit mir, Simón. Sie wissen und ich weiß, was *gegen* bedeutet. Warum haben Sie nicht getan, was Ihnen aufgetragen wurde? Nun schauen Sie sich den Schlamassel an, in dem Sie stecken.«

»Ich? Ich bin nicht der, der in einem Schlamassel steckt, Sie stecken in einem Schlamassel.«

»Nein, Simón. Morgen oder übermorgen oder den Tag danach werde ich frei sein, in die Salzminen zu gehen und meine Schuld zu bezahlen und mein Gewissen zu reinigen, während Sie – *Sie* – in diesem Schlamassel steckenbleiben.«

»Was für ein Schlamassel, Dmitri?«, fragt der Junge. »Warum willst du es mir nicht sagen?«

»Ich sag dir, welcher Schlamassel. *Der arme Dmitri! Haben wir ihm wirklich Gerechtigkeit widerfahren lassen?*

Hätten wir nicht ernsthafter versuchen sollen, ihn zu retten, ihn zu einem guten Bürger und einem produktiven Mitglied der Gesellschaft zu machen? Wie muss es für ihn sein, in den Salzminen zu schmachten, während wir unser leichtes Leben in Estrella leben? Hätten wir ihm nicht ein Minimum an Gnade erweisen sollen? Sollten wir ihn nicht zurückrufen und sagen: Es ist alles vergeben, Dmitri, du kannst deinen alten Job wiederhaben und deine Uniform und deine Pension, du musst nur sagen, dass es dir leidtut, damit wir uns im Innern besser fühlen können? Das ist der Schlamassel, mein Junge. Sich in Exkrementen suhlen wie ein Schwein. Sich in der eigenen Scheiße suhlen. Warum haben Sie nicht einfach getan, was ich Ihnen aufgetragen habe, Simón, statt sich in dieses dumme Affentheater hineinziehen zu lassen, mich vor mir selbst zu retten? *Schickt ihn zu den Ärzten, sagt ihnen, sie sollen den alten Kopf abschrauben und einen neuen aufschrauben.* Und die Tabletten, die sie dir geben! In der Irrenabteilung zu sein, das ist schlimmer als die Salzminen! Auch nur vierundzwanzig Stunden durchzubringen ist wie durch Schlamm zu waten. Tick tock tick tock. Ich kann es nicht erwarten, wieder zu leben anzufangen.«

Er, Simón, ist am Ende seiner Kraft. »Das reicht, Dmitri. Gehen Sie jetzt bitte. Gehen Sie sofort, oder ich rufe die Polizei.«

»Oh, dann heißt es jetzt Abschied nehmen? Und was ist mit dir, David? Verabschiedest du Dmitri auch? *Auf Wiedersehen – wir sehen uns im nächsten Leben.* Wird es so sein? Ich dachte, wir verstünden uns, du und ich. Hat der alte Simón dich bearbeitet, dein Vertrauen in mich erschüttert? *Er ist ein schlechter Mensch, wie kannst du einen so schlechten Menschen lieben?* Wer hat schon jemals einen

Menschen zu lieben aufgehört, weil er schlecht war? Ich habe Ana Magdalena das Schlimmste angetan, doch sie hat nie aufgehört, mich zu lieben. Sie hat mich gehasst, mag sein, aber das bedeutet nicht, dass sie mich nicht liebte. Liebe und Hass – du kannst das eine nicht ohne das andere haben. Wie Salz und Pfeffer. Wie schwarz und weiß. Das vergessen die Leute. Sie liebte mich und sie hasste mich, wie jede normale Person. Wie Simón hier. Glaubst du, Simón liebt dich die ganze Zeit? Natürlich nicht. Er liebt dich und er hasst dich, in seinem Innern ist alles vermischt, er will es dir nur nicht sagen. Nein, er hält es geheim, tut so, als sei alles nett und ruhig in ihm, keine Wellen, keine Turbulenzen. So wie er spricht, unser berühmter Mann der Vernunft. Aber glaube mir, der alte Simón hier hat in seinem Innern einen genauso großen Schlamassel wie du oder ich. Eigentlich einen größeren Schlamassel. Weil ich wenigstens nicht zu sein vorgebe, was ich nicht bin. *So bin ich*, sage ich, *und so rede ich, alles durcheinander*. Hörst du zu, mein Junge? Höre auf meine Worte, so lange du kannst, weil Simón hier mich vertreiben will, aus deinem Leben. Hör genau zu. Wenn du mir zuhörst, hörst du auf die Wahrheit, und was wollen wir letztendlich anderes als die Wahrheit?«

»Aber wenn du Ana Magdalena im nächsten Leben siehst, wirst du nicht etwa ihr Herz wieder anhalten, oder?«

»Ich weiß es nicht, mein Junge. Vielleicht wird es kein neues Leben geben – nicht für mich, für keinen von uns. Vielleicht wird die Sonne plötzlich groß am Himmel stehen und uns verschlingen, und das wird dann das Ende von uns allen sein. Kein Dmitri mehr. Kein David mehr.

Nur ein großer Feuerball. So sehe ich das manchmal. Das ist meine Vision.«

»Und dann?«

»Und dann nichts. Viele Flammen, dann viel Stille.«

»Aber ist das wahr?«

»Wahr? Wer soll das wissen? Es liegt alles in der Zukunft, und die Zukunft ist ein Geheimnis. Was glaubst du?«

»Ich glaube, dass es nicht wahr ist. Ich glaube, du sagst das nur so.«

»Nun ja, wenn du sagst, es ist nicht wahr, dann ist es nicht wahr, weil du, David, Dmitris König bist, und dein Wort für Dmitri Befehl ist. Aber um auf deine Frage zurückzukommen, nein, ich werde es nicht noch einmal tun. Die Salzminen werden mich völlig von meiner Bosheit heilen, von meinen Wutanfällen und meinem mörderischen Wesen. Sie werden allen solchen Unfug aus mir herausprügeln. Du brauchst dir also keine Sorgen zu machen, Ana Magdalena ist sicher.«

»Aber du darfst keinen Geschlechtsverkehr mehr mit ihr machen.«

»Keinen Geschlechtsverkehr! Ihr junger Mann hier ist sehr streng, Simón, sehr strikt. Aber er wird seine Meinung ändern, wenn er älter wird. Geschlechtsverkehr – es gehört zur Natur des Menschen, mein Junge, man kann dem nicht entkommen. Sogar Simón wird mir zustimmen. Man kann dem nicht entkommen, oder, Simón? Vor dem Blitzeinschlag gibt's kein Entkommen.«

Er, Simón, sagt nichts. Wann wurde er zuletzt vom Blitz getroffen? Nicht in diesem Leben.

Dann scheint Dmitri plötzlich das Interesse an ihnen zu verlieren. Unruhig wandern seine Blicke durch das

Zimmer. »Zeit zum Aufbruch. Zeit, in meine einsame Zelle zurückzukehren. Haben Sie was dagegen, wenn ich die Kekse behalte? Hin und wieder knabbere ich gern an einem Keks. Komm mich wieder mal besuchen, junger Mann. Wir können eine Busfahrt machen oder in den Zoo gehen. Das würde ich gern tun. Ich plaudere immer gern mit dir. Du bist der Einzige, der den alten Dmitri versteht. Die Psychologen und die Psychiater mit ihren Fragen, die können einfach nicht herausfinden, was ich bin, Mensch oder Tier. Aber du siehst durch mich hindurch, in mein Herz hinein. Drücke Dmitri jetzt.«

Er hebt den Jungen vom Boden hoch und umarmt ihn fest, flüstert ihm Worte ins Ohr, die er, Simón, nicht hören kann. Der Junge nickt energisch.

»Auf Wiedersehen, Simón. Glauben Sie nicht alles, was ich sage. Es ist nur Luft, Wind, der bläst, wo er will.«

Die Tür schließt sich hinter ihm.

Fünfzehn

Aus der Liste von Spanischkursen, die im Institut angeboten werden, wählt er ›Schreiben auf Spanisch‹ (Grundkurs). »Studenten, die sich für diesen Kurs einschreiben, sollten gesprochenes Spanisch beherrschen. Wir werden lernen, klar, logisch und mit gutem Stil zu schreiben.«

Er ist der Älteste in der Klasse. Selbst die Lehrerin ist jung: eine attraktive junge Frau mit dunklem Haar und dunklen Augen, die ihnen sagt, sie sollen sie einfach Martina nennen. »Wir wollen damit anfangen, dass jeder von Ihnen hier mir sagt, wer er ist und was er von dem Kurs erwartet«, sagt Martina. Als er an der Reihe ist, sagt er: »Ich heiße Simón und ich bin in der Reklamebranche tätig, allerdings weit unten. Ich spreche Spanisch seit gut einem Jahr und beherrsche es jetzt ziemlich fließend. Die Zeit ist für mich gekommen, klar, logisch und mit gutem Stil schreiben zu lernen.«

»Vielen Dank, Simón«, sagt Martina. »Der Nächste?«

Natürlich möchte er gut schreiben. Wer möchte das nicht? Aber deshalb ist er nicht hier, nicht so ganz. Warum er hier ist, wird er entdecken, während er hier ist.

Martina verteilt Exemplare des Lehrbuches für den Kurs. »Behandeln Sie bitte Ihr Lehrbuch rücksichtsvoll, wie Sie einen Freund behandeln würden«, sagt Martina. »Am Kursende werde ich Sie bitten, es zurückzugeben, damit es zum Freund eines anderen Schülers werden kann.« Sein eigenes Exemplar ist abgegriffen und enthält viele Unterstreichungen mit Tinte und Bleistift.

Sie lesen zwei Beispiele eines Geschäftsbriefes: einen Brief von Juan, der sich um eine Stelle als Verkäufer bewirbt; und einen Brief von Luisa an ihren Vermieter, in dem sie den Mietvertrag für ihre Wohnung kündigt. Sie schauen sich die Form der Anrede und die Schlussformel an. Sie untersuchen die Gliederung in Absätze und die Form des Absatzes. »Ein Absatz ist eine gedankliche Einheit«, sagt Martina. »Er drückt einen Gedanken aus und verbindet ihn mit dem vorangegangenen und dem folgenden Gedanken.«

Als erste Aufgabe sollen sie das Schreiben in Absätzen üben. »Erzählen Sie mir etwas über sich selbst«, sagt Martina. »Nicht alles, aber etwas. Erzählen Sie es mir in drei Absätzen, die einer mit dem anderen verbunden sind.«

Er billigt Martinas Textphilosophie und gibt sich Mühe mit seiner Aufgabe. »Ich bin in diesem Land angekommen mit einem vordringlichen Ziel im Kopf«, schreibt er: »einen kleinen Jungen, der in meine Obhut geraten war, vor Schaden zu bewahren und ihn zu seiner Mutter zu führen. Zu gegebener Zeit fand ich seine Mutter und führte die beiden zusammen.«

Das ist sein erster Absatz.

»Aber meine Pflichten endeten nicht damit«, schreibt er. *Aber*: das verbindende Wort. »Ich wachte weiter über Mutter und Kind und kümmerte mich um ihr Wohlergehen. Als ihr Wohlergehen bedroht war, brachte ich sie nach Estrella, wo wir freundlich aufgenommen wurden und wo der Junge, der David heißt und zurzeit bei seiner Mutter Inés und seinem Onkel Diego lebt (Inés und ich wohnen nicht mehr zusammen), sich gut entwickelt hat.«

Ende des zweiten Absatzes. Beginn des dritten und letzten Absatzes, eröffnet von dem verbindenden Wort *nun*.

»Nun muss ich widerstrebend akzeptieren, dass meine Pflicht getan ist, dass der Junge mich vielleicht nicht länger braucht. Es ist für mich an der Zeit, ein gewisses Kapitel meines Lebens zu schließen und ein neues zu beginnen. Der Beginn dieses neuen Kapitels ist mit dem Vorhaben, schreiben zu lernen, verbunden – auf eine Weise verbunden, die mir noch nicht klar ist.«

Das ist genug. Das sind die verlangten drei Absätze, angemessen verbunden. Der vierte Absatz, der Absatz, der, würde er ihn schreiben, überflüssig für die Aufgabe wäre, würde von Dmitri handeln. Er hat das verbindende Wort noch nicht parat, das Wort, das den vierten Absatz klar und logisch aus dem dritten folgen ließe; doch nach dem verbindenden Wort würde er schreiben: »Hier in Estrella bin ich einem Mann namens Dmitri begegnet, der später als Vergewaltiger und Mörder traurige Berühmtheit erlangte. Dmitri hat bei mehreren Gelegenheiten meine Art zu sprechen verspottet, die ihm allzu kühl und rational vorkommt.« Er denkt nach, dann ersetzt er das Wort *kühl* durch das Wort *kalt*. »Dmitri glaubt, dass der Stil den Menschen verrät. Dmitri würde nicht so schreiben wie ich jetzt, in miteinander verbundenen Absätzen. Dmitri würde das leidenschaftsloses Schreiben nennen, wie er mich als leidenschaftslosen Mann bezeichnen würde. Ein leidenschaftlicher Mann, würde Dmitri sagen, lässt es ohne

Einteilung in miteinander verbundene Absätze aus sich herausströmen.

Obwohl ich diesen Mann, Dmitri, nicht respektiere«, würde er fortfahren, in einem fiktiven fünften Absatz, »beunruhigt mich seine Kritik. Warum bin ich beunruhigt? Weil er sagt (und da stimme ich ihm wahrscheinlich zu), dass eine auf kalte Weise rationale Person nicht der beste Führer für einen Jungen ist, der impulsiv und leidenschaftlich veranlagt ist.

Daher (sechster Absatz) möchte ich eine andere Person werden.« Hier stockt er, mitten im Absatz. Es ist genug, mehr als genug.

Bei der zweiten Zusammenkunft der Klasse bespricht Martina die Textsorte Geschäftsbrief weiter, speziell das Bewerbungsschreiben. »Das Bewerbungsschreiben kann als Akt der Verführung betrachtet werden«, sagt sie. »In ihm präsentieren wir uns im vorteilhaftesten Licht. *So bin ich*, sagen wir – *bin ich nicht attraktiv? Stellen Sie mich ein und ich bin der Ihre*.« Leichte Belustigung breitet sich im Raum aus. »Aber unser Brief muss natürlich gleichzeitig geschäftsmäßig sein. Er muss ausgewogen sein. Es braucht eine gewisse Kunst, um ein gutes Bewerbungsschreiben zu verfassen: die Kunst der Selbstpräsentation. Heute werden wir diese Kunst studieren, mit dem Ziel, sie zu beherrschen und uns anzueignen.«

Er ist fasziniert von Martina – so jung, doch so selbstsicher.

Nach der Hälfte der Unterrichtszeit gibt es eine zehnminütige Pause. Während die Schüler in den Korridor hinaus oder auf die Toilette gehen, liest Martina ihre Arbeiten durch. Als sie sich wieder versammeln, gibt sie sie zurück. Auf sein Blatt hat sie geschrieben: »Gute Absatzeinteilung. Ungewöhnlicher Inhalt.«

Ihre zweite Aufgabe besteht darin, ein Bewerbungsschreiben zu verfassen, für das, was Martina »Ihren Traumjob« nennt, »den Job, den Sie unbedingt ergattern wollen«. »Denken Sie daran, sich attraktiv darzustellen«, fügt sie hinzu. »Erreichen Sie, dass man Sie haben will.«

»Estimado señor Director«, schreibt er, »ich beziehe mich auf die heutige Annonce im *Stern*, die zu Bewerbungen für die Stellung des Museumswärters einlädt. Ich habe zwar keine Erfahrung auf dem Gebiet, doch ich besitze verschiedene Eigenschaften, die mich empfehlen. Als Erstes bin ich eine reife und verlässliche Person. Zweitens liebe oder zumindest respektiere ich die Kunst, einschließlich die bildende Kunst. Drittens habe ich keine großen Erwartungen. Wenn ich zum Museumswärter ernannt werden würde, würde ich nicht erwarten, am nächsten Tag zum Obersten Museumswärter befördert zu werden, geschweige denn zum Direktor.«

Er teilt den Prosablock, den er geschrieben hat, in fünf Teile, fünf knappe Absätze.

»Ich kann ehrlicherweise nicht behaupten, dass die Stellung als Museumswärter jemals mein Traum gewesen wäre. Ich habe jedoch einen kritischen Punkt in meinem Leben erreicht. *Du musst dich ändern*, sage ich mir. Doch ändern wozu? Vielleicht war die Annonce, die mir ins Auge fiel, ein für mich gedachtes Zeichen, ein Zeichen vom Himmel. *Folge mir*, sagte der *Stern*. Deshalb folge ich und dieser Brief setzt das um.«

Das ist der sechste Absatz.

Er liefert seinen Brief, alle sechs Absätze, bei Martina ab. Während der Pause verlässt er den Raum nicht, sondern bleibt an seinem Tisch und beobachtet verstohlen, wie sie liest, beobachtet die schnellen, entschiedenen Bewegungen ihres Stiftes. Er bemerkt, als sie zu seinem Brief kommt – sie verbringt mehr Zeit damit und liest ihn mit einem Stirnrunzeln. Sie blickt hoch und sieht, wie er sie beobachtet.

Am Ende der Pause gibt sie die Arbeiten zurück. Auf seine hat sie geschrieben: *Bitte kommen Sie nach dem Unterricht zu mir.*

Nach dem Unterricht wartet er, bis die anderen Schüler gegangen sind.

»Simón, ich habe Ihre Arbeiten mit Interesse gelesen«, sagt sie. »Sie schreiben gut. Ich frage mich jedoch, ob das der beste Kurs für Sie ist. Meinen Sie nicht, dass Sie in einem Kurs für Kreatives Schreiben besser aufgehoben wären? Es ist ja noch nicht zu spät, den Kurs zu wechseln.«

»Wenn Sie mir sagen, ich solle mich aus dem Kurs zurückziehen, werde ich das tun«, antwortet er. »Aber ich halte mein Schreiben nicht für kreativ. Für mich ist es dieselbe Art zu schreiben, wie man es in einem Tagebuch tut. Tagebuchschreiben ist kein kreatives Schreiben. Es ist eine Form von Briefschreiben. Man schreibt Briefe an sich selbst. Ich verstehe jedoch, was Sie sagen. Ich gehöre hier nicht her. Ich werde Ihre Zeit nicht mehr verschwenden. Vielen Dank.« Er holt das Lehrbuch des Kurses aus seiner Tasche. »Ich darf Ihnen das zurückgeben.«

»Seien Sie nicht gekränkt«, sagt sie. »Gehen Sie nicht. Ziehen Sie sich nicht zurück. Ich werde Ihre Arbeiten weiter lesen. Aber ich werde sie auf die gleiche Weise lesen, wie ich die Arbeit der anderen Schüler lese: als Lehrerin, nicht als Vertraute. Akzeptieren Sie das?«

»Ja, das akzeptiere ich«, sagt er. »Ich danke Ihnen. Ich weiß Ihre Freundlichkeit zu schätzen.«

Als dritte Aufgabe fordert man sie auf, ihre bisherige Arbeitserfahrung zu beschreiben und ein Resümee ihrer Ausbildung zu liefern.

»Ich habe früher körperliche Arbeit verrichtet«, schreibt er. »Heute verdiene ich meinen Unterhalt, indem ich Prospekte in Briefkästen stecke. Das kommt daher, dass ich nicht mehr so kräftig bin, wie ich einmal war. Neben körperlicher Stärke fehlt mir auch Leidenschaft. Das ist wenigstens die Meinung von Dmitri, dem Mann, über den ich schon vorher geschrieben habe, dem Mann der Leidenschaft. Dmitris Leidenschaft geriet eines Abends so sehr außer Kontrolle, dass er seine Geliebte tötete. Was mich angeht, so habe ich kein Verlangen, jemanden zu töten, am wenigsten jemanden, den ich vielleicht liebe. Dmitri lacht, wenn ich sage, dass ich niemals jemanden töten würde, den ich liebe. Laut Dmitri wünscht jeder von uns tief in seinem Inneren den Menschen zu töten, den man liebt. Jeder von uns wünsche, das geliebte Wesen zu töten, doch nur wenige auserwählte Seelen hätten den Mut, diesen Wunsch in die Tat umzusetzen.

Ein Kind könne einen Feigling riechen, sagt Dmitri. Ein Kind könne auch einen Lügner und einen Heuchler riechen. Daher komme es, laut Dmitri, dass Davids Liebe zu mir, der ich mich als Feigling, Lügner und Heuchler erwiesen habe, dahinschwindet. Im Gegensatz dazu sieht er in Davids Hingezogenwerden zu Charakteren wie Dmitri selbst (ein geständiger Mörder) und seinem Onkel Diego (meiner Meinung nach ein Taugenichts und Grobian, aber lassen wir das) eine tiefe Weisheit.

Kinder kämen mit einer Intuition, was gut und wahr sei, auf die Welt, sagt er, verlören aber diese Kraft, wenn sie sozialisiert werden. David sei seiner Meinung nach eine Ausnahme. David habe sich seine angeborenen Fähigkeiten in ihrer reinsten Form erhalten. Dafür respektiere er ihn – tatsächlich verehre er ihn oder erkenne ihn, wie er es ausdrückt. *Mein Herrscher, mein König*, nennt er ihn, nicht ohne einen Anteil von Spott.

Wie können Sie jemanden erkennen, den Sie vorher nie gesehen haben? Diese Frage würde ich Dmitri gern stellen.

Die Begegnung mit Dmitri (den ich nicht mag und von einem moralischen Standpunkt aus wirklich verachte) ist ein Bildungserlebnis für mich gewesen. Ich würde so weit gehen und sie zu meiner Ausbildung zählen.

Ich glaube, ich bin für neue Ideen offen, sogar für die von Dmitri. Ich halte es für sehr wahrscheinlich, dass Dmitris Urteil über mich stimmt: dass ich als Vater oder Stiefvater oder Führer ins Leben nicht die richtige Person für ein Kind wie David bin, ein außergewöhnliches Kind, ein Kind, das nie vergisst, mich daran zu erinnern, dass ich es nicht kenne oder verstehe. Vielleicht ist daher nun die Zeit gekommen, mich zurückzuziehen und mir eine andere Rolle im Leben zu suchen, eine andere Sache oder Seele, auf die ich ausgießen kann, was auch immer aus mir herausfließt, manchmal nur als Reden, manchmal als Tränen, manchmal in der Form, die ich beharrlich liebende Fürsorge nenne.

Liebende Fürsorge ist ein Ausdruck, den ich ohne Zögern in einem Tagebuch verwenden würde. Aber natürlich ist das kein Tagebuch. Die Behauptung, von liebender Fürsorge belebt zu sein, ist also eine gewichtige.

Fortsetzung folgt.

Als Fußnote füge ich ein paar Worte über Tränen an. Bestimmte Musik bringt Tränen in meine Augen. Wenn ich ohne Leidenschaft bin, wo kommen dann diese Tränen her? Bisher habe ich Dmitri noch nicht durch Musik zu Tränen gerührt erlebt.

Als zweite Fußnote möchte ich etwas über Inés' Hund Bolívar sagen, das heißt, über den Hund, der mit Inés kam, als sie sich bereit erklärte, Davids Mutter zu werden, der aber jetzt Davids Hund geworden ist, in dem Sinn, in dem wir von jemandem, der uns bewacht, als »unserem« Wächter sprechen, obwohl wir über ihn oder sie oder es keine Macht haben.

Von Hunden sagt man wie von Kindern, dass sie Feiglinge und Lügner und so weiter riechen können. Doch Bolívar hat mich vom ersten Tag an vorbehaltlos in ihrer Familie akzeptiert. Für Dmitri sollte das Stoff zum Nachdenken sein.«

Als Señora Martina – er kann sie, trotz ihrer Jugend, nicht einfach Martina nennen – die kontrollierten Arbeiten an den Rest der Klasse verteilt, gibt sie ihm seine nicht zurück. Stattdessen murmelt sie, als sie an seinem Tisch vorüberkommt: »Nach dem Unterricht, bitte, Simón.« Diese Worte und der leichte Duft, für den er keinen Namen hat, der in der Luft schwebt.

Señora Martina ist jung, sie ist hübsch, sie ist intelligent, er bewundert ihre Selbstsicherheit und ihre Kompetenz und ihre dunklen Augen, aber er ist nicht in sie verliebt, wie er auch in Ana Magdalena nicht verliebt war, die er besser gekannt (und nackt gesehen) hat, die aber nun tot ist. Nicht Liebe will er von Señora Martina, sondern etwas anderes. Er will, dass sie ihm zuhört und ihm sagt, ob seine Sprache – die Sprache, die er nach bestem Vermögen auf dem Bogen Papier niederzuschreiben versucht – wahrhaftig klingt oder ob sie von Anfang bis Ende eine lange Lüge ist. Dann möchte er noch, dass sie ihm sagt, was er mit sich anfangen soll; ob er sich weiter morgens auf seine Fahrradtouren begeben und nachmittags auf dem Bett liegen soll, wo er sich ausruht und dabei Radio hört und (immer öfter) trinkt, um danach einzuschlafen und für acht oder neun oder sogar zehn Stunden in einen totenähnlichen Schlaf zu sinken; oder ob er in die Welt hinausgehen und etwas völlig anderes tun solle.

Das sind hohe Erwartungen an eine Lehrerin für schriftlichen Ausdruck, viel mehr als das, wofür sie bezahlt wird. Aber es bedeutete auch viel, wenn das Kind, das am fernen Ufer an Bord des Schiffes ging, erwartete, dass der einsame Mann in der tristen Kleidung es unter seine Fittiche nehmen und in einem fremden Land leiten sollte.

Seine Klassenkameraden – mit denen er bisher nicht mehr als ein Nicken ausgetauscht hat – gehen einer nach dem anderen aus dem Raum. »Setzen Sie sich, Simón«, sagt Señora Martina. Er nimmt ihr gegenüber Platz. »Damit kann ich mich nicht befassen, das ist zu viel für mich«, sagt sie. Sie schaut ihn fest an.

»Es ist nur Prosa«, sagt er. »Können Sie sich nicht als Prosa damit befassen?«

»Es ist ein Appell«, sagt sie. »Sie appellieren an mich. Ich habe eine Stelle vormittags und abends Klassen zu unterrichten, dazu einen Mann und ein Kind und ein Zuhause, um das ich mich kümmern muss. Das ist zu viel.« Sie hebt die Arbeit hoch, als wolle sie ihr Gewicht feststellen. »Zu viel«, wiederholt sie.

»Wir sind manchmal aufgerufen, wenn wir es am wenigsten erwarten«, sagt er.

»Ich verstehe, was Sie sagen«, sagt sie, »aber es ist zu viel für mich.«

Er nimmt ihr die drei Seiten aus der Hand und verstaut sie in seiner Tasche. »Auf Wiedersehen«, sagt er. »Noch einmal vielen Dank.«

Jetzt können zwei Dinge geschehen. Zum einen, dass nichts geschieht. Zum anderen, dass Señora Martina einen Sinneswandel hat und ihn in seinem Zimmer aufspürt, wo er eines Nachmittags auf dem Bett liegt und Radio hört, und dass sie sagt: *Gut, Simón, klären Sie mich auf – sagen Sie, was Sie von mir wollen.* Er gibt ihr drei Tage.

Drei Tage vergehen. Señora Martina klopft nicht an seiner Tür. Offensichtlich ist das Erste geschehen – nichts.

Sein Zimmer, das vor langer Zeit in einer deprimierenden Eidotter-Farbe gestrichen wurde, ist ihm nie zum Zuhause geworden. Das alte Ehepaar, von dem er es gemietet hat, hält Abstand, wofür er dankbar ist, aber es gibt Nächte, wenn er durch die dünnen Wände den Mann, dem irgendetwas fehlt, hören kann, wie er hustet und hustet.

Er wandert auf den Korridoren des Instituts herum. Er nimmt an einem kurzen Kochkurs teil, weil er nach Möglichkeiten, seinen tristen Speiseplan zu bereichern, Ausschau hält; doch die Gerichte, die der Lehrer bespricht, verlangen einen Herd, und er hat keinen Herd. Nach dem Kurs hat er nichts vorzuweisen außer dem kleinen Tablett mit Gewürzen, das alle Schüler bekommen: Kreuzkümmel, Ingwer, Zimt, Kurkuma, roter Pfeffer, schwarzer Pfeffer.

Er besucht kurzentschlossen einen Astronomiekurs. Die Diskussion widmet sich den Himmelskörpern: ob die Sterne zu den Himmelskörpern gehören oder im Gegenteil eigenen Bahnen folgen; ob die Himmelskörper endlich oder unendlich an Zahl sind. Die Dozentin glaubt, dass die Zahl der Himmelskörper endlich sei – endlich, doch unbekannt und nicht zu kennen, wie sie es ausdrückt.

»Wenn die Zahl der Himmelskörper endlich ist, was liegt dann jenseits von ihnen?«, fragt ein Schüler.

»Es gibt kein Jenseits«, antwortet die Dozentin. Der Schüler schaut verblüfft drein. »Es gibt kein Jenseits«, wiederholt sie.

Ihn interessieren die Himmelskörper und selbst die Sterne nicht, die seiner Auffassung nach Klumpen lebloser Materie sind, die sich Gesetzen rätselhaften Ursprungs gehorchend durch leeren Raum bewegen. Er möchte wissen, was die Sterne mit den Zahlen zu tun haben, was die Zahlen mit Musik zu tun haben und wie eine intelligente Person wie Juan Sebastián Arroyo im gleichen Atemzug über Sterne, Zahlen und Musik sprechen kann. Aber die Dozentin zeigt kein Interesse an Zahlen oder Musik. Ihr Gegenstand sind die Sternbilder und wie diese Sternbilder das menschliche Schicksal beeinflussen.

Es gibt kein Jenseits. Wie kann die Frau da so sicher sein? Seine Meinung ist, ob es nun ein Jenseits gibt oder nicht, der Mensch würde in Verzweiflung versinken, wenn es nicht eine Vorstellung von einem Jenseits gäbe, an die er sich klammern kann.

Sechzehn

Inés bekommt von den Schwestern eine nachdrückliche Einladung: Es hat sich eine dringliche Sache ergeben, sie und Simón mögen doch bitte zur Farm kommen.

Sie werden mit Tee und frisch gebackenem Schokoladenkuchen begrüßt. Auf Drängen der Schwestern schlingt David zwei große Stücke hinunter.

Als er damit fertig ist, sagt Alma: »David, ich habe etwas, was dich interessieren könnte – eine Marionettenfamilie, auf die Roberta auf dem Dachboden gestoßen ist, mit der wir gespielt haben, als wir jung waren. Weißt du, was eine Marionette ist? Ja? Möchtest du sie sehen?«

Alma begleitet den Jungen aus dem Zimmer; sie können zur Sache kommen.

»Wir hatten einen Besuch von Señor Arroyo«, sagt Valentina. »Er hat seine beiden netten Jungen mitgebracht. Er möchte wissen, ob wir uns vorstellen können, dabei zu helfen, seine Akademie wieder auf die Füße zu stellen. Aufgrund dieser tragischen Sache hat er viele Schüler verloren, aber er hofft, dass einige zurückkehren werden, falls die Akademie bald wieder öffnet. Was ist Ihre Meinung, Inés, Simón? Sie haben ja direkte Erfahrung mit der Akademie gemacht.«

»Lassen Sie mich beginnen«, sagt er, Simón. »Es ist schön und gut, wenn Señor Arroyo seine Akademie für wiedereröffnet erklärt, aber wer wird unterrichten? Und wer wird sich um die Verwaltung kümmern? Señora Arroyo hat die ganze Last getragen. Wo wird er in Estrella jemanden finden, der ihren Platz einnehmen kann, jemanden, der seine Auffassung, seine Philosophie teilt?«

»Er hat uns gesagt, dass seine Schwägerin zur Aushilfe kommen wird«, sagt Valentina. »Er spricht auch sehr anerkennend von einem jungen Mann namens Aljoscha. Er denkt, dass Aljoscha in der Lage sein wird, etwas von der Arbeit zu übernehmen. Aber im Wesentlichen wird die Akademie zu einer Musikakademie anstelle einer Tanzakademie, und Señor Arroyo wird selbst unterrichten.«

Jetzt spricht Inés und verliert keine Zeit, ihren Standpunkt klarzumachen. »Als wir David zu den Arroyos brachten, wurde uns zunächst versprochen – wohlgemerkt versprochen –, dass er außer dem Tanz eine normale Bildung bekommen würde. Uns wurde gesagt, dass er lesen und schreiben und rechnen lernen würde wie Kinder in normalen Schulen. Nichts davon hat er bekommen. Señor Arroyo ist sicher ein netter Mann, aber er ist kein richtiger Lehrer. Ich würde David sehr ungern wieder in seine Obhut geben.«

»Was meinen Sie damit, wenn Sie sagen, er ist kein richtiger Lehrer?«, fragt Valentina.

»Ich meine, er schwebt in höheren Regionen. Ich meine, er weiß nicht, was direkt vor seiner Nase vor sich geht.«

Die Schwestern wechseln Blicke. Er, Simón, beugt sich zu Inés. »Ist das die beste Zeit dafür?«, murmelt er.

»Ja, es ist die beste Zeit dafür«, sagt Inés. »Es ist immer das Beste, ehrlich zu sein. Wir sprechen über die Zukunft eines Kindes, eines Jungen, dessen Bildung bisher eine Katastrophe gewesen ist, der immer weiter zurückfällt. Sehr ungern würde ich ihn noch einem Experiment ausliefern.«

»Nun, das klärt die Sache«, sagt Consuelo. »Sie sind Davids Mutter, Sie haben das Recht zu entscheiden, was das Beste für ihn ist. Haben wir richtig verstanden, dass Sie die Akademie für eine schlechte Investition halten?«

»Ja«, sagt Inés.

»Und Sie, Simón?«

»Das kommt darauf an.« Er wendet sich an Inés. »Wenn die Tanzakademie endgültig schließt, Inés, und wenn in der Singakademie für David kein Platz ist, was sehr wahrscheinlich ist, und wenn die staatlichen Schulen nicht in Frage kommen, was schlägst du vor, dass wir mit ihm tun sollen? Wo soll er eine Bildung bekommen?«

Bevor Inés antworten kann, kommt Alma mit dem Jungen zurück, der eine ramponiert aussehende Sperrholzkiste trägt. »Alma sagt, ich kann sie haben«, verkündet er.

»Das sind die Marionetten«, sagt Alma. »Wir brauchen sie nicht, ich dachte, David würde sie vielleicht gern übernehmen.«

»Natürlich«, sagt Consuelo. »Ich hoffe, du hast Spaß mit ihnen.«

Inés lässt sich nicht ablenken. »Wo David eine Bildung bekommen soll? Ich habe es dir gesagt. Wir sollten einen Privatlehrer anstellen, jemand mit entsprechender Qualifizierung und einem richtigen Diplom, jemand, der keine sonderbaren Vorstellungen davon hat, wo Kinder herkommen oder wie das Gehirn eines Kindes funktioniert, jemand, der sich mit David hinsetzt und den Lehrplan durchnimmt, den normale Schulen durchnehmen, und ihm aufzuholen hilft, was er verpasst hat. Das sollten wir meiner Meinung nach tun.«

»Was hältst du davon, David?«, sagt er, Simón. »Sollen wir dir einen Privatlehrer besorgen?«

David setzt sich mit der Kiste auf dem Schoß hin. »Ich will zu Señor Arroyo«, sagt er.

»Du willst nur zu Señor Arroyo, weil du ihn um den Finger wickeln kannst«, sagt Inés.

»Wenn ihr mich in eine andere Schule bringt, laufe ich weg.«

»Wir bringen dich nirgendwo hin. Wir besorgen dir einen Lehrer, der dich zu Hause unterrichtet.«

»Ich will zu Señor Arroyo. Señor Arroyo weiß, wer ich bin. Ihr wisst nicht, wer ich bin.«

Inés lässt ein Schnauben der Verzweiflung hören. Obwohl er, Simón, mit dem Herzen nicht dabei ist, übernimmt er den Staffelstab. »Es spielt keine Rolle, wie besonders wir sind, David, es gibt bestimmte Dinge, die wir alle lernen müssen. Wir müssen lesen lernen – und damit meine ich nicht, nur ein Buch zu lesen –, sonst wissen wir nicht, was in der Welt vor sich geht. Wir müssen in der Lage sein zu rechnen, sonst können wir nicht mit Geld umgehen. Ich denke, auch Inés hat das im Blick – korrigiere mich, wenn ich mich täusche, Inés –, dass wir gutes Benehmen lernen müssen, wie zum Beispiel Selbstdisziplin und Respekt vor den Meinungen der anderen.«

»Ich weiß sehr wohl, was in der Welt vor sich geht«, sagt der Junge. »Du weißt nicht, was in der Welt vor sich geht.«

»Was geht in der Welt vor sich, David?«, fragt Alma.

»Wir fühlen uns so abgeschnitten von der Welt, hier draußen auf der Farm. Willst du es uns sagen?«

Der Junge legt die Kiste mit den Marionetten beiseite, trottet zu Alma und flüstert ihr lange ins Ohr.

»Was hat er gesagt, Alma?«, fragt Consuelo.

»Ich glaube nicht, dass ich es euch sagen kann. Nur David kann das.«

»Willst du es uns sagen, David?«, fragt Consuelo.

Der Junge schüttelt entschieden den Kopf von einer Seite zur anderen.

»Dann ist die Sache damit erledigt«, sagt Consuelo. »Vielen Dank, Inés, vielen Dank, Simón, für Ihren Rat zu Señor Arroyo und seiner Akademie. Wenn Sie sich doch entschließen, einen Lehrer für Ihren Sohn zu engagieren, dann können wir Ihnen sicherlich bei den Honoraren behilflich sein.«

Als sie aufbrechen, nimmt ihn Consuelo beiseite. »Sie müssen den Jungen in den Griff bekommen, Simón«, murmelt sie. »Zu seinem eigenen Besten. Verstehen Sie, was ich meine?«

»Ich verstehe. Er hat eine andere Seite, glauben Sie mir. Er ist nicht immer so anmaßend. Und er hat ein gutes Herz.«

»Es erleichtert mich, das zu hören«, sagt Consuelo. »Nun müssen Sie gehen.«

Es braucht lange, bis man ihn in die Akademie oder Exakademie einlässt. Er klingelt, wartet, klingelt noch einmal, immer wieder, dann fängt er an, an die Tür zu klopfen, erst mit den Knöcheln, schließlich mit dem Schuhabsatz. Endlich rührt sich drinnen etwas. Der Schlüssel dreht sich im Schloss und die Tür wird von Aljoscha geöffnet, der zerzaust aussieht, als wäre er gerade aufgewacht, obwohl Mittag lange vorbei ist.

»Hallo, Aljoscha, erinnern Sie sich an mich? Davids Vater. Wie geht's? Ist der Maestro zu Hause?«

»Señor Arroyo ist bei seiner Musik. Wenn Sie ihn sprechen wollen, müssen Sie warten. Es kann lange dauern.«

Das Studio, wo Ana Magdalena früher unterrichtete, steht leer. Der Zedernholzboden, der täglich von jungen Füßen in Tanzschuhen poliert wurde, hat seinen Glanz verloren.

»Ich werde warten«, sagt er. »Meine Zeit ist nicht wichtig.« Er folgt Aljoscha in den Speisesaal und setzt sich an einen der langen Tische.

»Tee?«, fragt Aljoscha.

»Das wäre nett.«

Leise hört er Klaviergeklimper. Die Musik bricht ab, fängt von neuem an, bricht wieder ab.

»Mir wurde berichtet, dass Señor Arroyo die Akademie gern wiedereröffnen würde«, sagt er, »und dass Sie vielleicht etwas von dem Unterricht übernehmen würden.«

»Ich werde Blockflöte unterrichten und die Anfängertanzklasse leiten. Das ist der Plan. Falls wir wiedereröffnen.«

»Sie werden also mit Tanzklassen weitermachen. Ich hatte es so verstanden, dass die Akademie zu einer reinen Musikakademie wird. Eine Akademie der reinen Musik.«

»Hinter Musik ist immer Tanz. Wenn wir aufmerksam zuhören, wenn wir uns der Musik hingeben, wird die Seele in uns zu tanzen anfangen. Das ist einer der Eckpfeiler von Señor Arroyos Philosophie.«

»Und Sie glauben an seine Philosophie?«

»Ja.«

»David wird nicht zurückkommen, leider. Er möchte es, sehr sogar, aber seine Mutter ist dagegen. Ich selbst weiß nicht, was ich denken soll. Einerseits fällt es mir schwer, die Philosophie der Akademie, die von Ihnen geteilte Philosophie, ernst zu nehmen. Ich hoffe, es macht Ihnen nichts aus, wenn ich das sage. Besonders das Astrologische. Andererseits ist David den Arroyos verbunden, besonders der Erinnerung an Ana Magdalena. Tief verbunden. Er klammert sich daran. Er will nicht loslassen.«

Aljoscha lächelt. »Ja, das habe ich gesehen. Zuerst hat er sie getestet. Sie müssen es erlebt haben: wie er Menschen testet, ihnen seinen Willen aufzwingt. Er hat versucht, ihr Befehle zu geben; aber sie hat es nicht geduldet, keinen Augenblick lang. *Solange du in meiner Obhut bist, wirst du tun, was ich dir sage*, hat sie ihm mitgeteilt. *Und schau mich nicht so an. Deine Blicke erreichen bei mir nichts.* Danach hat er seine Tricks nie wieder angewandt. Er hat sie respektiert. Er hat ihr gehorcht. Mit mir ist es anders. Er weiß, dass ich weich bin. Es stört mich nicht.«

»Und wie steht es mit seinen Klassenkameraden? Vermissen sie Ana Magdalena auch?«

»Alle Kinder liebten sie«, sagt Aljoscha. »Sie war streng mit ihnen, sie hat sie gefordert, aber sie hingen an ihr. Nach ihrem Ableben habe ich mein Bestes versucht, um sie abzuschirmen, aber es schwirrten zu viele Geschichten herum, und dann sind natürlich ihre Eltern gekommen und haben sie abgeholt. Daher kann ich es Ihnen nicht mit Sicherheit sagen, wie betroffen sie waren. Es ist eine Tragödie. Man kann nicht erwarten, dass Kinder aus einer solchen Tragödie unberührt herauskommen.«

»Nein, das stimmt. Dann ist da noch Dmitri. Das muss sie erschüttert haben. Dmitri war bei ihnen sehr beliebt.«

Aljoscha will gerade antworten, als die Tür zum Speisesaal aufgerissen wird und Joaquín und sein Bruder aufgeregt hereingestürzt kommen, kurz darauf gefolgt von einer Fremden, einer grauhaarigen Frau, die sich auf einen Stock stützt.

»Tante Mercedes sagt, dass wir Kekse haben dürfen«, sagt Joaquín. »Dürfen wir?«

»Natürlich«, sagt Aljoscha. Linkisch macht er die Vorstellung. »Señora Mercedes, das ist Señor Simón, der Vater von einem der Jungen in der Akademie. Señor Simón, das ist Señora Mercedes, die aus Novilla zu Besuch gekommen ist.«

Señora Mercedes, Tante Mercedes, reicht ihm eine knochige Hand. In ihren schmalen, adlerähnlichen Zügen und dem fahlen Teint kann er keine Ähnlichkeit mit Ana Magdalena entdecken.

»Wir wollen nicht stören«, sagt sie mit einer so tiefen Stimme, dass es fast wie Krächzen klingt. »Die Jungen wollten nur eine Kleinigkeit essen.«

»Sie stören nicht«, erwidert er, Simón. Das ist nicht wahr. Er hätte gern mehr von Aljoscha gehört. Der junge Mann beeindruckt ihn, seine Klugheit, seine Ernsthaftigkeit. »Ich überbrücke nur die Zeit, während ich auf Señor Arroyo warte. Vielleicht können Sie ihn daran erinnern, dass ich hier bin, Aljoscha.«

Mit einem Seufzer lässt sich Mercedes auf einem Stuhl

nieder. »Ihren Sohn haben Sie nicht mitgebracht?«, fragt sie.

»Er ist zu Hause bei seiner Mutter.«

»Er heißt David«, sagt Joaquín. »Er ist der Klassenbeste.« Er hat sich mit seinem Bruder am äußersten Tischende niedergelassen, die Büchse mit Keksen vor ihnen.

»Ich bin gekommen, um die Zukunft meines Sohnes mit Señor Arroyo zu besprechen«, erklärt er Mercedes. »Seine Zukunft und die Zukunft der Akademie nach der kürzlichen Tragödie. Gestatten Sie mir, Ihnen zu sagen, wie betroffen wir alle vom Tod Ihrer Schwester sind. Sie war eine außergewöhnliche Lehrerin und eine außergewöhnliche Person.«

»Ana Magdalena war nicht meine Schwester«, sagt Mercedes. »Meine Schwester, Joaquíns und Damians Mutter, ist vor zehn Jahren verstorben. Ana Magdalena ist – war – Juan Sebastiáns zweite Frau. Die Arroyos sind eine komplizierte Familie. Zum Glück bin ich nicht Teil dieser Komplikation.«

Natürlich! Zweimal verheiratet! Was für ein dummer Fehler von ihm! »Entschuldigen Sie«, sagt er. »Das war gedankenlos.«

»Aber natürlich habe ich sie gekannt, Ana Magdalena«, fährt Señora Mercedes ungerührt fort. »Sie war sogar kurzzeitig meine Schülerin. So hat sie Juan Sebastián kennengelernt. So ist sie in die Familie gekommen.«

Sein dummer Fehler hat offenbar den Weg freigemacht, um alte Animositäten kundzutun.

»Sie haben Tanz unterrichtet?«, fragt er.

»Ich habe Tanz unterrichtet. Ich tue das immer noch,

obwohl man das nicht annehmen würde, wenn man mich anschaut.« Sie klopft mit ihrem Stock auf den Boden.

»Ich gestehe, dass Tanzen für mich wie eine fremde Sprache ist«, sagt er. »David hat es aufgegeben, es mir zu erklären.«

»Was bewegt Sie dann, ihn in eine Tanzakademie zu schicken?«

»David ist sein eigener Herr. Seine Mutter und ich haben keine Kontrolle über ihn. Er hat eine schöne Stimme, doch er will nicht singen. Er ist ein begabter Tänzer, doch er will für mich nicht tanzen. Weigert sich geradewegs. Sagt, ich verstünde es nicht.«

»Wenn Ihr Sohn sein Tanzen erklären würde, könnte er nicht mehr tanzen«, sagt Mercedes. »Das ist das Paradox, in dem wir Tänzer gefangen sind.«

»Glauben Sie mir, Señora, Sie sind nicht die Erste, die mir das sagt. Von Señor Arroyo, von Ana Magdalena, von meinem Sohn höre ich beständig, wie einfältig meine Fragerei ist.«

Mercedes lässt ein Lachen hören, tief und hart, wie Hundegebell. »Sie müssen tanzen lernen, Simón – darf ich Sie Simón nennen? Das wird Sie von Ihrer Einfalt heilen. Oder Ihrer Fragerei ein Ende bereiten.«

»Ich fürchte, ich bin nicht zu heilen, Mercedes. Um ehrlich zu sein, sehe ich die Frage nicht, auf die Tanzen die Antwort ist.«

»Nein, das merke ich. Aber Sie müssen doch einmal verliebt gewesen sein. Als Sie verliebt waren, haben Sie da nicht die Frage gesehen, auf die Liebe die Antwort war, oder waren Sie auch ein einfältiger Liebender?«

Er schweigt.

»Waren Sie zum Beispiel nicht vielleicht in Ana Magdalena verliebt, nur ein bisschen?«, lässt sie nicht locker. »Das schien ihre Wirkung auf die meisten Männer zu sein. Und du, Aljoscha – wie steht's mit dir? Warst du auch in Ana Magdalena verliebt?«

Aljoscha errötet, sagt aber nichts.

»Ich frage ernsthaft: Was war die Frage, auf die Ana Magdalena in so vielen Fällen eine Antwort war?«

Es ist wirklich eine Frage, er versteht das. Mercedes ist eine ernsthafte Frau, eine ernsthafte Person. Aber ist es eine Frage, die vor Kindern diskutiert werden sollte?

»Ich war nicht in Ana Magdalena verliebt«, sagt er. »Ich war nicht verliebt, solange ich mich erinnern kann, in niemanden. Aber abstrakt erkenne ich das Zwingende Ihrer Frage an. Was vermissen wir, wenn wir nichts vermissen, wenn wir uns selbst genügen? Was vermissen wir, wenn wir nicht verliebt sind?«

»Dmitri war in sie verliebt.« Der Zwischenruf kommt von Joaquín mit seiner klaren und noch ungebrochenen Kinderstimme.

»Dmitri ist der Mann, der Ana Magdalena getötet hat«, erklärt er, Simón.

»Ich weiß Bescheid über Dmitri. Ich bezweifle, dass es landesweit einen gibt, der seine Geschichte nicht kennt. Aus verschmähter Liebe hat sich Dmitri gegen das unerreichbare Objekt seiner Begierde gewandt und die Frau getötet. Natürlich war das, was er getan hat, schrecklich. Schrecklich, doch nicht schwer zu verstehen.«

»Das finde ich nicht«, sagt er. »Von Anfang an waren seine Handlungen für mich unverständlich. Auch seine Richter fanden sie unverständlich. Deshalb ist er in einer psychiatrischen Klinik weggesperrt. Weil kein gesunder Mensch getan haben könnte, was er getan hat.«

Dmitri war kein verschmähter Liebender. Das ist es, was er nicht sagen kann, nicht öffentlich. Das ist, was wirklich unverständlich ist, mehr als unverständlich. *Er hat sie getötet, weil ihm so zumute war. Er hat sie getötet, um zu erleben, wie es ist, eine Frau zu erdrosseln. Er hat sie grundlos getötet.*

»Ich verstehe Dmitri nicht und will es auch nicht«, macht er weiter. »Was mit ihm geschieht, ist mir gleichgültig. Er kann in psychiatrischen Abteilungen schmoren, bis er alt und grau ist, er kann in die Salzminen geschickt werden, um sich zu Tode zu arbeiten – das ist egal.«

Ein Blick wandert zwischen Mercedes und Aljoscha. »Offenbar ein wunder Punkt«, sagt Mercedes. »Verzeihen Sie, dass ich ihn angesprochen habe.«

»Wie wär's mit einem Spaziergang?«, sagt Aljoscha zu den Jungen. »Wir können in den Park gehen. Nehmt etwas Brot mit – wir können die Goldfische füttern.«

Sie gehen. Er ist mit Mercedes allein. Aber ihm ist nicht nach Unterhaltung zumute; ihr offenbar auch nicht. Durch die offene Tür kommt der Klang von Arroyo am Klavier. Er schließt die Augen, versucht, sich zu beruhigen, die Musik sich in ihm entfalten zu lassen. Aljoschas Worte fallen ihm ein: *Wenn wir aufmerksam zuhören, fängt die Seele in uns zu tanzen an.* Wann hat seine Seele das letzte Mal getanzt?

Aus der Weise, wie die Musik immer wieder anhielt und neu begann, hatte er geschlossen, dass Arroyo übte. Aber er hatte sich getäuscht. Die Pausen dauern dafür zu lange, und die Musik scheint sich manchmal zu verirren. Der Mann übt nicht, er komponiert. Er lauscht mit anderer Aufmerksamkeit.

Die Musik variiert zu sehr im Rhythmus, ist für einen schwerfälligen Typ wie ihn zu kompliziert, um ihre Logik zu erfassen, aber sie lässt an den Tanz einer jener kleinen Vögel denken, die schweben und hin und her flitzen, deren Flügel zu schnell für das Auge schlagen. Die Frage ist, wo ist die Seele? Wann wird die Seele aus ihrem Versteck hervorkommen und ihre Schwingen entfalten?

Er ist nicht vertraut mit seiner Seele. Was er über die Seele im Allgemeinen weiß, was er gelesen hat, ist, dass sie davonhuscht, wenn sie mit einem Spiegel konfrontiert wird, und daher nicht gesehen werden kann von dem, der sie besitzt, dem, den sie besitzt.

Da er seine Seele nicht sehen kann, hat er nicht in Frage gestellt, was man ihm über sie sagt: dass es eine dürre Seele ist, der es an Leidenschaft mangelt. Seine eigene, vage Intuition – dass seine Seele, alles andere als leidenschaftslos, sich schmerzlich nach etwas sehnt, sie weiß nicht was – behandelt er skeptisch als genau die Art Geschichte, die ein Mensch mit einer dürren, rationalen, mangelhaften Seele sich selbst erzählt, um seine Selbstachtung zu bewahren.

Also versucht er, nicht zu denken, nichts zu tun, was die ängstliche Seele in ihm erschrecken könnte. Er gibt sich der Musik hin, lässt sie eindringen und ihn durchfließen. Und die Musik, als sei ihr bewusst, was auf dem Spiel steht, verliert ihren immer wieder abbrechenden und neu beginnenden Charakter und beginnt zu fließen. Am äußersten Rand des Bewusstsein kommt die Seele, die wirklich wie ein kleiner Vögel ist, hervor, schüttelt ihre Flügel und beginnt ihren Tanz.

So findet ihn Aljoscha – am Tisch sitzend mit dem

Kinn auf die Hände gestützt und fest schlafend. Aljoscha schüttelt ihn. »Señor Arroyo empfängt Sie jetzt.«

Von der Frau mit dem Stock, der Schwägerin Mercedes, ist nichts zu sehen. Wie lange war er abwesend?

Er folgt Aljoscha den Korridor entlang.

Siebzehn

Der Raum, in den er geführt wird, ist angenehm hell und luftig, Sonnenlicht strömt durch Dachfenster. Er ist leer bis auf einen Tisch mit einem Durcheinander von Papieren darauf und einem Flügel. Arroyo erhebt sich, um ihn zu begrüßen.

Er war auf einen Mann in Trauer gefasst gewesen, einen gebrochenen Mann. Doch Arroyo, in einer pflaumenblauen Hausjacke über einem Schlafanzug und Pantoffeln, wirkt so solide und heiter wie immer. Er bietet ihm, Simón, eine Zigarette an, die er ablehnt.

»Ich freue mich, Sie wiederzusehen, Señor Simón«, sagt Arroyo. »Ich habe unser Gespräch über die Sterne am Ufer vom Calderón-See nicht vergessen. Worüber wollen wir heute diskutieren?«

Nach der Musik und dann dem Schlummer ist seine Zunge langsam, sein Kopf verwirrt. »Mein Sohn David«, sagt er. »Ich bin gekommen, um über ihn zu sprechen. Über seine Zukunft. David ist in letzter Zeit etwas wild geworden. Ohne Unterricht. Wir haben ihn für die Singakademie angemeldet, aber wir haben keine große Hoffnung. Wir machen uns Sorgen um ihn, besonders seine Mutter. Sie hat daran gedacht, ihm einen Privatlehrer zu besorgen. Aber nun hören wir Gerüchte, dass Sie vielleicht wieder Ihre Türen öffnen werden. Wir haben uns gefragt …«

»Sie haben sich gefragt, wer unterrichten wird, wenn wir wieder öffnen. Sie haben sich gefragt, wer den Platz meiner Frau einnehmen wird. Ja, wer wohl! Weil Ihr Sohn ihr sehr nahegestanden hat, wie Sie wissen. Wer kann sie in seinem Herzen ersetzen?«

»Sie haben recht. Er klammert sich noch an die Erinnerung an sie. Will nicht loslassen. Aber es geht noch um mehr.« Der Nebel löst sich langsam auf. »David hat großen Respekt vor Ihnen, Señor Arroyo. Er sagt, Sie wüssten, wer er ist. *Señor Arroyo weiß, wer ich bin.* Ich hingegen – das sagt er – weiß es nicht und habe es nie gewusst. Ich muss fragen: Was meint er damit, wenn er sagt, dass Sie wissen, wer er ist?«

»Sie sind sein Vater, doch Sie wissen nicht, wer er ist?«

»Ich bin nicht sein wirklicher Vater und habe das auch nie behauptet. Ich halte mich für eine Art Stiefvater. Ich habe ihn auf dem Schiff getroffen, mit dem ich hierhergekommen bin. Ich habe gesehen, dass er verloren war, deshalb habe ich ihn in meine Obhut genommen, habe mich um ihn gekümmert. Später ist es mir gelungen, ihn mit seiner Mutter Inés zusammenzubringen. Das ist unsere Geschichte, kurz gesagt.«

»Und nun möchten Sie, dass ich Ihnen sage, wer er ist, dieses Kind, das Sie an Bord des Schiffes getroffen haben. Wenn ich ein Philosoph wäre, würde ich antworten, indem ich sage: Das hängt davon ab, was Sie mit *wer* meinen, es hängt davon ab, was Sie mit *er* meinen, es hängt davon ab, was Sie mit *ist* meinen. Wer ist er? Wer sind Sie? Und ja, wer bin ich? Was ich Ihnen mit Sicherheit sagen kann, ist nur, dass eines Tages ein Mensch, ein Junge, aus dem Nirgendwo auftauchte und auf der Schwelle dieser Akademie stand. Sie wissen das so gut wie ich, weil Sie ihn hergebracht haben. Seit diesem Tag hatte ich das Vergnügen, sein musikalischer Begleiter zu sein. Ich habe ihn bei seinen Tänzen begleitet, wie ich alle Kinder in meiner Obhut begleite. Ich habe mich auch mit ihm unterhalten. Wir haben viel miteinander geredet, Ihr David und ich. Es war erhellend.«

»Wir sind übereingekommen, ihn David zu nennen, Señor Arroyo, aber sein wahrer Name, wenn ich diesen Ausdruck verwenden darf, wenn er irgendetwas bedeutet, ist natürlich nicht David, wie Sie wissen müssen, wenn Sie wissen, wer er wirklich ist. David ist nur der Name auf seinem Ausweis, der Name, den sie ihm im Hafen gegeben haben. Genauso gut könnte ich sagen, Simón ist nicht mein wahrer Name, nur ein Name, den sie mir im Hafen gegeben haben. Für mich sind Namen unwichtig, nicht wert, dass man davon viel Aufhebens macht. Ich bin mir bewusst, dass Sie eine andere Richtung vertreten, dass Sie und ich, was Namen und Zahlen angeht, verschiedenen Philosophien anhängen. Aber lassen Sie mich meine Meinung sagen. Nach meiner Philosophie sind Namen einfach eine zweckmäßige Sache, wie auch Zahlen eine zweckmäßige Sache sind. Sie haben nichts Geheimnisvolles an sich. Der Junge, von dem wir sprechen, hätte ebenso gut den Namen *Sechsundsechzig* bekommen können und ich den Namen *Neunundneunzig*. *Sechsundsechzig* und *Neunundneunzig* hätten genauso gut funktioniert wie *David* und *Simón*, wenn wir uns erst einmal daran gewöhnt hätten. Ich habe nie verstanden, warum der Junge, den ich jetzt David nenne, Namen so bedeutsam findet – besonders seinen Namen. Unsere sogenannten wahren Namen, die Namen, die wir vor *David* und *Simón* hatten, sind nur ein Ersatz für die

Namen, die wir davor hatten, scheint mir, und so weiter rückwärts. Es ist wie das Blättern in einem Buch, immer weiter rückwärts, auf der Suche nach Seite eins. Aber es gibt keine Seite eins. Das Buch hat keinen Anfang; oder der Anfang ist in den Nebeln des allgemeinen Vergessens verloren. So sehe ich das jedenfalls. Daher wiederhole ich meine Frage: Was meint David, wenn er sagt, Sie wüssten, *wer er ist*?«

»Und wenn ich ein Philosoph wäre, Señor Simón, dann würde ich so antworten: Es hängt davon ab, was Sie mit *wissen* meinen. Habe ich den Jungen in einem früheren Leben gekannt? Wie kann ich da sicher sein? Die Erinnerung ist verlorengegangen im allgemeinen Vergessen, wie Sie sagen. Ich habe meine Intuitionen, wie Sie zweifellos Ihre Intuitionen haben, aber Intuitionen sind keine Erinnerungen. Sie erinnern sich daran, den Jungen an Bord des Schiffes getroffen und entschieden zu haben, dass er verloren wirkte und Sie sich um ihn kümmern. Vielleicht erinnert er sich anders an das Geschehen. Vielleicht waren Sie derjenige, der verloren wirkte; vielleicht hat *er* beschlossen, sich *Ihrer* anzunehmen.«

»Sie schätzen mich falsch ein. Ich habe vielleicht Erinnerungen, aber ich habe keine Intuitionen. Intuitionen gehören nicht zu meinem Rüstzeug.«

»Intuitionen sind wie Sternschnuppen. Sie sausen durch den Himmel, in einem Moment da, im nächsten fort. Wenn Sie sie nicht wahrnehmen, dann vielleicht deshalb, weil Ihre Augen geschlossen sind.«

»Aber *was* saust durch den Himmel? Wenn Sie die Antwort wissen, warum sagen Sie sie mir dann nicht?«

Señor Arroyo drückt seine Zigarette aus. »Es hängt davon ab, was Sie mit *Antwort* meinen«, sagt er. Er erhebt sich, packt ihn, Simón, bei den Schultern und starrt ihm in die Augen. »Mut, mein Freund«, sagt er mit seinem Rauchatem. »David ist ein außergewöhnliches Kind. Das Wort, das ich für ihn habe, ist *integral.* Er ist auf eine Weise integral, wie kein anderes Kind. Ihm kann nichts weggenommen werden. Nichts kann ihm hinzugefügt werden. Für wen oder was Sie oder ich ihn halten, ist unwichtig. Dennoch nehme ich Ihren Wunsch ernst, eine Antwort auf Ihre Frage zu bekommen. Die Antwort wird kommen, wenn Sie es am wenigsten erwarten. Oder aber sie kommt nicht. Auch das geschieht.«

Gereizt macht er sich los. »Señor Arroyo, ich kann Ihnen gar nicht sagen, wie sehr ich diese billigen Paradoxe und Mystifikationen verabscheue«, sagt er. »Verstehen Sie mich nicht falsch. Ich respektiere Sie, wie ich Ihre verstorbene Frau respektiert habe. Sie sind Pädagogen, Sie nehmen Ihren Beruf ernst, Ihr Interesse an Ihren Schülern ist echt – nichts davon bezweifle ich. Aber im Hinblick auf Ihr System, *el sistema Arroyo*, habe ich die stärksten Zweifel. Das sage ich mit allem Respekt vor Ihnen als Musiker. Sterne. Meteore. Geheimnisumwobene Tänze. Numerologie. Geheime Namen. Mystische Offenbarungen. Das beeindruckt ja vielleicht junge Köpfe, aber versuchen Sie bitte nicht, mir das aufzuzwingen.«

Gedankenverloren, schlechtgelaunt, stößt er auf seinem Weg aus der Akademie mit Arroyos Schwägerin zusammen und wirft sie fast um. Ihr Stock poltert die Treppe hinunter. Er holt den Stock für sie zurück und entschuldigt sich für sein Ungeschick.

»Sie brauchen sich nicht zu entschuldigen«, sagt sie. »Die Treppe sollte besser beleuchtet sein. Ich weiß nicht, warum das Gebäude so dunkel und düster sein muss. Aber da ich Sie hier habe, leihen Sie mir Ihren Arm. Ich brauche Zigaretten und ich möchte keinen der Jungen schicken, das wäre ein schlechtes Beispiel.«

Er begleitet sie zum Kiosk an der Straßenecke. Sie ist langsam, doch er hat es nicht eilig. Es ist ein schöner Tag. Allmählich entspannt er sich.

»Möchten Sie vielleicht eine Tasse Kaffee?«, schlägt er vor.

Sie sitzen in einem Straßencafé und genießen die Sonne auf ihren Gesichtern.

»Hoffentlich haben Sie mir meine Bemerkungen nicht übel genommen«, sagt sie. »Ich meine die Bemerkungen über Ana Magdalena und ihre Wirkung auf Männer. Ana Magdalena war nicht mein Typ, aber eigentlich hatte ich sie recht gern. Und der Tod, den sie fand – niemand verdient es, so zu sterben.«

Er schweigt.

»Wie ich schon sagte, habe ich sie unterrichtet, als sie jung war. Sie war vielversprechend, sie arbeitete hart, sie nahm ihre Karriere ernst. Aber die Entwicklung vom Mädchen zur Frau war nicht leicht für sie. Das ist immer eine schwierige Zeit für eine Tänzerin, in ihrem Fall ganz besonders. Sie wollte die Reinheit ihrer Linien bewahren, die Reinheit, die uns leichtfällt, wenn wir unreif sind, doch es gelang ihr nicht, die neue Fraulichkeit ihres Körpers entwickelte sich weiter, drückte sich weiter aus. Am Ende gab sie dann auf, fand andere Betätigungsfelder. Ich verlor sie aus den Augen. Dann tauchte sie nach dem Tod meiner Schwester plötzlich an der Seite von Juan Sebastián wieder auf. Ich war überrascht – ich hatte keine Ahnung, dass sie in Verbindung waren –, aber ich äußerte mich nicht.

Sie war gut für ihn, das muss ich sagen, eine gute Frau. Ohne jemanden wie sie wäre er verloren gewesen. Sie nahm sich der Kinder an – das jüngere war damals noch ein Baby – und wurde ihnen eine Mutter. Sie holte Juan Sebastián aus dem Uhrenreparaturgeschäft, wo er keine Zukunft hatte, und brachte ihn dazu, seine Akademie zu eröffnen. Seitdem ist er erfolgreich gewesen. Verstehen Sie mich also nicht falsch. Sie war in vielerlei Hinsicht eine bewundernswerte Person.«

Er schweigt.

»Juan Sebastián ist ein gebildeter Mann. Haben Sie sein Buch gelesen? Nein? Er hat ein Buch über seine Philosophie der Musik geschrieben. Man findet es noch in den Buchhandlungen. Meine Schwester hat ihm geholfen. Meine Schwester hatte eine musikalische Ausbildung. Sie war eine exzellente Pianistin. Sie pflegte mit Juan Sebastián Duos zu spielen. Während Ana Magdalena, die zwar eine durchaus intelligente junge Frau ist oder war, weder eine Musikerin, noch, sagen wir, eine Person mit besonderen intellektuellen Fähigkeiten war. Den Intellekt ersetzte sie durch Enthusiasmus. Eilfertig übernahm sie Juan Sebastiáns Philosophie und wurde eine enthusiastische Anhängerin. Sie wandte sie auf ihren Tanzunterricht an. Gott weiß, was die Kleinen damit anfingen. Lassen Sie mich fragen, Simón: Was hat Ihr Sohn mit Ana Magdalenas Unterricht angefangen?«

Was hat David mit Ana Magdalenas Unterricht angefangen? Er will gerade antworten, wohlüberlegt antworten, als etwas über ihn kommt. Ob es die Erinnerung an seine zornige Attacke auf Arroyo ist, die in ihm hochsteigt, oder ob er einfach müde ist, des Vernünftigseins müde ist, weiß er nicht, doch er fühlt, wie sein Gesicht zerbröckelt, und die Stimme, die aus seiner Kehle kommt, kann er kaum als die eigene erkennen, so rauh und ausgedörrt ist sie. »Mercedes, mein Sohn war derjenige, der Ana Magdalena entdeckt hat. Er hat sie auf ihrem Totenbett gesehen. Seine Erinnerungen an sie sind von diesem Anblick, diesem entsetzlichen Anblick, vergiftet. Denn sie war da ja schon eine Weile tot. Kein Anblick, den man einem Kind zumuten sollte.

Um Ihre Frage zu beantworten, mein Sohn versucht, an der Erinnerung, wie Ana Magdalena im Leben gewesen ist, festzuhalten, und an den Geschichten, die er von ihr gehört hat. Er möchte an ein himmlisches Reich glauben, wo die Zahlen ewig tanzen. Er möchte glauben, dass die Zahlen herabsteigen und mit ihm tanzen, wenn er die Tänze tanzt, die sie ihn gelehrt hat. Am Schluss jedes Schultages pflegte Ana Magdalena die Kinder um sich zu versammeln und das ertönen zu lassen, was sie ihren Bogen nannte – was, wie ich später herausfand, eine gewöhnliche Stimmgabel war –, und sie ließ sie die Augen schließen und gemeinsam zu diesem Ton summen. Das würde ihre Seelen beruhigen, erzählte sie ihnen, und sie in Harmonie mit dem Ton bringen, den die Sterne ertönen ließen, während sie ihre Bahnen zogen. Nun, daran möchte mein Sohn festhalten – am himmlischen Ton. Indem wir uns dem Tanz der Sterne anschließen, haben wir Anteil an ihrer himmlischen Existenz, möchte er glauben. Aber wie kann er das, Mercedes, *wie kann er das*, nach dem, was er gesehen hat?«

Mercedes streckt die Hand aus und tätschelt seinen Arm. »Schon gut«, sagt sie. »Ihr habt eine schlimme Zeit durchgemacht, ihr alle. Vielleicht wäre es das Beste, wenn Ihr Sohn die Akademie hinter sich ließe, mit ihren bösen Erinnerungen, und eine normale Schule mit normalen Lehrern besuchte.«

Eine zweite große Welle der Erschöpfung rollt über ihn weg. Was macht er da, wechselt Worte mit dieser Fremden, die nichts versteht? »Mein Sohn ist kein normales Kind«, sagt er. »Entschuldigung, ich fühle mich nicht wohl, ich kann nicht mehr.« Er gibt dem Kellner ein Zeichen.

»Sie sind erschüttert, Simón. Ich will Sie nicht aufhalten. Ich möchte nur sagen, ich bin hier in Estrella nicht wegen meines Schwagers, der mich kaum erduldet, sondern wegen der Kinder meiner Schwester, zwei verlorenen kleinen Jungen, an die niemand ernsthaft denkt. Ihr Sohn wird sich weiterentwickeln, aber wie sieht ihre Zukunft aus? Sie haben ihre Mutter und dann ihre Stiefmutter verloren und bleiben in dieser harten Welt der Männer und der Vorstellungen von Männern zurück. Ich weine um sie, Simón. Sie brauchen Sanftheit, wie alle Kinder Sanftheit brauchen, selbst kleine Jungen. Sie brauchen es, gestreichelt und gedrückt zu werden, die sanften Gerüche von Frauen einzuatmen und die Sanftheit der Berührung einer Frau zu spüren. Wo sollen sie das herbekommen? Sie werden zu unvollständigen Menschen heranwachsen und sich nicht entfalten können.«

Sanftheit. Mercedes wirkt auf ihn kaum sanft, mit ihrer scharfen Adlernase und ihren knochigen, arthritischen Händen. Er bezahlt und steht auf. »Ich muss gehen«, sagt er. »Morgen hat David Geburtstag. Er wird sieben. Es sind Vorbereitungen zu treffen.«

Achtzehn

Inés ist entschlossen, den Geburtstag des Jungen angemessen zu feiern. Zur Party wurden so viele seiner Klassenkameraden von der alten Akademie eingeladen, wie sie ausfindig machen konnte, dazu die Jungen des Wohnblocks, mit denen er Fußball spielt. Bei der *pastelería* hat sie einen Kuchen in Form eines Fußballs bestellt; sie hat ein buntbemaltes *piñata*-Gefäß in Gestalt eines Esels, gefüllt mit Süßigkeiten, mit nach Hause gebracht und von ihrer Freundin Claudia die Paddel geborgt, mit denen die Kinder es in Stücke hauen werden; sie hat einen Zauberkünstler gemietet, der eine Show bieten wird. Sie hat ihm, Simón, nicht verraten, was ihr Geburtstagsgeschenk sein wird, aber er weiß, dass sie eine Menge Geld dafür ausgegeben hat.

Sein erster Impuls ist, es Inés an Großzügigkeit gleichzutun, aber er kontrolliert diesen Impuls: Da er der weniger wichtige Elternteil ist, sollte sein Geschenk kleiner sein. Im Hinterzimmer eines Antiquitätengeschäfts entdeckt er genau das Richtige: ein Schiffsmodell, das dem Schiff ähnelt, auf dem sie hergekommen sind, mit einem Schornstein und einer Schiffsschraube und einer Kapitänsbrücke und winzigen holzgeschnitzten Passagieren, die an der Reling lehnen oder auf dem Oberdeck promenieren.

Während er die Geschäfte im alten Viertel von Estrella

erkundet, hält er Ausschau nach dem von Mercedes erwähnten Buch, Arroyos Buch über Musik. Er findet es nicht. Keiner der Buchhändler hat davon gehört. »Ich habe einige seiner Konzerte besucht«, sagt einer von ihnen. »Er ist ein großartiger Pianist, ein wahrer Virtuose. Ich hatte keine Ahnung, dass er auch Bücher geschrieben hat. Sind Sie sicher?«

Wie mit Inés abgesprochen, verbringt der Junge die Nacht vor der Party bei ihm in seinem gemieteten Zimmer, damit sie die Wohnung vorbereiten kann.

»Deine letzte Nacht als kleiner Junge«, bemerkt er zum Jungen. »Ab morgen bist du ein Siebenjähriger, und ein Siebenjähriger ist ein großer Junge.«

»Sieben ist eine edle Zahl«, sagt der Junge. »Ich kenne alle edlen Zahlen. Soll ich sie dir aufsagen?«

»Nicht heute Abend, danke. Welche anderen Zweige der Numerologie außer den edlen Zahlen hast du noch studiert? Hast du Brüche studiert, oder gehören Brüche nicht dazu? Du kennst doch den Begriff *Numerologie*? Numerologie ist die Wissenschaft, die Señor Arroyo in seiner Akademie betreibt. Numerologen sind Menschen, die glauben, dass Zahlen unabhängig von uns existieren. Sie glauben, dass die Zahlen überleben würden, selbst wenn eine große Flut käme und alle Lebewesen ertränken würde.«

»Wenn die Flut wirklich groß wäre, bis hinauf zum Himmel, würden die Zahlen auch ertränkt. Dann würde nichts übrig bleiben, nur die dunklen Sterne und die dunklen Zahlen.«

»Die dunklen Sterne? Was sind die?«

»Die Sterne zwischen den hellen Sternen. Man kann sie nicht sehen, weil sie dunkel sind.«

»Dunkle Sterne müssen eine deiner Entdeckungen sein. Die Numerologie, wie ich sie verstehe, erwähnt keine dunklen Sterne oder dunklen Zahlen. Außerdem können Zahlen den Numerologen zufolge nicht ertrinken, ganz egal wie hoch die Flut steigt. Sie können nicht ertrinken, weil sie weder atmen noch essen noch trinken. Sie existieren bloß. Wir Menschen kommen und gehen, wir reisen von diesem Leben in das nächste, aber die Zahlen bleiben für immer und ewig dieselben. Das schreiben Menschen wie Señor Arroyo in ihren Büchern.«

»Ich habe einen Weg entdeckt, wie man aus dem neuen Leben zurückkommen kann. Soll ich es dir erzählen? Es ist genial. Du bindest ein Seil an einen Baum, ein langes, langes Seil, wenn du dann in das nächste Leben kommst, bindest du das andere Ende des Seils an einen Baum, einen anderen Baum. Wenn du dann aus dem nächsten Leben zurückkommen willst, klammerst du dich nur am Seil fest. Wie der Mann in dem *larebinto*.«

»*Laberinto*. Das ist ein sehr schlauer Plan, sehr raffiniert. Leider sehe ich eine Schwachstelle in ihm. Die Schwachstelle ist, dass die Wellen dich erreichen und dich von Erinnerungen reinwaschen werden, während du dich am Seil festhältst und in dieses Leben zurückschwimmst. Wenn du also auf dieser Seite ankommst, wirst du dich an nichts erinnern, was du auf der anderen Seite gesehen hast. Es wird sein, als hättest du die andere Seite nie besucht. Es wird sein, als hättest du traumlos geschlafen.«

»Warum?«

»Weil du, wie ich gesagt habe, in die Wasser des Vergessens getaucht worden sein wirst.«

»Aber warum? Warum muss ich vergessen?«

»Weil das die Regel ist. Du kannst aus dem nächsten Leben nicht zurückkommen und berichten, was du dort gesehen hast.«

»Warum ist das die Regel?«

»Eine Regel ist einfach eine Regel. Regeln müssen sich nicht rechtfertigen. Es gibt sie einfach. Wie Zahlen. Es gibt kein *Warum* für Zahlen. Dieses Universum ist ein Universum der Regeln. Es gibt kein *Warum* für das Universum.«

»Warum?«

»Jetzt bist du albern.«

Später, als David auf dem Sofa eingeschlafen ist und er selbst im Bett liegt und auf das Huschen der Mäuse in der Decke lauscht, fragt er sich, wie der Junge im Rückblick diese ihre Gespräche einschätzen wird. Er, Simón, hält sich für eine gesunde, vernünftige Person, die dem Jungen eine gesunde, vernünftige Erklärung dafür anbietet, warum die Dinge sind, wie sie sind. Aber entsprechen seine trockenen kleinen Moralpredigten den Bedürfnissen einer Kinderseele besser als die phantastische Kost, die von der Akademie angeboten wird? Warum sollte man ihn nicht diese kostbaren Jahre mit dem Tanz der Zahlen und der Zwiesprache mit den Sternen in der Gesellschaft von Aljoscha und Señor Arroyo verbringen lassen und abwarten, dass gesunder Verstand und Vernunft zu ihrer Zeit ankommen?

Ein Seil von Land zu Land – das sollte er Arroyo berichten, ihm eine Mitteilung schicken. »Mein Sohn, der Junge, der behauptet, Sie wüssten seinen wahren Namen, hat sich einen Plan für unsere allgemeine Rettung ausgedacht: eine Seilbrücke von Ufer zu Ufer; Seelen, die sich selbst Zug um Zug über den Ozean hangeln, einige zum neuen Leben, andere zurück ins alte. Wenn es eine solche Brücke gäbe, sagt mein Sohn, dann würde das das Ende des Vergessens bedeuten. Wir würden alle wissen, wer wir sind und uns freuen.«

Er sollte wirklich an Arroyo schreiben. Nicht nur eine Mitteilung, sondern etwas Längeres und Ausführlicheres, das ausdrücken würde, was er gesagt haben könnte, wäre er nicht aus ihrem Treffen davongestürmt. Wenn er nicht so müde, so lethargisch wäre, würde er das Licht anmachen und es tun. »Werter Juan Sebastián, verzeihen Sie meine missmutige Reaktion heute Vormittag. Ich mache eine schwierige Zeit durch, obwohl die Bürde, die mich bedrückt, natürlich viel leichter als die Ihre ist. Insbesondere finde ich mich auf dem Meer wieder (ich benutze eine bekannte Metapher), wobei ich immer weiter vom Festland wegtreibe. Wie kommt das? Gestatten Sie mir, offen zu sein. Trotz großer intellektueller Bemühungen kann ich nicht an die Zahlen glauben, die höheren Zahlen, die Zahlen hoch oben, wie Sie es tun und wie alle, die mit der Akademie verbunden sind, es offenbar tun, einschließlich mein Sohn David. Ich verstehe nichts von den Zahlen, nicht das kleinste bisschen, von Anfang bis Ende. Ihr Glaube an sie hat Ihnen geholfen (vermute ich), diese schwierigen Zeiten zu überstehen, während ich, der diesen Glauben nicht teilt, empfindlich und reizbar bin, zu Ausbrüchen neige (Sie haben heute Vormittag einen erlebt) – tatsächlich mittlerweile schwer zu ertragen bin, nicht nur für die mir Nahestehenden, sondern auch für mich selbst.

Die Antwort wird zu Ihnen kommen, wenn Sie es am wenigsten erwarten. Oder auch nicht. Ich habe einen Widerwillen gegen Paradoxe, Juan Sebastián, den Sie offenbar nicht teilen. Muss ich das tun, um Seelenfrieden zu erlangen – Paradoxe schlucken, wenn sie auftreten? Und wo Sie gerade dabei sind, helfen Sie mir zu verstehen, warum ein von Ihnen unterrichtetes Kind, wenn es gebeten wird, die Zahlen zu erklären, antwortet, dass sie nicht erklärt, sondern nur getanzt werden können. Das gleiche Kind hatte, bevor es in Ihre Akademie ging, Angst, von einer Platte auf dem Fußweg zur nächsten zu treten, um nicht durch die Lücke zu fallen und im Nichts zu verschwinden. Jetzt tanzt er ohne Bedenken über Lücken. *Welche magischen Kräfte hat das Tanzen?«*

Er sollte es tun. Er sollte die Mitteilung schreiben. Aber ob Juan Sebastián antworten würde? Juan Sebastián scheint ihm nicht der Mann zu sein, der mitten in der Nacht aus dem Bett aufsteht, um einem Mann, der vielleicht nicht direkt am Ertrinken ist, doch sich zumindest abquält, ein Seil zuzuwerfen.

Während er in den Schlaf gleitet, erreicht ihn ein Bild von den Fußballspielen im Park: der Junge, der mit gesenktem Kopf und geballten Fäusten läuft und läuft wie eine unwiderstehliche Kraft. Wenn er so voller Leben ist – voll von diesem Leben, diesem gegenwärtigen Leben –, warum, warum, warum ist er dann so am nächsten interessiert?

Als Erste treffen auf der Party zwei Jungen aus einer der Wohnungen unten ein, Brüder, die sich ungemütlich fühlen in ihren guten Hemden und kurzen Hosen und mit den feucht zurechtgekämmten Haaren. Sie beeilen sich, ihr bunt eingewickeltes Geschenk zu überreichen, das David auf einem Platz ablegt, den er in einer Ecke freigeräumt hat: »Das ist mein Geschenkstapel«, verkündet er. »Ich öffne meine Geschenke nicht, bevor alle gegangen sind.«

Der gegenwärtige Stapel enthält schon die Marionetten von den Schwestern auf der Farm und sein, Simóns Geschenk, das Schiff, in einem Karton verpackt und mit einem Band zugebunden.

Es klingelt; David saust davon, um neue Gäste zu begrüßen und noch mehr Geschenke entgegenzunehmen.

Da Diego die Aufgabe übernommen hat, Erfrischungen herumzureichen, gibt es für ihn wenig zu tun. Er hat den Verdacht, dass die meisten Gäste Diego für den Vater des Jungen halten und ihn, Simón, für einen Großvater oder sogar noch entfernteren Verwandten.

Die Party läuft gut, obwohl die Handvoll Kinder aus der Akademie auf der Hut sind vor den wilderen Kindern aus dem Wohnblock und sich zusammendrängen und miteinander flüstern. Inés – mit modisch gewelltem Haar, in einem schicken schwarz-weißen Kleid, in jeder Hinsicht eine Mutter, auf die ein Junge stolz sein kann – wirkt zufrieden mit dem Verlauf der Feier.

»Das ist ein hübsches Kleid«, bemerkt er zu ihr. »Es steht dir.«

»Danke«, sagt sie. »Es ist Zeit für den Geburtstagskuchen. Würdest du ihn reinbringen?«

Es ist also sein Privileg, den Riesenfußball-Kuchen, in seinem grünen Marzipanbett, zum Tisch zu tragen und wohlwollend zu lächeln, als David mit einem einzigen *Pfff* alle sieben Kerzen ausbläst.

»Bravo!«, sagt Inés. »Jetzt musst du dir was wünschen.«

»Ich habe mir schon was gewünscht«, sagt der Junge. »Es ist ein Geheimnis. Ich verrate es niemandem.«

»Nicht mal mir?«, sagt Diego. »Nicht mal ins Ohr geflüstert?« Und er neigt vertraulich den Kopf.

»Nein«, sagt der Junge.

Beim Aufschneiden des Kuchens gibt es ein Problem: Als das Messer eindringt, zerbirst die Schokoladenkruste, und der Kuchen zerbricht in zwei ungleiche Hälften, von denen eine vom Brett rollt und in Bruchstücken auf den Tisch fällt und dabei ein Glas Limonade umwirft.

Mit einem Triumphschrei schwingt David das Messer über dem Kopf: »Es ist ein Erdbeben!«

Inés beeilt sich, die Schweinerei aufzuwischen. »Sei vorsichtig mit dem Messer da«, sagt sie. »Du könntest jemanden verletzen.«

»Ich habe Geburtstag, ich kann machen, was ich will.«

Das Telefon klingelt. Es ist der Zauberkünstler. Er ist spät dran, es wird noch fünfundvierzig Minuten dauern, vielleicht eine Stunde. Wütend schmettert Inés den Hörer nieder. »So kann man kein Unternehmen führen!«, ruft sie.

Es sind zu viele Kinder für die Wohnung. Diego hat einen Luftballon zu einem Männchen mit riesigen Ohren gebogen; danach veranstalten die Jungen nun eine Jagd. Sie rasen durch die Räume und werfen Möbel um. Bolívar erhebt sich und kommt von seinem Lager in der Küche. Die Kinder schrecken zurück. Es ist an ihm, Simón, den Hund am Halsband zurückzuhalten.

»Er heißt Bolívar«, verkündet David. »Er beißt nicht, er beißt nur böse Menschen.«

»Darf ich ihn streicheln?«, fragt eins der Mädchen.

»Bolívar ist gerade in keiner freundlichen Stimmung«,

antwortet er, Simón. »Er schläft gewöhnlich nachmittags. Er ist unbedingt ein Gewohnheitstier.« Und er bugsiert Bolívar zurück in die Küche.

Glücklicherweise überredet Diego die wilderen Jungen, darunter auch David, zu einem Fußballspiel im Park. Er bleibt mit Inés zurück, um die Ängstlichen zu unterhalten. Dann kommen die Fußballer wieder hereingestürzt und verschlingen die letzten Kuchenstücke und Kekse.

Es klopft an der Tür. Der Zauberkünstler steht davor, ein gehetzt wirkender kleiner Mann mit rosigen Wangen, einen Zylinder auf dem Kopf und im Frack, einen Weidenkorb in der Hand. Inés lässt ihn nicht zu Wort kommen. »Zu spät!«, schreit sie. »Was ist das für eine Art, Kunden zu behandeln? Verschwinden Sie! Sie bekommen keinen Penny von uns!«

Die Gäste brechen auf. Mit einer Schere bewaffnet macht sich David daran, seine Geschenke zu öffnen. Er wickelt das Geschenk von Inés und Diego aus. »Es ist eine Gitarre!«, sagt er.

»Es ist eine Ukulele«, sagt Diego. »Es ist auch ein Heft dabei, das dir sagt, wie man sie spielt.«

Der Junge zupft auf ihr herum und produziert einen schrillen Akkord.

»Sie muss erst gestimmt werden«, sagt Diego. »Ich zeig dir wie.«

»Nicht jetzt«, sagt der Junge. Er macht sein, Simóns, Geschenk auf. »Das ist toll!«, ruft er. »Können wir damit in den Park gehen und es schwimmen lassen?«

»Es ist ein Modell«, erwidert er. »Ich bin nicht sicher, dass es schwimmt, ohne umzukippen. Wir können es in der Badewanne ausprobieren.«

Sie füllen die Badewanne. Das Schiff schwimmt munter auf der Wasserfläche, ohne ein Anzeichen, dass es kippen könnte. »Es ist toll!«, sagt der Junge noch einmal. »Es ist mein bestes Geschenk.«

»Wenn du sie erst einmal zu spielen gelernt hast, wird die Ukulele zu deinem besten Geschenk werden«, sagt er. »Die Ukulele ist nicht bloß ein Modell, sie ist echt, ein echtes Musikinstrument. Hast du dich bei Inés und Diego bedankt?«

»Juan Pablo sagt, die Akademie ist eine Schule für Waschlappen. Er sagt, nur Waschlappen gehen in die Akademie.«

Er weiß, wer Juan Pablo ist – einer der Jungen von den Wohnblocks, älter und größer als David.

»Juan Pablo ist nie durch die Türen der Akademie gegangen. Er hat keine Ahnung, was dort vor sich geht. Wenn du ein Waschlappen wärst, würde sich Bolívar dann von dir herumkommandieren lassen – Bolívar, der im nächsten Leben ein Wolf sein wird?«

Inés fängt ihn an der Tür ab, als er aufbricht, drängt ihm etliche Papiere in die Hand. »Hier ist ein Brief von der Akademie und die gestrige Zeitung, die Seiten mit den Unterrichtsangeboten. Wir müssen uns für einen Lehrer für David entscheiden. Ich habe die gekennzeichnet, die in Frage kommen. Wir können nicht länger warten.«

Der Brief, an Inés und an ihn gemeinsam adressiert, ist nicht von Arroyos Akademie, sondern von der Singakademie. Aufgrund des außergewöhnlich hohen Niveaus der Bewerber für das kommende Semester wird es bedauerlicherweise für David keinen Platz geben, informiert er sie. Ihnen wird für ihr Interesse gedankt.

Mit dem Brief in der Hand geht er am nächsten Morgen wieder zur Tanzakademie.

Grimmig lässt er sich im Speisesaal nieder. »Sagen Sie Señor Arroyo, dass ich hier bin«, weist er Aljoscha an. »Sagen Sie, dass ich nicht fortgehe, bis ich mit ihm gesprochen habe.«

Minuten später erscheint der Meister persönlich. »Señor Simón! Sie sind wieder da!«

»Ja, ich bin wieder da. Sie sind ein vielbeschäftigter Mann, Señor Arroyo, deshalb will ich mich kurz fassen. Ich habe das letzte Mal erwähnt, dass wir David für die Singakademie angemeldet haben. Diese Bewerbung ist jetzt abgelehnt worden. Wir haben nun die Wahl zwischen den staatlichen Schulen und einem Privatlehrer.

Es gibt gewisse Tatsachen, die ich Ihnen vorenthalten habe, die Sie aber kennen sollten. Als meine Partnerin Inés und ich Novilla verlassen haben und nach Estrella gekommen sind, sind wir vor dem Gesetz geflohen. Nicht weil wir schlechte Menschen sind, sondern weil die Behörden in Novilla uns David aus Gründen, die ich nicht näher erläutern will, wegnehmen und in eine Institution stecken wollten. Wir leisteten Widerstand. Wir sind daher strenggenommen Gesetzesbrecher, Inés und ich.

Wir haben David hierhergebracht und ein Zuhause für ihn gefunden in Ihrer Akademie – ein zeitweiliges Zuhause, wie sich herausstellte. Ich komme zur Sache. Wenn wir David in einer staatlichen Schule anmelden, haben wir allen Grund zu der Annahme, dass er identifiziert und zurück nach Novilla geschickt werden wird. Deshalb meiden wir die staatlichen Schulen. Die Volkszählung, die in knapp einem Monat stattfindet, ist eine zusätzliche Komplikation. Wir werden alle Spuren von ihm vor den mit der Zählung beauftragten Beamten verbergen müssen.«

»Ich werde meine Söhne auch verstecken. David kann sich ihnen anschließen. Es gibt jede Menge dunkle Winkel in diesem Gebäude.«

»Warum müssen Sie Ihre Söhne verstecken?«

»Sie wurden bei der letzten Volkszählung nicht mitgezählt, daher haben sie keine Nummern, daher existieren sie nicht. Sie sind Geister. Aber fahren Sie fort. Sie haben mir erzählt, dass Sie die staatlichen Schulen meiden wollen.«

»Ja. Inés möchte einen Privatlehrer für David. Wir haben schon einmal den Versuch mit einem Privatlehrer gemacht. Es war kein Erfolg. Der Junge hat eine starke Persönlichkeit. Er ist es gewohnt, seinen Willen durchzusetzen. Es ist nötig, dass er sich mehr in die Gemeinschaft einfügt. Er muss in einer Klasse mit anderen Kindern sein, unter der leitenden Hand eines Lehrers, den er respektiert.

Mir ist bewusst, dass Ihre Mittel beschränkt sind, Señor Arroyo. Wenn Sie eine Möglichkeit sehen, die Akademie wieder zu eröffnen und wenn David zurückkommen kann, biete ich Ihnen meine Hilfe ohne Bezahlung an. Ich kann Hausmeisterarbeiten erledigen – kehren und saubermachen und Feuerholz heranschaffen und so weiter. Ich kann bei der Betreuung der Internatsschüler helfen. Ich scheue keine körperliche Arbeit. In Novilla habe ich als Schauermann gearbeitet.

Wenn ich auch nicht Davids Vater bin, so bin ich doch immer noch sein Vormund und Beschützer. Leider scheint er den Respekt vor mir, den er einst hatte, zu verlieren. Das gehört zu der Wildheit seines gegenwärtigen Zustandes. Er verspottet mich als den alten Mann, der ihm auf Schritt und Tritt folgt und mahnend mit dem Finger droht. Aber Sie, Señor Arroyo, achtet er, Sie und Ihre verstorbene Frau.

Wenn Sie Ihre Türen wieder öffnen, werden Ihre alten Schüler zurückkommen, davon bin ich überzeugt. David wird der erste sein. Ich gebe nicht vor, Ihre Philosophie zu verstehen, aber dem Jungen tut es gut, unter Ihrer Obhut zu sein, das sehe ich.

Was meinen Sie?«

Señor Arroyo hat ihm mit großer Ernsthaftigkeit zugehört und ihn nicht ein einziges Mal unterbrochen. Jetzt spricht er.

»Señor Simón, da Sie offen zu mir sind, werde ich auch offen zu Ihnen sein. Sie sagen, Ihr Sohn verspottet Sie. Das ist genau genommen nicht wahr. Er liebt und bewundert Sie, auch wenn er Ihnen nicht immer gehorcht. Er hat mir voller Stolz erzählt, wie Sie als Schauermann die schwersten Lasten zu tragen pflegten, schwerere als jeder Ihrer jüngeren Kameraden. Was er Ihnen allerdings vorwirft, ist, dass Sie nicht wissen, wer er ist, obwohl Sie als sein Vater handeln. Das ist Ihnen bewusst. Wir haben schon darüber gesprochen.«

»Er wirft es mir nicht nur vor, Señor Arroyo, er schleudert es mir ins Gesicht.«

»Er schleudert es Ihnen ins Gesicht und das geht Ihnen an die Nieren, was verständlich ist. Ich möchte mit anderen Worten wiederholen, was ich Ihnen bei unserem letzten Treffen gesagt habe, und Ihnen vielleicht ein wenig den Rücken stärken.

Jeder von uns, wir alle, haben die Erfahrung gemacht,

in einem neuen Land anzukommen und eine neue Identität zugewiesen zu bekommen. Jeder von uns, wir alle, leben unter einem Namen, der nicht der unsere ist. Aber wir gewöhnen uns bald daran, an dieses neue, erfundene Leben.

Ihr Sohn ist da eine Ausnahme. Er empfindet mit ungewöhnlicher Intensität die Falschheit seines neuen Lebens. Er hat dem Druck zu vergessen nicht nachgegeben. Woran er sich erinnert, weiß ich nicht, aber dazu gehört, was er für seinen wahren Namen hält. Wie lautet dieser Name? Auch das weiß ich nicht. Er weigert sich, es zu offenbaren oder er ist nicht in der Lage dazu, was davon zutrifft, kann ich nicht sagen. Vielleicht ist es insgesamt das Beste, dass sein Geheimnis geheim bleibt. Wie Sie gestern sagten, welchen Unterschied macht es schon, ob er uns als David oder Tomás bekannt ist, als Sechsundsechzig oder Neunundneunzig, als Alpha oder Omega? Würde die Erde unter unseren Füßen erbeben, wenn sein wahrer Name offenbart würde, würden die Sterne vom Himmel fallen? Natürlich nicht.

Seien Sie also getröstet. Sie sind nicht der erste Vater, der abgelehnt wird, und Sie werden auch nicht der letzte sein.

Nun zu der anderen Angelegenheit. Sie bieten der Akademie Ihre Dienste an. Vielen Dank. Ich bin geneigt, sie mit Dankbarkeit anzunehmen. Die Schwester meiner verstorbenen Frau hat freundlicherweise ebenfalls ihre Hilfe angeboten. Sie ist – ich weiß nicht, ob sie es Ihnen erzählt hat – eine ausgezeichnete Lehrerin, wenn auch an einer anderen Schule. Und mein Wunsch, die Akademie wiederzueröffnen hat auch anderenorts Unterstützung gefunden. Das alles ermutigt mich zu glauben, dass wir unsere gegenwärtigen Schwierigkeiten überwinden können. Geben Sie mir aber noch etwas Zeit, zu einer Entscheidung zu kommen.«

Hier endet das Gespräch. Er verabschiedet sich. *Unsere gegenwärtigen Schwierigkeiten* – die Wendung hinterlässt einen üblen Nachgeschmack. Hat Arroyo überhaupt eine Ahnung, was das für Schwierigkeiten sind? Wie viel länger kann er noch abgeschirmt werden vor der Wahrheit über Ana Magdalena? Je länger Dmitri in der Klinik bleibt und die Zeit totschlägt, desto wahrscheinlicher ist es, dass er sich vor seinen Freunden mit der eiskalten Frau des Maestros brüstet, die nicht von ihm lassen konnte. Die Geschichte wird sich wie ein Lauffeuer verbreiten. Die Leute werden hinter Arroyos Rücken boshaft kichern; von einer tragischen Figur wird er dann zu einer Spottfigur werden. Er, Simón, hätte mittlerweile eine Möglichkeit finden sollen, ihn zu warnen, damit er, wenn das Getuschel beginnt, vorbereitet ist.

Und die Briefe, die belastenden Briefe! Er hätte sie schon vor langem verbrennen sollen. *Te quiero apasionadamente*. Zum tausendsten Mal verflucht er sich dafür, dass er sich in Dmitris Angelegenheiten hat verstricken lassen.

Neunzehn

In dieser beunruhigten Gemütslage kommt er daheim an und wen findet er, ausgestreckt vor seiner Tür? Niemand anderen als Dmitri, in der Uniform eines Krankenpflegers, klitschnass – es hat wieder geregnet –, aber breit lächelnd.

»Hallo, Simón. Schreckliches Wetter, wie? Werden Sie mich reinlassen?«

»Nein, werde ich nicht. Wie sind Sie hierhergekommen? Ist David bei Ihnen?«

»David weiß nichts davon. Ich bin ohne Hilfe hergekommen – habe einen Bus genommen und bin dann gelaufen. Niemand hat mich zweimal angesehen. *Brr*! Ist das kalt. Was würde ich nicht für eine Tasse Tee geben!«

»Warum sind Sie hier, Dmitri?«

Dmitri kichert. »Eine ziemliche Überraschung, was? Sie sollten Ihr Gesicht sehen. *Beihilfe zu einer Straftat*: Ich kann sehen, wie Ihnen diese Worte durch den Kopf gehen. Hilfe für einen Verbrecher. Keine Angst. Ich werde bald weg sein. Sie werden mich nicht wiedersehen, nicht in diesem Leben. Also kommen Sie schon, lassen Sie mich rein.«

Er schließt die Tür auf. Dmitri geht hinein, reißt die Decke vom Bett und wickelt sich hinein. »Das ist besser!«, sagt er. »Sie möchten wissen, warum ich hier bin? Ich werde es Ihnen sagen, hören Sie also gut zu. Bei Tagesanbruch, in ein paar kurzen Stunden, werde ich die Straße nach Norden, zu den Salzminen, nehmen. Das ist mein Entschluss, mein endgültiger Entschluss. Ich werde mich in die Salzminen einliefern, und wer weiß, was dort aus mir wird. Die Leute haben immer gesagt: ›Dmitri, du bist wie ein Bär, nichts bringt dich um.‹ Vielleicht stimmte das ja einmal, aber jetzt nicht mehr. Die Peitschenhiebe, die Ketten, Brot und Wasser – wer weiß, wie lange ich das ertragen kann, bis ich auf die Knie falle und sage: ›Genug! Beseitigt mich! Gebt mir den Gnadenstoß!‹

In dieser verdammten Stadt gib es nur zwei Männer mit Grips, Simón, Sie und Señor Arroyo, und Arroyo kommt nicht in Frage, es würde sich nicht schicken, ich, der Mörder seiner Frau und so weiter. Es bleiben nur Sie. Mit Ihnen kann ich noch reden. Sie denken, ich rede zu viel, ich weiß das, und Sie haben auf gewisse Weise recht, ich kann einem schon auf die Nerven gehen. Aber betrachten Sie die Sache mal aus meiner Sicht. Wenn ich nicht rede, wenn ich mich nicht erkläre, wer bin ich dann? Ein Ochse. Ein Niemand. Vielleicht ein Psychopath. Vielleicht. Aber sicher ein Nichts, eine Null, ohne Platz auf der Welt. Das verstehen Sie nicht? Geizig mit Worten, so sind Sie. Jedes Wort wird geprüft und gewogen, bevor Sie es aussenden. Nun, es muss solche und solche geben.

Ich habe diese Frau geliebt, Simón. Als ich sie zum ersten Mal erblickte, wusste ich, dass sie mein Stern war, mein Schicksal. In meiner Existenz öffnete sich ein Loch, ein Loch, das sie und nur sie füllen konnte. Um die Wahrheit zu sagen, bin ich immer noch in sie verliebt, in Ana Magdalena, obwohl sie in der Erde bestattet oder aber zu Asche verbrannt ist, keiner will es mir sagen. *Und?*, sagen Sie – *Menschen verlieben sich jeden Tag*. Aber nicht so wie ich verliebt war. Ich war ihrer unwürdig, das ist die schlichte Wahrheit. Verstehen Sie? Können Sie verstehen, was es bedeutete, mit einer Frau zusammen zu sein, im vollsten Sinn des Wortes mit ihr zusammen zu sein, ich drücke mich respektvoll aus, wenn man vergisst, wo man ist und die Zeit stillsteht, diese Art Zusammensein, die verzückte Art, wenn du in ihr bist und sie in dir ist – wenn du so mit ihr zusammen bist und doch weißt, dass an dem Ganzen etwas falsch ist, nicht moralisch falsch – ich habe mich nie viel um moralische Vorschriften gekümmert, bin immer der unabhängige Typ gewesen, moralisch unabhängig –, aber falsch in einem kosmologischen Sinn, als wären die Planeten am Himmel über unseren Häuptern falsch verbunden, und sprächen zu uns: *Nein, nein, nein?* Verstehen Sie? Nein, natürlich nicht, und wer kann es Ihnen verdenken. Ich erkläre mich schlecht.

Wie gesagt war ich ihrer, Ana Magdalenas, unwürdig. Darauf läuft es am Ende hinaus. Ich hätte nicht dort sein, nicht ihr Bett teilen sollen. Es war falsch. Es war ein Vergehen – gegen die Sterne, gegen irgendetwas, ich weiß nicht, was. Dieses Gefühl hatte ich, das merkwürdige Gefühl, das Gefühl, das nicht verschwinden wollte. Können Sie das verstehen? Haben Sie einen blassen Schimmer?«

»Ich bin an Ihren Gefühlen, den früheren und den jetzigen, nicht im Geringsten interessiert, Dmitri. Sie müssen mir das alles nicht erzählen. Ich ermuntere Sie nicht dazu.«

»Natürlich ermuntern Sie mich nicht! Keiner könnte

meine Privatsphäre mehr achten als Sie. Sie sind ein anständiger Mensch, Simón, einer aus der raren Gattung der wahrhaft anständigen Menschen. Aber ich möchte keine Privatsphäre! Ich möchte ein Mensch sein, und ein Mensch zu sein heißt ein sprechendes Wesen zu sein. Deshalb erzähle ich Ihnen das alles – damit ich wieder ein Mensch sein kann, wieder eine menschliche Stimme hören kann, die aus meiner Brust, aus Dmitris Brust, kommt! Und wenn ich das alles nicht Ihnen erzählen kann, wem kann ich es dann erzählen? Wer bleibt noch? Ich will es Ihnen also erzählen: Wir taten es ständig, wir schliefen miteinander, sie und ich, sooft wir konnten, sooft wir eine Stunde Zeit hatten, oder selbst eine Minute oder zwei oder drei. Ich kann doch offen über diese Dinge reden? Weil ich vor Ihnen, Simón, keine Geheimnisse habe – nicht seit Sie jene Briefe gelesen haben, die Sie nicht lesen sollten.

Ana Magdalena. Sie haben sie gesehen, Simón, und Sie müssen zugeben, sie war eine Schönheit, eine wahre Schönheit, das Echte, makellos von Kopf bis Fuß. Ich hätte stolz sein sollen, eine Schönheit wie sie in meinen Armen zu halten, doch ich war's nicht. Nein, ich schämte mich. Weil sie etwas Besseres verdiente, etwas Besseres als einen hässlichen, behaarten, unwissenden Niemand wie mich. Ich denke an jene kühlen Arme, kühl wie Marmor, mit denen sie mich umfing und in sich zog – *mich! mich!* – und ich schüttele den Kopf. Da war etwas falsch, Simón, zutiefst falsch. Die Schöne und das Biest. Deshalb habe ich das Wort *kosmologisch* benutzt. Ein Fehler unter den Sternen oder den Planeten, ein Missverständnis.

Sie wollen mich nicht ermuntern, und ich weiß das zu

schätzen, wirklich. Es ist respektvoll von Ihnen. Trotzdem müssen Sie sich über Ana Magdalenas Seite der Frage gewundert haben. Denn wenn ich ihrer unwürdig war, und das meine ich wirklich, was hatte sie dann in meinem Bett zu schaffen? Die Antwort, Simón, ist: Ich weiß es wirklich nicht. Was hat sie in mir gesehen, wenn sie einen Ehemann hatte, der ihrer tausendmal würdiger war, einen Mann, der sie liebte und ihr seine Liebe bewies, das sagte sie jedenfalls?

Zweifellos kommt Ihnen jetzt das Wort *Appetit* in den Sinn: Ana Magdalena musste einen Appetit auf das gehabt haben, was ich zu bieten hatte, was auch immer das war. Aber so war es nicht! Der Appetit war ganz auf meiner Seite. Auf ihrer Seite – nichts als Anmut und Freundlichkeit, als stiege eine Göttin herab, um einen Sterblichen mit einer Kostprobe von einem unsterblichen Wesen zu beglücken. Ich hätte sie verehren sollen, und das habe ich auch, wahrhaftig, bis zu dem verhängnisvollen Tag, als alles schlimm wurde. Deshalb mache ich mich auf zu den Salzminen, Simón – wegen meiner Undankbarkeit. Das ist eine schreckliche Sünde, die Undankbarkeit, vielleicht die schlimmste überhaupt. Wo kam sie her, diese meine Undankbarkeit? Wer weiß. Das Herz des Menschen ist ein finsterer Wald, wie man sagt. Ich war Ana Magdalena dankbar, bis ich eines Tages – *peng!* – undankbar wurde, einfach so.

Und warum? Warum habe ich ihr das Letzte angetan – das Endgültige? Ich schlage mir vor den Kopf – warum, *du Dummkopf, warum, warum?* –, aber ich bekomme keine Antwort. Weil ich es bereue, daran gibt es keinen Zweifel. Wenn ich sie zurückbringen könnte von da, wo sie ist, sei es aus ihrem Erdloch oder verstreut wie

Staub auf den Wellen, würde ich das im Handumdrehen tun. Ich würde mich vor ihr auf die Knie werfen. *Ich bitte tausendmal um Entschuldigung, mein Engel*, würde ich sagen (so habe ich sie manchmal genannt, *mein Engel)*, *ich werde es nicht wieder tun*. Aber Entschuldigungen funktionieren nicht – Entschuldigungen, Reue. Der Pfeil der Zeit: Man kann ihn nicht zur Umkehr bewegen. Es gibt kein Zurück.

In der Klinik verstehen sie diese Dinge nicht, Schönheit, Anmut, Dankbarkeit – das alles ist für sie ein Buch mit sieben Siegeln. Sie schauen mit ihren Lampen und Mikroskopen und Teleskopen in meinen Schädel und suchen nach dem falsch verbundenen Draht oder dem Schalter, der eingeschaltet ist, wenn er ausgeschaltet sein sollte. *Der Fehler ist nicht in meinem Kopf, er ist in meiner Seele!*, sage ich ihnen, aber sie ignorieren mich natürlich. Oder sie geben mir Pillen. *Schlucken Sie das*, sagen sie, *und schauen Sie, ob es Sie in Ordnung bringt. – Pillen wirken bei mir nicht*, sage ich ihnen, *nur die Peitsche wirkt! Gebt mir die Peitsche!*

Nur die Peitsche wirkt bei mir, Simón, die Peitsche und die Salzminen. Ende der Geschichte. Danke, dass Sie mich bis zum Schluss angehört haben. Von jetzt an werden meine Lippen verschlossen sein, das verspreche ich. Nie wieder wird der heilige Name von Ana Magdalena über sie kommen. Jahr um Jahr werde ich schweigend schuften, Salz für die guten Leute des Landes schürfen, bis ich eines Tages nicht mehr kann. Mein Herz, mein treues altes Bärenherz, wird versagen. Und wenn ich den letzten Atemzug tue, wird die selige Ana Magdalena herabsteigen, kühl und schön wie immer, und mir einen Finger auf die Lippen legen. *Komm*,

Dmitri, wird sie sagen, *komm zu mir ins nächste Leben, wo die Vergangenheit vergeben und vergessen ist.* So stelle ich mir das vor.«

Bei den Worten *vergeben und vergessen* versagt Dmitri die Stimme. In seinen Augen glitzern Tränen. Wider Willen ist er, Simón, bewegt. Dann fängt sich Dmitri wieder. »Ich komme zur Sache«, sagt er. »Kann ich über Nacht hierbleiben? Kann ich hier schlafen und Kräfte sammeln? Weil morgen ein langer, harter Tag sein wird.«

»Wenn Sie versprechen, am Morgen zu verschwinden, und wenn Sie schwören, dass ich Sie nie wiedersehe, nie, nie wieder, ja, dann können Sie hier schlafen.«

»Ich schwöre es! Nie wieder! Ich schwöre es bei meiner Mutter! Ich danke Ihnen, Simón. Sie sind ein feiner Kerl. Wer hätte gedacht, dass Sie, der korrekteste, aufrechteste Mann in der Stadt, am Ende einem Verbrecher Beihilfe leisten würden. Ich habe noch eine Bitte. Könnten Sie mir ein paar Kleidungsstücke leihen? Ich würde sie gern kaufen, aber ich habe kein Geld, das haben sie mir in der Klinik weggenommen.«

»Ich werde Ihnen Sachen geben, ich gebe Ihnen Geld, ich gebe Ihnen, was es braucht, um Sie loszuwerden.«

»Ihre Großzügigkeit beschämt mich. Wirklich. Ich habe Ihnen unrecht getan, Simón. Ich habe hinter Ihrem Rücken Witze über Sie gemacht. Das haben Sie nicht gewusst, wie?«

»Eine Menge Leute machen Witze über mich. Ich bin das gewöhnt. Sie gleiten an mir ab.«

»Wissen Sie, was Ana Magdalena über Sie gesagt hat? Sie hat gesagt, Sie würden vorgeben, ein schätzenswerter Bürger und ein vernünftiger Mann zu sein, aber in Wirklichkeit seien Sie bloß ein verirrtes Kind. Das waren ihre Worte: ein Kind, das nicht weiß, wo es lebt oder was es will. Eine Frau mit Menschenkenntnis, finden Sie nicht auch? Während du, sagte sie und meinte damit mich, Dmitri – du weißt wenigstens, was du willst, wenigstens kann man das von dir sagen. Und das stimmt! Ich wusste immer, was ich wollte, und sie hat mich dafür geliebt. Frauen lieben einen Mann, der weiß, was er will, der nicht wie die Katze um den heißen Brei herumschleicht.

Ein Letztes, Simón. Wie steht's mit was zu essen, um mich für die bevorstehende Reise zu stärken?«

»Nehmen Sie, was Sie im Schrank finden. Ich mache einen Spaziergang. Ich brauche frische Luft. Ich werde eine ganze Weile fort sein.«

Als er eine Stunde später zurückkommt, schläft Dmitri in seinem Bett. In der Nacht weckt ihn das Schnarchen des Mannes auf. Er steht vom Sofa auf und schüttelt ihn. »Sie schnarchen«, sagt er. Mit großer Mühe dreht sich Dmitri um. Eine Minute danach fängt das Schnarchen wieder an.

Das Nächste, was er wahrnimmt, ist, dass die Vögel in den Bäumen zu zwitschern begonnen haben. Es ist bitterkalt. Dmitri stapft ruhelos durchs Zimmer. »Ich muss los«, flüstert er. »Sie haben was von Geld und Kleidern gesagt.«

Er steht auf, schaltet das Licht ein, sucht ein Hemd und eine Hose für Dmitri hervor. Sie sind gleich groß, aber Dmitri hat breitere Schultern, eine breitere Brust und eine dickere Taille – das Hemd lässt sich kaum zuknöpfen. Er gibt Dmitri hundert Reales aus seiner Brieftasche. »Nehmen Sie meinen Mantel«, sagt er. »Er hängt hinter der Tür.«

»Ich bin Ihnen ewig dankbar«, sagt Dmitri. »Und nun muss ich mich aufmachen, um mein Schicksal anzunehmen. Grüßen Sie den jungen Mann von mir. Wenn jemand neugierig fragt, sagen Sie ihnen, ich habe den Zug nach Novilla genommen.« Er macht eine Pause. »Simón, ich habe Ihnen erzählt, dass ich die Klinik ganz allein verlassen habe. Das stimmt so nicht ganz. Eigentlich war es geschwindelt. Ihr Junge hat mir geholfen. Wie? Ich habe ihn angerufen. *Dmitri schreit nach Freiheit*, habe ich gesagt. Kannst du helfen? Eine Stunde später war er da und hat mich hinausgeführt, ganz wie beim ersten Mal. Ganz unbehelligt. Niemand hat uns bemerkt. Unglaublich. Als wären wir unsichtbar. Das ist alles. Ich dachte, ich sollte es Ihnen erzählen, damit zwischen uns reiner Tisch ist.«

Zwanzig

Claudia und Inés planen eine Veranstaltung bei Modas Modernas – eine Schau, um für die neue Frühjahrsmode zu werben. Modas Modernas hat vorher noch nie eine Schau ausgerichtet; während die beiden Frauen damit beschäftigt sind, Näherinnen zu beaufsichtigen und Models einzustellen und Werbematerialien in Auftrag zu geben, ist Diego mit der Betreuung des Jungen betraut worden. Aber Diego ist dem nicht gewachsen. Er hat neue Freunde in Estrella gefunden und ist die meiste Zeit mit ihnen unterwegs. Manchmal bleibt er die ganze Nacht weg, kommt beim ersten Tageslicht zurück, schläft bis mittags. Inés tadelt ihn, doch er kümmert sich nicht darum. »Ich bin kein Kindermädchen«, sagt er. »Wenn du ein Kindermädchen willst, stell eins ein.«

Das alles berichtet David ihm, Simón. Da er sich allein in der Wohnung langweilt, hat sich der Junge ihm auf seinen Fahrradrunden angeschlossen. Sie arbeiten gut zusammen. Die Energie des Jungen scheint unerschöpflich. Er rennt von Haus zu Haus, stopft Prospekte in die Briefkästen, die eine neue Welt der Wunder eröffnen: Da gibt es nicht nur den Schlüsselring, der im Finstern leuchtet, und den Wundergürtel, der Fett wegschmilzt, während man schläft, und den Elektrohund, der bellt, wenn es an der Tür klingelt, sondern auch Señora Victrix, Astralberatung, nur nach Absprache; Brandy, Wäschemodel, auch nur nach Absprache; und Clown Ferdi, der ihre nächste Party garantiert zum Leben erweckt; ganz zu schweigen von Kochkursen, Meditationskursen, Kursen zur Stressbewältigung und zwei Pizzas zum Preis von einer.

»Was bedeutet das, Simón?«, fragt der Junge, der eine auf billiges braunes Papier gedruckte Werbung hochhält. *Der Mensch als Vermesser aller Dinge*, steht auf dem Blatt. *Ein Vortrag des berühmten Wissenschaftlers Dr. Javier Moreno. Institut für Weiterbildung, Donnerstagsreihe, 20 Uhr. Eintritt frei, Spenden willkommen.*

»Ich weiß nicht genau. Ich vermute, es geht um Landvermessung. Ein Landvermesser ist jemand, der Land in Parzellen aufteilt, damit es gekauft und verkauft werden kann. Das würdest du nicht interessant finden.«

»Und das?«, fragt der Junge.

»*Walkie-Talkie*. Das ist ein Ulkname für ein drahtloses Telefon. Man hat es bei sich und spricht mit Freunden in einiger Entfernung.«

»Kann ich eins kriegen?«

»Es sind immer zwei, eins für dich und eins für deinen Freund. Neunzehn Reales fünfundneunzig. Das ist eine Menge Geld für ein Spielzeug.«

»Hier steht: Letzte Chance! Nur solange der Vorrat reicht.«

»Das kannst du vergessen. Der Welt werden die Walkie-Talkies nicht ausgehen, versichere ich dir.«

Der Junge hat viele Fragen zu Dmitri. »Glaubst du, dass er schon in den Salzminen ist? Werden sie ihn wirklich auspeitschen? Wann können wir ihn dort besuchen?«

Er antwortet so wahrheitsgetreu, wie er unter der Voraussetzung, dass er gar nichts über die Salzminen weiß, kann. »Ich bin sicher, dass die Gefangenen nicht jeden Tag Salz schürfen«, sagt er. »Sie werden Erholungszeiten haben, wo sie Fußball spielen oder Bücher lesen können. Dmitri wird uns schreiben, wenn er sich eingewöhnt hat, und uns von seinem neuen Leben erzählen. Wir müssen nur geduldig sein.«

Schwerer zu beantworten sind Fragen über das Verbrechen, für das Dmitri in die Salzminen gegangen ist, Fragen, die immer wieder auftauchen: »Als er gemacht hat, dass Ana Magdalenas Herz zu schlagen aufhörte, hat es weh getan? Warum ist sie blau geworden? Werde ich blau, wenn ich sterbe?« Am schwierigsten ist die Frage: »Warum hat er sie getötet? Warum, Simón?«

Er möchte den Fragen des Jungen nicht ausweichen. Unbeantwortet könnten sie sehr wohl weiternagen. Er erzählt also die einfachste, erträglichste Geschichte, die ihm einfällt. »Für den Zeitraum einiger Minuten ist Dmitri verrückt geworden«, sagt er. »Das geschieht gewissen Leuten. In ihrem Kopf geht etwas kaputt. Dmitri wurde verrückt im Kopf, und in seiner Verrücktheit hat er die Person getötet, die er am meisten geliebt hat. Bald danach kam er wieder zu sich. Seine Verrücktheit verflog und er war voller Bedauern. Er hat verzweifelt versucht, Ana Magdalena wieder ins Leben zurückzubringen, wusste aber nicht, wie. Also hat er beschlossen, das Anständige zu tun. Er hat sein Verbrechen gestanden und um seine Bestrafung gebeten. Jetzt ist er in die Salzminen gegangen, um seine Schuld abzuarbeiten – seine Schuld gegenüber Ana Magdalena und Señor Arroyo und all den Jungen und Mädchen der Akademie, die die Lehrerin verloren haben, die sie so sehr geliebt haben. Jedes Mal wenn wir Salz auf unser Brot streuen, können wir uns daran erinnern, dass wir Dmitri helfen, seine Schuld abzuarbeiten. Und eines zukünftigen Tages, wenn seine Schuld vollständig bezahlt ist, kann er aus den Salzminen zurückkommen und wir können alle wiedervereint sein.«

»Aber nicht Ana Magdalena.«

»Nein, Ana Magdalena nicht. Um sie zu sehen, müssen wir auf das nächste Leben warten.«

»Die Ärzte wollten Dmitri einen neuen Kopf geben, einen, der nicht verrückt wird.«

»Das stimmt. Sie wollten absichern, dass er nie wieder verrückt wird. Leider braucht es Zeit, um den Kopf von jemandem zu ersetzen, und Dmitri hatte es eilig. Er hat die Klinik verlassen, bevor die Ärzte eine Chance hatten, seinen alten Kopf zu heilen oder ihm einen neuen zu geben. Er hatte es eilig, seine Schuld zu bezahlen. Er war der Meinung, es sei wichtiger, dass er seine Schuld bezahlt als dass sein Kopf geheilt wird.«

»Aber er kann doch wieder verrückt werden, nicht wahr, wenn er immer noch seinen alten Kopf hat.«

»Liebe hat Dmitri verrückt gemacht. In den Salzminen werden keine Frauen sein, in die er sich verlieben kann. Die Wahrscheinlichkeit, dass Dmitri wieder verrückt werden wird, ist also sehr gering.«

»Du wirst doch nicht verrückt werden, oder, Simón?«

»Nein, ich nicht. Ich habe nicht diese Art Kopf, die Art, die verrückt wird. Du auch nicht. Da haben wir Glück.«

»Aber Don Quijote schon. Er hatte die Art Kopf, die verrückt wird.«

»Das stimmt. Aber Don Quijote und Dmitri sind sehr verschiedene Menschen. Don Quijote war ein guter Mensch, daher brachte ihn seine Verrücktheit dazu, gute Taten zu tun, wie zum Beispiel Jungfrauen vor Drachen zu retten. Don Quijote ist ein gutes Vorbild, dem du in deinem Leben folgen kannst. Aber Dmitri nicht. Von Dmitri kannst du nichts Gutes lernen.«

»Warum?«

»Weil, ganz abgesehen von der Verrücktheit in seinem Kopf, Dmitri kein guter Mensch mit einem guten Herzen ist. Zuerst wirkt er freundlich und großzügig, aber das ist nur ein äußerer Anschein, der dich täuschen soll. Du hast gehört, wie er gesagt hat, der Drang, Ana Magdalena zu töten, ist aus dem Nirgendwo gekommen. Das stimmt nicht. Er kam nicht aus dem Nirgendwo. Er kam aus seinem Herzen, wo er lange Zeit gelauert hat, bereit, zuzustoßen wie eine Schlange.

Es gibt nichts, was du oder ich tun können, um Dmitri zu helfen, David. Solange er sich weigert, in sein Herz zu schauen und sich dem zu stellen, was er dort sieht, wird er sich nicht ändern. Er sagt, er will gerettet werden, aber der einzige Weg, gerettet zu werden, ist, sich selbst zu retten, und Dmitri ist zu faul, zu zufrieden mit der Art, wie er ist, um das zu tun. Verstehst du?«

»Und die Ameisen?«, fragt der Junge. »Haben Ameisen auch böse Herzen?«

»Ameisen sind Insekten. Sie haben kein Blut, deshalb haben sie keine Herzen.«

»Und Bären?«

»Bären sind Tiere, daher sind ihre Herzen weder gut noch böse, es sind einfach Herzen. Warum erkundigst du dich nach Ameisen und Bären?«

»Vielleicht sollten die Ärzte ein Bärenherz nehmen und es Dmitri einsetzen.«

»Das ist eine interessante Idee. Leider haben die Ärzte noch keine Möglichkeit herausgefunden, einem Menschen ein Bärenherz einzusetzen. Bis das möglich ist, muss Dmitri die Verantwortung für seine Taten übernehmen.«

Der Junge misst ihn mit einem Blick, den er nicht so recht zu deuten weiß – Heiterkeit? Spott?

»Warum siehst du mich so an?«, fragt er.

»Darum«, sagt der Junge.

Der Tag neigt sich dem Ende zu. Er bringt den Jungen zu Inés zurück und macht sich auf den Heimweg zu seinem Zimmer, wo der gefürchtete Nebel sich bald über ihn senkt. Er schenkt sich ein Glas Wein ein, dann ein zweites Glas. *Der einzige Weg, gerettet zu werden, ist, sich selbst zu retten.* Das Kind sucht Rat bei ihm, und was bietet er anderes als leichtfertigen, schädlichen Unfug. Selbstvertrauen. Wenn er, Simón, auf sich selbst vertrauen müsste, welche Hoffnung hätte er dann auf Rettung? Rettung wovor? Vor Untätigkeit, vor Ziellosigkeit, vor einer Kugel in den Schädel.

Vom Schrank holt er die kleine Schachtel, öffnet den Umschlag, starrt das Mädchen mit der Katze in den Armen an, das Mädchen, das zwei Jahrzehnte später dieses Bild von sich auswählen würde, um es ihrem Lover zu geben. Er liest ihre Briefe noch einmal, von Anfang bis Ende.

Joaquín und Damian haben sich mit zwei Mädchen aus der Pension angefreundet. Wir haben sie heute eingeladen, mit an den Strand zu kommen. Das Wasser war eiskalt, aber sie sind alle hineingesprungen, und es schien ihnen nichts auszumachen. Wir waren eine glückliche Familie unter vielen anderen glücklichen Familien, aber in Wahrheit war ich nicht richtig dort. Ich war abwesend. Ich war bei dir, wie ich in meinem Herzen jede Minute jeden Tages bei dir bin. Juan Sebastián spürt es. Ich tue alles mir Mögliche, damit er sich geliebt fühlt, aber er merkt, dass sich etwas zwischen uns geändert hat. Mein Dmitri, wie ich mich nach dir sehne, wie ich zittere, wenn ich an dich denke! Zehn ganze Tage! Wird die Zeit je vergehen? …

Ich liege nachts wach und denke an dich, warte ungeduldig darauf, dass die Zeit vergeht, sehne mich danach, dir wieder nackt in den Armen zu liegen …

Glaubst du an Telepathie? Ich stand auf den Klippen und blickte übers Meer, konzentrierte alle meine Kräfte auf dich, und da war ein Augenblick, wo ich schwören könnte, deine Stimme gehört zu haben. Du hast meinen Namen gesagt, und ich habe geantwortet. Das ist gestern, Dienstag, geschehen; es muss zehn Uhr morgens gewesen sein. War das für dich auch so? Hast du mich gehört? Können wir über weiten Raum hinweg zueinander sprechen? Sag mir, dass es wahr ist! …

Ich sehne mich nach dir, mein Schatz, sehne mich apasionadamente! *Nur noch zwei Tage!*

Er faltet die Briefe zusammen, steckt sie in ihren Umschlag zurück. Er würde gern glauben, dass es Fälschungen sind, die Dmitri selbst niedergeschrieben hat, aber das stimmt nicht. Sie sind das, was sie sagen: die Worte einer liebenden Frau. Er warnt das Kind immer wieder vor Dmitri. Wenn du ein Vorbild im Leben willst, schau mich an, sagt er – schau auf Simón, den vorbildlichen Stiefvater, den Mann der Vernunft, den Einfaltspinsel; oder, wenn nicht auf mich, dann auf den harmlosen alten Irren Don Quijote. Aber wenn das Kind wirklich etwas lernen will, wer wäre als Studienobjekt besser geeignet als der Mann, der eine solche unpassende, eine solche unbegreifliche Liebe einflößen konnte?

Einundzwanzig

Aus ihrer Handtasche holt Inés einen zerknitterten Brief. »Ich wollte dir den zeigen, aber ich habe es vergessen«, sagt sie.

Der Brief ist an Señor Simón und Señora Inés gemeinsam adressiert und wurde auf Briefpapier der Tanzakademie, auf dem das Wappen der Akademie mit einem Federstrich durchgestrichen ist, geschrieben und unterzeichnet von Juan Sebastián Arroyo. Es ist eine Einladung zu einem Empfang zu Ehren des berühmten Philosophen Javier Moreno Gutiérrez, der in den Räumlichkeiten des Museums der Bildenden Künste stattfinden soll. »Folgen Sie den Schildern zum Eingang auf der Calle Hugo, steigen Sie zum ersten Stock hoch.« Leichte Erfrischungen werden gereicht.

»Es ist heute Abend«, sagt Inés. »Ich kann nicht hingehen, ich habe zu viel zu tun. Und dazu kommt noch die Sache mit der Volkszählung. Als wir die Schau geplant haben, haben wir sie völlig vergessen, und als es uns wieder einfiel, war es zu spät, die Benachrichtigungen waren schon rausgegangen. Die Schau beginnt morgen Nachmittag um drei, und ab sechs müssen alle Geschäftsräume geschlossen sein und die Angestellten nach Hause geschickt werden. Ich weiß nicht, wie wir das schaffen sollen. Geh du zu dem Empfang. Nimm David mit.«

»Was ist ein Empfang? Was ist die Sache mit der Volkszählung?«, will der Junge wissen.

»Eine Volkszählung ist, wie der Name sagt, eine Zählung«, erklärt er, Simón. »Morgen Abend werden alle Leute in Estrella gezählt und ihre Namen in einer Liste erfasst. Inés und ich haben beschlossen, dich vor den Beamten zu verstecken. Du wirst nicht allein sein. Señor Arroyo wird seine Söhne auch verstecken.«

»Warum?«

»Warum? Aus verschiedenen Gründen. Señor Arroyo glaubt, dass die Menschen in Ameisen verwandelt werden, wenn man ihnen Nummern anheftet. Wir wollen dich aus den amtlichen Listen heraushalten. Und der Empfang – ein Empfang ist eine Party für Erwachsene. Du kannst mitkommen. Es wird was zu essen geben. Wenn es dir zu langweilig wird, kannst du Aljoschas Tiergehege besuchen. Du hast die Tiere lange nicht besucht.«

»Wenn sie mich bei der Volkszählung zählen, werden sie mich dann erkennen?«

»Vielleicht. Vielleicht auch nicht. Wir wollen es nicht darauf ankommen lassen.«

»Aber werdet ihr mich für immer verstecken?«

»Natürlich nicht – nur solange die Volkszählung dauert. Wir wollen ihnen keinen Grund geben, dich in diese ihre düstere Schule in Punta Arenas zu verfrachten. Wenn du erst einmal aus dem Schulalter raus bist, kannst du dich entspannen und dein eigener Herr sein.«

»Und ich kann auch einen Bart haben, nicht wahr?«

»Du kannst einen Bart haben, du kannst deinen Namen ändern, du kannst alles Mögliche tun, um nicht erkannt zu werden.«

»Aber ich will erkannt werden!«

»Nein, du willst nicht erkannt werden, noch nicht, du möchtest dieses Risiko nicht eingehen. David, ich glaube nicht, dass du verstehst, was erkennen oder erkannt werden bedeutet. Wir wollen darüber nicht streiten. Wenn du erwachsen bist, kannst du sein, wer du willst, kannst du machen, was du willst. Bis dahin möchten Inés und ich, dass du tust, was wir dir sagen.«

Er kommt mit dem Jungen spät zum Empfang und ist überrascht, wie viele Gäste da sind. Der berühmte Philosoph und Ehrengast muss ziemlich viele Anhänger haben.

Sie begrüßen die Drei Schwestern.

»Wir haben Maestro Moreno während seines letzten Besuchs sprechen hören«, sagt Consuelo. »Wann war das, Valentina?«

»Vor zwei Jahren«, sagt Valentina.

»Vor zwei Jahren«, sagt Consuelo. »So ein interessanter Mann. Guten Abend, David, bekommen wir keinen Kuss?«

Gehorsam küsst der Junge jede der Schwestern auf die Wange.

Arroyo tritt zu ihnen, begleitet von seiner Schwägerin Mercedes, die ein graues Seidenkleid mit einer auffallend scharlachroten Mantille trägt, und von Maestro Moreno selbst, einem kleinen, untersetzten Mann mit wallenden Locken, pockennarbiger Haut und breiten, dünnen Froschmaullippen.

»Javier, Sie kennen Señora Consuelo und ihre Schwestern, aber ich möchte Ihnen Señor Simón vorstellen. Señor Simón ist selbst ein Philosoph. Er ist auch der Vater dieses hervorragenden jungen Mannes, der David heißt.«

»David ist nicht mein richtiger Name«, sagt der Junge.

»David ist nicht sein richtiger Name, das hätte ich erwähnen sollen«, sagt Señor Arroyo, »aber es ist der Name, unter dem er bekannt ist, solange er in unserer Mitte weilt. Simón, ich denke, Sie haben meine Schwägerin Mercedes schon kennengelernt, die aus Novilla zu Besuch bei uns ist.«

Er verbeugt sich vor Mercedes, die ihn als Erwiderung anlächelt. Ihr Gesichtsausdruck ist weicher geworden, seit sie zuletzt miteinander gesprochen haben. Eine hübsche Frau auf ihre ziemlich harte Art. Er fragt sich, wie die andere Schwester, die tote, ausgesehen hat.

»Und was führt Sie nach Estrella, Señor Moreno?«, fragt er, um ins Gespräch zu kommen.

»Ich reise viel, Señor. Mein Beruf macht aus mir einen Vagabunden, einen Peripatetiker. Ich halte Vorträge im ganzen Land, in den verschiedenen Instituten. Aber um ehrlich zu sein, bin ich in Estrella, um meinen alten Freund Juan Sebastián zu besuchen. Wir haben eine lange gemeinsame Geschichte. In den alten Zeiten haben wir zusammen ein Uhrenreparaturgeschäft geführt. Wir haben auch in einem Quartett gespielt.«

»Javier ist ein erstklassiger Violinist«, sagt Arroyo. »Erstklassig.«

Moreno zuckt mit den Schultern. »Vielleicht, aber trotzdem ein Laie. Wie gesagt haben wir beide ein Geschäft geführt, aber dann bekam Juan Sebastián Zweifel daran, und deshalb gaben wir es auf, um es kurz zu machen. Er hat die Tanzakademie gegründet, während ich meinen eigenen Weg einschlug. Aber wir bleiben in Kontakt. Wir haben unsere Meinungsverschiedenheiten, aber ganz allgemein gesehen betrachten wir die Welt auf die gleiche Weise. Wenn das nicht so wäre, wie hätten wir dann all die Jahre zusammenarbeiten können?«

Es fällt ihm wieder ein. »Ah, Sie müssen der Señor Moreno sein, der den Vortrag über Landvermessung gehalten hat! Wir haben die Anzeige gesehen, David und ich.«

»Landvermessung?«, fragt Moreno.

»Topographische Vermessung.«

»Der Mensch als Maßstab aller Dinge«, sagt Moreno. »Das ist der Titel der Rede, die ich heute Abend halten werde. Da wird es überhaupt nicht um Landvermessung gehen. Es wird um Metros und sein intellektuelles Erbe gehen. Ich dachte, das sei klar.«

»Verzeihen Sie. Ich habe mich geirrt. Wir freuen uns darauf, Ihnen zuzuhören. Aber *Der Mensch als Vermesser* war definitiv der Titel, unter dem der Vortrag angekündigt wurde – ich weiß das, weil ich die Werbung selbst verteilt habe, das ist mein Geschäft. Wer ist Metros?«

Moreno will gerade antworten, doch ein Paar, das ungeduldig darauf gewartet hat, dass sie an der Reihe sind, kommt dazwischen. »Maestro, wir sind so begeistert, dass Sie wieder da sind! Wir fühlen uns in Estrella so abgeschnitten vom wahren Geistesleben! Wird das Ihr einziger Auftritt sein?«

Er wandert davon.

»Warum hat Señor Arroyo dich Philosoph genannt?«, fragt der Junge.

»Das war ein Scherz. Du bist doch inzwischen mit Señor Arroyos Art vertraut. Weil ich kein Philosoph bin, hat er mich Philosoph genannt. Hol dir was zu essen. Es wird ein langer Abend. Nach dem Empfang gibt es noch

Señor Morenos Vortrag. Der wird dir gefallen. Es wird wie das Vorlesen einer Geschichte sein. Señor Moreno wird auf einem Podium stehen und uns etwas über einen Mann namens Metros erzählen, von dem ich noch nie gehört habe, der aber offenbar wichtig ist.«

Die in der Einladung versprochenen Erfrischungen entpuppen sich als eine große Kanne Tee, eher warm als heiß, und einige Teller harter kleiner Kekse. Der Junge beißt in einen, verzieht das Gesicht und spuckt ihn aus. »Das schmeckt scheußlich!«, sagt er. Er, Simón, beseitigt stillschweigend das Malheur.

»In den Keksen ist zu viel Ingwer.« Es ist Mercedes, die geräuschlos an ihrer Seite aufgetaucht ist. Vom Stock ist nichts zu sehen; sie scheint sich recht mühelos zu bewegen. »Aber sag das nicht Aljoscha. Du möchtest ihn doch nicht verletzen. Er hat mit den Jungen den ganzen Nachmittag lang gebacken. Du bist also der berühmte David! Die Jungen erzählen mir, dass du ein guter Tänzer bist.«

»Ich kann alle Zahlen tanzen.«

»Das habe ich gehört. Gibt es noch eine andere Art zu tanzen, die du beherrschst, außer Zahlen-Tanzen? Kannst du menschliches Tanzen?«

»Was ist menschliches Tanzen?«

»Du bist ein Mensch, oder? Beherrschst du einen der Tänze, die Menschen ausführen, wie das Tanzen aus Freude oder das Brust-an-Brust-Tanzen mit jemandem, den du magst?«

»Das hat Ana Magdalena uns nicht beigebracht.«

»Möchtest du, dass ich es dir beibringe?«

»Nein.«

»Nun, bis du lernst zu tun, was Menschen tun, kannst

du kein vollwertiger Mensch sein. Was machst du sonst noch nicht? Hast du Freunde, mit denen du spielst?«

»Ich spiele Fußball.«

»Du treibst Sport, aber spielst du auch einfach mal? Joaquín sagt, du sprichst nie mit den anderen Kindern in der Schule, du gibst nur Befehle und sagst ihnen, was sie tun sollen. Stimmt das?«

Der Junge schweigt.

»Es ist wirklich nicht einfach, ein menschliches Gespräch mit dir zu führen, David. Ich denke, ich werde mich nach jemand anderem umschauen, mit dem ich mich unterhalten kann.« Mit der Teetasse in der Hand schlendert sie davon.

»Warum gehst du nicht mal zu den Tieren und begrüßt sie?«, schlägt er David vor. »Nimm Aljoschas Kekse mit. Vielleicht fressen die Kaninchen sie ja.«

Er schließt sich wieder dem Kreis um Moreno an.

»Über den Menschen Metros wissen wir wenig«, sagt Moreno gerade, »und auch nicht viel mehr über seine Philosophie, da er nichts Schriftliches hinterlassen hat. Dennoch hat er eine große Bedeutung für die moderne Welt. Das ist jedenfalls meine Meinung.

Nach einer Überlieferung hat Metros gesagt, dass es nichts im Universum gibt, was nicht vermessen werden kann. Nach einer anderen Überlieferung hat er gesagt, dass es keine absolute Vermessung geben kann – dass Vermessung sich stets auf den Vermesser bezieht. Die Philosophen streiten sich noch, ob die beiden Behauptungen miteinander vereinbar sind.«

»Und was glauben Sie?«, fragt Valentina.

»Ich überbrücke die Kluft, wie ich im Vortrag heute Abend zu erklären versuchen werde. Und danach wird mein Freund Juan Sebastián die Gelegenheit zu einer Erwiderung haben. Wir haben den Abend als Debatte geplant – wir haben gedacht, das würde ihn lebendiger machen. Juan Sebastián hat mich in der Vergangenheit wegen meines Interesses an Metros kritisiert. Er steht den Metra generell kritisch gegenüber, der Idee, dass alles im Universum vermessen werden kann.«

»Dass alles im Universum vermessen werden sollte«, sagt Arroyo. »Das ist ein Unterschied.«

»Dass alles im Universum vermessen werden sollte – vielen Dank für die Korrektur. Das ist der Grund, weshalb mein Freund sich entschieden hat, die Uhrmacherei aufzugeben. Was ist denn eine Uhr anderes als ein Mechanismus, um dem Fluss der Zeit ein Metron aufzuerlegen?«

»Ein Metron?«, erkundigt sich Valentina. »Was ist das?«

»Das Metron ist nach Metros benannt. Jede Maßeinheit gilt als ein Metron: ein Gramm zum Beispiel oder ein Meter oder eine Minute. Ohne Metra wären die Naturwissenschaften unmöglich. Nehmen wir den Fall der Astronomie. Wir sagen, dass sich die Astronomie mit den Sternen befasst, doch das ist genau genommen nicht wahr. Tatsächlich beschäftigt sie sich mit den Metra der Sterne – mit ihrer Masse, ihrer Entfernung voneinander und so weiter. Wir können die Sterne selbst nicht in mathematische Gleichungen fassen, doch wir können mathematische Operationen mit ihren Metra durchführen und dadurch Gesetze des Universums aufdecken.«

David ist an seiner Seite wiederaufgetaucht und zieht ihn am Arm. »Komm und schau dir das an, Simón!«, flüstert er.

»Die mathematischen Gesetze des Universums«, sagt Arroyo.

»Die mathematischen Gesetze«, sagt Moreno.

Für einen Mann mit einem so wenig ansprechenden Äußeren spricht Moreno mit bemerkenswerter Selbstsicherheit.

»Wie faszinierend«, sagt Valentina.

»Komm und schau dir das an, Simón!«, flüstert der Junge wieder.

»Gleich«, flüstert er zurück.

»Wirklich faszinierend«, wiederholt Consuelo. »Aber es wird spät. Wir sollten uns zum Institut begeben. Eine schnelle Frage, Señor Arroyo: Wann werden Sie die Akademie wiedereröffnen?«

»Der Termin steht noch nicht fest«, sagt Arroyo. »Ich kann Ihnen nur so viel sagen, dass die Akademie, bis wir eine Tanzlehrerin finden, allein eine Musikakademie sein wird.«

»Ich dachte, Señora Mercedes würde die neue Tanzlehrerin sein.«

»Leider nein, Mercedes hat Verpflichtungen in Novilla, denen sie sich nicht entziehen kann. Sie war zu Besuch in Estrella, um ihre Neffen, meine Söhne, zu sehen, nicht um zu unterrichten. Wir müssen noch eine Tanzlehrerin einstellen.«

»Sie müssen noch eine Tanzlehrerin einstellen«, sagt Consuelo. »Ich weiß nichts über diesen Dmitri über das hinaus, was ich in der Zeitung lese, aber – entschuldigen Sie meine Bemerkung – ich hoffe, dass Sie in Zukunft etwas vorsichtiger sind bei den Mitarbeitern, die Sie einstellen.«

»Dmitri wurde nicht von der Akademie beschäftigt«,

sagt er, Simón. »Er arbeitete als Wärter im Museum unten. Das Museum hätte vorsichtiger sein sollen bei dem Personal, das es beschäftigt.«

»Ein gemeingefährlicher Irrer in ebendiesem Gebäude«, sagt Consuelo. »Der Gedanke lässt mich schaudern.«

»Er war in der Tat ein gemeingefährlicher Irrer. Er war aber auch sympathisch. Die Kinder der Akademie haben ihn geliebt.« Er setzt sich nicht für Dmitri, sondern für Arroyo ein, den Mann, der so in seine Musik vertieft war, dass er es zuließ, dass seine Frau in eine fatale Verstrickung mit einem Unwürdigen abglitt. »Kinder sind unschuldig. Unschuldig sein bedeutet, Dinge für bare Münze zu nehmen. Es bedeutet, sein Herz einem Menschen zu öffnen, der dich anlächelt und dich einen feinen jungen Mann nennt und Süßigkeiten verteilt.«

David spricht. »Dmitri sagt, er hätte nicht anders gekonnt. Er sagt, Leidenschaft hätte ihn dazu gebracht, Ana Magdalena zu töten.«

Einen Augenblick herrscht eisiges Schweigen. Stirnrunzelnd betrachtet Moreno den seltsamen Jungen.

»Leidenschaft ist keine Entschuldigung«, sagt Consuelo. »Wir alle empfinden zu dieser oder jener Zeit Leidenschaft, aber wir töten deswegen niemanden.«

»Dmitri ist in die Salzminen gegangen«, sagt David. »Er wird jede Menge Salz schürfen, um wiedergutzumachen, dass er Ana Magdalena getötet hat.«

»Dann werden wir aufpassen, dass wir nichts von Dmitris Salz in der Farm verwenden, nicht wahr?« Sie blickt ihre beiden Schwestern streng an. »Wie viel Salz ist ein Menschenleben wert? Vielleicht könnten Sie das von Ihrem Metra-Mann erfahren.«

»Metros«, sagt Moreno.

»Entschuldigung: *Metros*. Simón, können wir Sie mitnehmen?«

»Nein danke – ich habe mein Fahrrad dabei.«

Als die Versammlung sich auflöst, nimmt ihn David bei der Hand und führt ihn eine dunkle Treppe hinunter zu dem kleinen umfriedeten Garten hinter dem Museum. Es regnet leicht. Im Mondlicht öffnet der Junge ein Tor und kriecht auf Händen und Knien in einen Stall. Unter den Hühnern bricht ein explosionsartiges Gezeter aus. Er taucht wieder auf mit einer zappelnden Kreatur in den Armen: einem Lamm.

»Schau mal, es ist Jeremia! Er war so groß, dass ich ihn nicht hochheben konnte, aber Aljoscha hat vergessen, ihm Milch zu trinken zu geben, und jetzt ist er klein geworden!«

Er streichelt das Lamm. Es versucht, an seinem Finger zu saugen. »Niemand auf der Welt wird wieder klein, David. Wenn Jeremia klein geworden ist, dann nicht weil Aljoscha ihn nicht gefüttert hat, sondern weil er nicht der echte Jeremia ist. Er ist ein neuer Jeremia, der den Platz des alten Jeremia eingenommen hat, weil der alte Jeremia erwachsen und zu einem Schaf geworden ist. Die Leute finden junge Jeremias süß, aber keine alten Jeremias. Keiner will alte Jeremias streicheln. Das ist ihr Pech.«

»Wo ist der alte Jeremia? Kann ich ihn sehen?«

»Der alte Jeremia ist wieder auf der Weide mit den anderen Schafen. Wenn wir Zeit haben, können wir ihn mal suchen gehen. Aber im Moment müssen wir einen Vortrag besuchen.«

Draußen auf der Calle Hugo hat es heftig zu regnen

angefangen. Als er mit dem Jungen zögernd in der Tür stehen bleibt, hören sie ein heiseres Flüstern: »Simón!« Eine in einen Mantel oder eine Decke gewickelte Gestalt ragt vor ihnen auf, eine Hand winkt. Dmitri! Der Junge rennt los und umklammert seine Oberschenkel.

»Was um Himmels willen machst du hier, Dmitri?«, verlangt er, Simon, zu wissen.

»Schsch!«, sagt Dmitri; und in einem übertriebenen Flüsterton: »Können wir irgendwohin gehen?«

»Wir gehen nirgendwohin«, sagt er, ohne die Stimme zu senken. »Was machen Sie hier?«

Ohne Antwort packt ihn Dmitri beim Arm und schiebt ihn über die menschenleere Straße – er ist von der Stärke des Mannes überrascht – in den Eingang des Tabakladens.

»Bist du geflohen, Dmitri?«, fragt der Junge. Er ist aufgeregt; seine Augen funkeln im Mondlicht.

»Ja, ich bin geflohen«, sagt Dmitri. »Ich muss noch was erledigen, ich musste fliehen, ich konnte nicht anders.«

»Und suchen sie jetzt mit Bluthunden nach dir?«

»Dieses Wetter ist nicht gut für Bluthunde«, sagt Dmitri. »Zu nass für ihre Nasen. Die Bluthunde sind wieder in ihren Zwingern und warten darauf, dass der Regen aufhört.«

»Das ist Unsinn«, sagt er, Simón. »Was wollen Sie von uns?«

»Wir müssen reden, Simón. Sie sind immer ein anständiger Mensch gewesen, ich habe immer gespürt, dass ich mit Ihnen reden kann. Können wir zu Ihnen nach Hause? Sie haben keine Vorstellung, wie es ist, kein Zuhause zu haben, keinen Ort, um sein Haupt zu betten.

Erkennen Sie den Mantel? Es ist der, den Sie mir gegeben haben. Das hat mich ziemlich beeindruckt, das Geschenk Ihres Mantels. Als ich allgemein verurteilt wurde für das, was ich getan habe, haben Sie mir einen Mantel gegeben und ein Bett zum Schlafen. Das würde nur ein wahrhaft anständiger Mensch tun.«

»Ich habe ihn gegeben, um Sie loszuwerden. Lassen Sie uns nun in Ruhe. Wir haben es eilig.«

»Nein!«, sagt der Junge. »Erzähl uns von den Salzminen, Dmitri. Schlagen sie dich wirklich mit der Peitsche in den Salzminen?«

»Es gäbe eine Menge zu erzählen über die Salzminen«, sagt Dmitri, »aber das muss warten. Etwas anderes ist für mich jetzt dringlicher, nämlich Reue. Ich brauche Ihre Hilfe, Simón. Ich habe doch noch nie bereut. Jetzt will ich bereuen.«

»Ich dachte, deshalb hätten wir die Salzminen – als einen Ort der Buße. Was machen Sie hier, wenn Sie dort sein sollten?«

»So einfach ist das nicht, Simón. Ich kann das alles erklären, aber das braucht Zeit. Müssen wir uns hier in der Kälte und der Nässe zusammendrängen?«

»Es ist mir völlig egal, ob Sie kalt und nass sind. David und ich haben eine Verabredung. Als ich Sie das letzte Mal gesehen habe, haben Sie gesagt, Sie seien unterwegs zu den Salzminen, um sich der Bestrafung auszuliefern. Sind Sie überhaupt zu den Salzminen gegangen oder war das wieder eine Lüge?«

»Als ich von Ihnen weggegangen bin, Simón, hatte ich die volle Absicht, zu den Salzminen zu gehen. Das war es, was mein Herz mir sagte. *Nimm deine Strafe an wie ein Mann*, hat mein Herz gesagt. Doch andere Faktoren sind intervenierend dazwischengetreten. *Intervenierend*: ein hübsches Wort. Andere Faktoren machten sich bemerkbar. Deshalb nein. Ich bin nicht wirklich in den Salzminen gewesen, noch nicht. Tut mir leid, David. Ich habe dich enttäuscht. Ich habe dir gesagt, dass ich hingehe, aber ich bin nicht gegangen.

Die Wahrheit ist, ich habe gegrübelt, Simón. Das war eine dunkle Zeit für mich, so über mein Schicksal zu grübeln. Es war ein ziemlicher Schock, als ich entdeckte, dass ich es nicht über mich brachte zu akzeptieren, was mir gebührte, nämlich eine Zeit in den Salzminen. Ein ziemlicher Schock. Meine Männlichkeit war betroffen. Wenn ich ein Mann gewesen wäre, ein richtiger Mann, dann wäre ich hingegangen, da gibt's keinen Zweifel. Doch ich war kein Mann, entdeckte ich. Ich war weniger als ein Mann. Ich war ein Feigling. Das war die Tatsache, der ich ins Auge blicken musste. Ein Mörder und dazu noch ein Feigling. Können Sie es mir vorwerfen, dass ich außer mir war?«

Ihm, Simón, reicht es. »Komm, David«, sagt er. Und zu Dmitri: »Seien Sie gewarnt, ich werde die Polizei anrufen.«

Er erwartet halb, dass der Junge protestiert. Doch nein – mit einem Blick zurück auf Dmitri folgt der Junge ihm.

»Wer im Glashaus sitzt, soll nicht mit Steinen werfen«, ruft ihnen Dmitri hinterher. »Ich habe gesehen, wie Sie Ana Magdalena angesehen haben, Simón! Sie waren auch geil auf sie, doch Sie waren nicht Manns genug für sie!«

Mitten auf der Straße, auf die der Regen niederprasselt, dreht er sich erschöpft nach Dmitris Tirade um.

»Na los! Rufen Sie doch Ihre tolle Polizei! Und du, David: Von dir habe ich Besseres erwartet, wirklich. Ich dachte, du wärst ein tapferer kleiner Soldat. Aber nein, es stellt sich heraus, dass du unter ihrer Fuchtel bist – diese kalte Hexe Inés und dieser Mann aus Papier. Sie haben dich bemuttert und bevatert, bis von dir nichts übrig ist als ein Schatten. Geht! Zeigt euch von der schlechtesten Seite!«

Als schöpfe er Kraft aus ihrem Schweigen, taucht Dmitri aus dem Schutz des Eingangs auf und, den Mantel wie ein Segel hoch über seinen Kopf haltend, geht er mit großen Schritten über die Straße zur Akademie.

»Was wird er tun, Simón?«, flüstert der Junge. »Wird er Señor Arroyo umbringen?«

»Ich habe keine Ahnung. Der Mann ist verrückt. Zum Glück ist niemand zu Hause, sie sind alle zum Institut gegangen.«

Zweiundzwanzig

Obwohl er so heftig in die Pedale tritt, wie er kann, kommen sie zu spät zum Vortrag. So leise wie möglich setzen er und der Junge sich in ihren nassen Sachen in die letzte Reihe.

»Eine schemenhafte Gestalt, dieser Metros«, sagt Moreno gerade. »Und wie sein Kamerad Prometheus, Bringer des Feuers, vielleicht nur eine Gestalt der Legende. Dennoch bezeichnet die Ankunft von Metros einen Wendepunkt in der menschlichen Geschichte – den Moment, als wir gemeinsam die alte Art der Weltbetrachtung aufgaben, die gedankenlose, animalische Art, als wir das Streben danach, die Dinge an sich zu erkennen, als vergeblich aufgaben, und stattdessen die Welt durch ihre Metra zu sehen begannen. Indem wir unseren forschenden Blick auf die Schwankungen in den Metra konzentrierten, versetzten wir uns in die Lage, neue Gesetze zu entdecken, Gesetze, denen selbst die Himmelskörper gehorchen müssen.

Ähnlich hier auf der Erde, wo wir im Geist der neuen metrischen Wissenschaft die Menschheit vermaßen und, da wir herausfanden, dass alle Menschen gleich sind, schlussfolgerten, dass die Menschen auch gleichermaßen unter das Gesetz fallen sollten. Keine Sklaven mehr, keine Könige, keine Ausnahmen.

War Metros, der Vermesser, ein schlechter Mensch?

Machten er und seine Erben sich schuldig, die Realität abgeschafft und an ihre Stelle ein Scheinbild gesetzt zu haben, wie einige Kritiker behaupten? Wären wir besser dran, wenn Metros nie geboren worden wäre? Wenn wir uns umschauen und dieses großartige Institut betrachten, entworfen von Architekten und gebaut von Ingenieuren, die in den Metra der Statik und Dynamik geschult wurden, scheint diese Position schwer aufrechtzuerhalten.

Ich danke Ihnen für Ihre Aufmerksamkeit.«

Der Applaus der Zuhörer, die das Theater fast vollständig füllen, ist lang und laut. Moreno rafft seine Notizen zusammen und steigt vom Podium. Arroyo ergreift das Mikrophon. »Besten Dank, Javier, für diesen faszinierenden und meisterhaften Überblick über Metros und sein Erbe, einen Überblick, den du uns passenderweise am Vorabend der Volkszählung anbietest, dieser Orgie des Messens.

Mit deiner Erlaubnis möchte ich kurz darauf antworten. Nach meiner Antwort wird es die Möglichkeit zur Diskussion geben.«

Er gibt ein Zeichen. Die beiden Arroyo-Jungen stehen von ihren Sitzen in der vordersten Reihe auf, legen ihre äußeren Kleidungsstücke ab und kommen in ärmellosen Trikots und Shorts und goldenen Tanzschuhen zu ihrem Vater auf die Bühne.

»Die Stadt Estrella kennt mich als Musiker und als Direktor der Tanzakademie, einer Akademie, wo nicht zwischen Tanz und Musik unterschieden wird. Warum nicht? Weil, wie wir glauben, Musik und Tanz gemeinsam, Musik-Tanz, eine eigene Art darstellt, das Universum zu betrachten, die menschliche Art, aber auch die animalische Art, die Art, die vorherrschte, bevor Metros in Erscheinung trat.

Wie wir in der Akademie nicht zwischen Musik und Tanz unterscheiden, so unterscheiden wir nicht zwischen Geist und Körper. Die Lehre von Metros begründete eine neue, geistige Wissenschaft, und das Wissen, das sie mit sich brachte, war ein neues, geistiges Wissen. Die ältere Art des Verständnisses kommt von Körper und Geist, die sich gemeinsam bewegen, Körper-Geist, zum Rhythmus des Musik-Tanzes. In diesem Tanz kommen alte Erinnerungen an die Oberfläche, archaische Erinnerungen, Wissen, das wir verloren haben, als wir über die Ozeane hierherkamen.

Wir mögen uns ja als Akademie bezeichnen, aber wir sind keine Akademie der Graubärte. Unsere Mitglieder sind stattdessen Kinder, in denen diese archaischen Erinnerungen, Erinnerungen an eine frühere Existenz, bei weitem nicht gelöscht sind. Deshalb habe ich diese beiden jungen Männer, meine Söhne Joaquín und Damian, Schüler der Akademie, gebeten, zu mir auf die Bühne zu kommen.

Die Lehre von Metros gründet sich auf die Zahl, aber Metros hat die Zahl nicht erfunden. Die Zahlen existierten vor Metros' Geburt, bevor die Menschheit auf der Bildfläche erschien. Metros hat sie nur benutzt, sie seinem System unterworfen. Meine verstorbene Frau pflegte Zahlen in den Händen von Metros Ameisenzahlen zu nennen, die sich endlos paarten, sich endlos dividierten und multiplizierten. Durch den Tanz führte sie ihre Schüler zurück zu den wahren Zahlen, die ewig und unteilbar und unzählbar sind.

Ich bin Musiker, nicht gewandt im Argumentieren, wie

Sie vielleicht hören können. Um Ihnen einen Eindruck davon zu verschaffen, wie die Welt vor der Ankunft von Metros war, werde ich nun schweigen, während Joaquín und Damian einige Tänze für uns vorführen – den Tanz der Zwei und den Tanz der Drei. Danach werden sie den schwierigeren Tanz der Fünf vorführen.«

Er gibt ein Zeichen. Simultan beginnen die beiden Jungen gegenläufig, einer auf jeder Seite der Bühne, die Tänze der Zwei und Drei. Die Aufregung, die in seiner, Simóns, Brust durch die Konfrontation mit Dmitri ausgelöst wurde, legt sich, während sie tanzen; er kann sich entspannen und sich an ihren leichten, fließenden Bewegungen erfreuen. Obwohl ihm Arroyos Philosophie des Tanzes so fremd wie je ist, fängt er zu sehen an, auf die verschwommenste Weise, warum der eine Tanz angemessen zur Zwei ist und der andere zur Drei, und so, auf die verschwommenste Weise, zu erahnen, was Arroyo mit ›die Zahlen tanzen, die Zahlen herunterrufen‹ meint.

Die Tänzer hören gleichzeitig auf, auf denselben Taktschlag, auf der Bühnenmitte. Einen Moment pausieren sie; dann begeben sie sich auf ein Zeichen ihres Vaters hin, der sie jetzt auf der Flöte begleitet, gemeinsam in den Tanz der Fünf.

Er sieht sofort, warum Arroyo Fünf schwierig genannt hat – schwierig für die Tänzer, doch auch schwierig für die Zuschauer. Bei Zwei und Drei konnte er eine gewisse Kraft in seinem Körper spüren – das Strömen seines Blutes oder wie immer er es nennen will –, etwas, das sich im Einklang mit den Gliedern der Jungen bewegte. Bei Fünf gibt es ein solches Gefühl nicht. Es gibt ein gewisses Muster im Tanz – das kann er schwach wahrnehmen –, doch sein Körper ist zu dumm, zu phlegmatisch, es zu finden und ihm zu folgen.

Er blickt David neben sich an. David runzelt die Stirn; seine Lippen bewegen sich wortlos.

»Stimmt etwas nicht?«, flüstert er. »Machen sie es nicht richtig?« Der Junge wirft ungeduldig den Kopf zurück.

Der Tanz der Fünf geht zu Ende. Die Arroyo-Jungen blicken Seite an Seite ins Publikum. Es gibt höflichen, wenn auch verwunderten Applaus. In diesem Moment springt David von seinem Sitz auf und rennt den Gang hinunter. Überrascht kommt er, Simón, auf die Füße und folgt ihm, aber es ist zu spät, ihn daran zu hindern, auf die Bühne zu klettern.

»Was ist los, junger Mann?«, fragt Arroyo stirnrunzelnd.

»Ich bin dran«, sagt der Junge. »Ich will die Sieben tanzen.«

»Nicht jetzt. Nicht hier. Das ist kein Konzert. Setz dich wieder hin.«

Unter dem Gemurmel des Publikums klettert er, Simón, auf die Bühne. »Komm, David, du störst alle.«

Gebieterisch schüttelt ihn der Junge ab. »Ich bin dran!«

»Nun gut«, sagt Arroyo. »Tanze die Sieben. Wenn du fertig bist, erwarte ich, dass du dich wieder still hinsetzt. Einverstanden?«

Wortlos schlüpft der Junge aus seinen Schuhen. Joaquín und Damian machen Platz; still beginnt er zu tanzen. Arroyo schaut zu, die Augen vor Konzentration zusammengekniffen, dann setzt er die Flöte an die Lippen. Die Melodie, die er spielt, ist richtig und gut und wahr;

doch sogar er, Simón, hört, dass der Tänzer führt und der Meister folgt. Aus einer verschütteten Erinnerung tauchen die Worte *vollendete Anmut* auf, die ihn überraschen, denn das Bild, das er vom Fußballplatz festhält, ist der Junge als ein kompaktes Energiebündel. Aber nun, auf der Bühne des Instituts, zeigt sich Ana Magdalenas Erbe. Als hätte die Erde ihre Anziehungskraft verloren, scheint der Junge alles Körpergewicht zu verlieren und reines Licht zu werden. Die Logik des Tanzes erschließt sich ihm nicht, doch er weiß, dass das, was sich vor ihm entfaltet, außergewöhnlich ist; und aus der Stille, die sich über das Publikum senkt, schließt er, dass die Leute von Estrella es auch außergewöhnlich finden.

Die Zahlen sind vollkommen und geschlechtslos, hat Ana Magdalena gesagt; ihre Weise zu lieben und sich zu verbinden ist für uns unbegreiflich. Deshalb können sie nur von geschlechtslosen Wesen herabgerufen werden. Das Wesen, das vor ihnen tanzt, ist weder Kind noch Mann, weder Junge noch Mädchen; er würde sogar sagen, weder Körper noch Geist. Mit geschlossenen Augen und offenem Mund schwebt David selbstvergessen durch die Schritte, mit solch fließender Anmut, dass die Zeit stillsteht. Zu überwältigt, um auch nur zu atmen, flüstert er, Simón, vor sich hin: *Behalte das im Gedächtnis! Wenn du je zukünftig versucht bist, an ihm zu zweifeln, denke daran!*

Der Tanz der Sieben endet so plötzlich, wie er begonnen hat. Die Flöte verstummt. Leicht keuchend blickt der Junge Arroyo an. »Soll ich Elf tanzen?«

»Nicht jetzt«, sagt Arroyo abwesend.

Vom Saalende hallt ein Ruf durch den Zuschauerraum. Der Ruf selbst ist undeutlich – *Bravo? Slavo?* –, aber die

Stimme ist vertraut: sie gehört Dmitri. Ihm sinkt das Herz. Wird der Mann nie aufhören, ihn zu verfolgen?

Arroyo rafft sich auf. »Es ist an der Zeit, zum Thema unseres Vortrags zurückzukehren, Metros und sein Erbe«, verkündet er. »Gibt es Fragen, die Sie Señor Moreno stellen wollen?«

Ein älterer Herr steht auf. »Wenn die Kapriolen der Kinder vorbei sind, Maestro, habe ich zwei Fragen. Zunächst haben Sie, Señor Moreno, gesagt, dass wir als Erben von Metros uns vermessen und herausgefunden haben, dass wir alle gleich sind. Weil wir gleich sind, folgt daraus, dass wir vor dem Gesetz gleich sein sollten, sagen Sie. Keiner sollte mehr über dem Gesetz stehen. Keine Könige, keine Supermänner, keine außergewöhnlichen Menschen mehr. Aber – ich komme zu meiner ersten Frage – ist es wirklich eine gute Sache, dass die Herrschaft des Gesetzes keine Ausnahmen gestatten sollte? Wenn das Gesetz ohne Ausnahme angewandt wird, welcher Raum bleibt dann für Gnade?«

Moreno tritt vor und steigt auf das Podium. »Eine hervorragende, eine tiefschürfende Frage«, antwortet er. »Sollte unter dem Gesetz kein Raum mehr für Gnade sein? Die Antwort, die die Schöpfer unserer Gesetze gegeben haben, ist ja, es sollte wirklich Raum für Gnade geben, oder – um es konkreter zu fassen – für Straferlass, *aber nur, wenn dieser verdient ist*. Der Straftäter schuldet der Gesellschaft etwas. Vergebung seiner Schuld muss durch eine ernsthafte Reuearbeit verdient werden. Dadurch bleibt die Herrschaft des Maßes erhalten: Die Substanz der Reue des Straftäters soll sozusagen gewogen werden und ein gleichwertiges Gewicht von seinem Urteil abgezogen werden. Sie hatten eine zweite Frage.«

Der Sprecher schaut sich um. »Ich will mich kurz fassen. Sie haben nichts über Geld gesagt. Doch als universales Wertmaß ist Geld doch sicher das Haupterbe von Metros. Wo wären wir ohne Geld?«

Ehe Moreno antworten kann, stürzt Dmitri, barhäuptig und in seinem, Simóns, Mantel, den Gang hinunter und springt mit einer einzigen Bewegung auf die Bühne, die ganze Zeit brüllend: »Das reicht, das reicht, das reicht!«

»Juan Sebastián«, schreit er – er braucht kein Mikrophon –, »ich bin hier, um Sie um Vergebung zu bitten.« Er wendet sich an das Publikum. »Ja, ich bitte diesen Mann um Vergebung. Ich weiß, Sie sind mit anderen Dingen, wichtigen Dingen, beschäftigt, aber ich bin Dmitri, Dmitri, der Ausgestoßene, und Dmitri schämt sich nicht, er ist jenseits von Scham, wie er jenseits von vielen anderen Dingen ist.« Er wendet sich wieder an Arroyo. »Ich muss Ihnen berichten, Juan Sebastián«, er fährt ohne Pause fort, als hätte er seine Rede lange geübt, »dass ich kürzlich eine dunkle Zeit durchgemacht habe. Ich habe sogar daran gedacht, mich umzubringen. Warum? Weil ich inzwischen erkannt habe – und das ist eine bittere Erkenntnis gewesen –, dass ich niemals frei sein werde, bis mir die Last der Schuld von den Schultern genommen wird.«

Wenn Arroyo beunruhigt ist, zeigt er es nicht. Mit gestrafften Schultern steht er Dmitri gegenüber.

»Wohin soll ich mich um Hilfe wenden?«, fragt Dmitri. »An das Gesetz? Sie haben gehört, was der Mann über das Gesetz gesagt hat. Das Gesetz schätzt den Seelenzustand eines Menschen nicht ein. Es kann nur eine Gleichung aufmachen, ein Urteil bemessen für ein Verbrechen. Nehmen wir den Fall von Ana Magdalena, Ihrer Frau, deren Leben einfach so ausgelöscht wurde. Was gibt einem Fremden, einem Mann, der sie nie zu Gesicht bekommen hat, das Recht, eine rote Robe anzuziehen und zu sagen: *Lebenslänglicher Knast, das ist ihr Leben wert?* Oder: *Fünfundzwanzig Jahre in den Salzminen?* Das ergibt keinen Sinn! Einige Verbrechen sind nicht messbar! Sie sprengen jede Skala!

Und was würden sie denn bewirken, die fünfundzwanzig Jahre in den Salzminen? Eine äußere Qual, das ist alles. Hebt die äußere Qual die innere Qual auf, wie ein Plus und ein Minus? Nein. Die innere Qual wütet fort.«

Ohne Warnung sinkt er vor Arroyo auf die Knie.

»Ich bin schuldig, Juan Sebastián. Sie wissen es und ich weiß es. Ich habe nie etwas anderes behauptet. Ich bin schuldig und bedarf dringend Ihrer Vergebung. Nur wenn ich Ihre Vergebung habe, werde ich geheilt. Legen Sie mir die Hand aufs Haupt. Sagen Sie: *Dmitri, du hast mir etwas Entsetzliches angetan, aber ich vergebe dir.* Sagen Sie es.«

Arroyo schweigt, seine Miene ist in Abscheu erstarrt.

»Was ich getan habe, war böse, Juan Sebastián. Ich leugne es nicht und möchte nicht, dass es vergessen wird. Man soll sich immer daran erinnern, dass Dmitri etwas Schreckliches, etwas Böses getan hat. Aber das bedeutet doch bestimmt nicht, dass ich verdammt und in die Finsternis hinausgestoßen werde. Bestimmt kann mir doch ein kleines bisschen Gnade gewährt werden. Bestimmt kann einer sagen: *Dmitri? Ich erinnere mich an Dmitri. Er hat etwas Böses getan, aber in seinem Herzen war er kein böser Kerl, der alte Dmitri.* Das würde mir reichen – dieser einzelne Tropfen rettenden Wassers. Nicht um mich freizusprechen, nur um mich als Mensch wahrzunehmen und zu sagen: *Er gehört noch zu uns, er ist noch einer der Unseren.*«

Hinten im Zuschauerraum gibt es einen kleinen Tumult. Zwei Polizisten in Uniform marschieren zielgerichtet den Gang hinunter zur Bühne.

Mit über dem Kopf erhobenen Armen kommt Dmitri auf die Füße. »So also lautet die Antwort«, schreit er. »*Führt ihn fort und sperrt ihn ein, diesen Unruhegeist.* Wer hat das zu verantworten? Wer hat die Polizei gerufen? Wo versteckst du dich, Simón? Zeig dein Gesicht! Glaubst du, nach allem, was ich durchgemacht habe, dass mir eine Gefängniszelle Angst macht? Es gibt nichts, was ihr mir antun könnt, das mit dem zu vergleichen ist, was ich mir selbst antue. Sehe ich etwa wie ein glücklicher Mann aus? Nein, bestimmt nicht. Ich sehe aus wie ein Mann, der in den Tiefen des Elends versunken ist, weil ich dort bin, Tag und Nacht. Nur Sie, Juan Sebastián, können mich aus dem tiefen Brunnen meines Elends herausziehen, weil Sie der sind, dem ich unrecht getan habe.«

Die Polizisten sind unten vor der Bühne stehen geblieben. Sie sind jung, bloße Jungen, und im gleißenden Licht plötzlich unsicher.

»Ich habe Ihnen unrecht getan, Juan Sebastián, ich habe Ihnen schweres Unrecht getan. Warum habe ich es getan? Ich habe keine Ahnung. Ich habe nicht nur keine Ahnung, warum ich es getan habe, ich kann es nicht glauben, dass ich es getan habe. Das ist die Wahrheit, die nackte Wahrheit. Ich schwöre es. Es ist unbegreiflich – unbegreiflich von außen und auch unbegreiflich von innen. Wenn mir die Tatsachen nicht ins Gesicht starren würden, wäre ich versucht, dem Richter beizupflichten – Sie erinnern sich an den Richter beim Prozess? – natürlich nicht, Sie waren ja nicht dabei –, wäre ich versucht zu sagen: *Nicht ich habe es getan, es war ein anderer*. Aber natürlich stimmt das nicht. Ich bin ja kein Schizophrener oder Hebephrener oder irgendwas anderes, von dem sie sagen, ich könne es sein. Ich bin der Realität nicht entfremdet. Ich stehe mit den Füßen fest auf dem Boden und das schon immer. Nein: Ich war es. Ich war es. Ein Rätsel und doch kein Rätsel. Ein Rätsel, das kein Rätsel ist. Wie kam es, dass *ich* es war, der die Tat getan hat – ausgerechnet *ich*? Können Sie mir helfen, diese Frage zu beantworten, Juan Sebastián? Kann irgendjemand mir helfen?«

Natürlich ist der Mann durch und durch ein Hochstapler. Natürlich ist seine Reue geheuchelt, gehört zu einem Plan, sich vor den Salzminen zu retten. Trotzdem, wenn er, Simón, sich vorzustellen versucht, wie dieser Mann, der jeden Tag den Kiosk auf dem Platz aufsuchte, um seine Taschen mit Lutschern für die Kinder zu füllen, mit seinen Händen Ana Magdalenas alabasterweißen Hals umklammert und das Leben aus ihr herausgepresst hat, versagt seine Phantasie. Sie versagt oder verzagt. Was der Mann getan hat, mag kein echtes Rätsel sein, aber es ist dennoch ein Rätsel.

Vom Bühnenhintergrund ertönt die Stimme des Jungen. »Warum fragst du mich nicht? Du fragst alle anderen, aber mich fragst du nie!«

»Ganz recht«, sagt Dmitri. »Mein Fehler, ich hätte auch dich fragen sollen. Sag mir, mein hübscher junger Tänzer, was soll ich mit mir anfangen?«

Die beiden jungen Polizisten gewinnen ihre Entschlossenheit zurück und machen sich bereit, die Bühne zu erklimmen. Brüsk winkt Arroyo sie zurück.

»Nein!«, schreit der Junge. »Du musst mich *wirklich* fragen!«

»Gut«, sagt Dmitri, »ich frage dich wirklich.« Er kniet sich wieder hin, faltet die Hände, zeigt eine gefasste Miene. »David, bitte sag mir – nein, es nützt nichts, ich kann es nicht. Du bist zu jung, mein Kind. Man muss erwachsen sein, um Liebe und Tod und dergleichen zu verstehen.«

»Das sagst du immer, Simón sagt das immer – *Du verstehst das nicht, du bist zu jung*. Ich *kann* es verstehen! Frag mich, Dmitri! *Frag mich*!«

Dmitri wiederholt die Prozedur, öffnet und faltet die Hände, schließt die Augen, macht eine ausdruckslose Miene.

»Dmitri, frag mich!« Jetzt brüllt der Junge regelrecht.

Ins Publikum kommt Bewegung. Manche stehen auf und gehen. Er erhascht einen Blick von Mercedes in der ersten Reihe. Sie hebt die Hand zu einer Geste, die er nicht deuten kann. Die Drei Schwestern neben ihr zeigen ein versteinertes Gesicht.

Er, Simón, macht den Polizisten ein Zeichen. »Das reicht, Dmitri, genug Theater. Zeit, dass du gehst.«

Während ein Polizist Dmitri festhält, legt ihm der andere Handschellen an.

»So«, sagt Dmitri mit seiner normalen Stimme. »Zurück ins Irrenhaus. Zurück in meine einsame Zelle. Warum sagen Sie nicht Ihrem Jungen, Simón, was sich in Ihrem Hinterkopf abspielt? Dein Vater oder Onkel oder als was er sich bezeichnet ist zu fein, um es dir zu sagen, David, aber heimlich hofft er, dass ich mir die

Kehle durchschneide, mein Blut in den Abfluss fließen lasse. Dann können sie eine gerichtliche Untersuchung veranstalten und schlussfolgern, dass die Tragödie geschah, während der Geist des Verstorbenen verwirrt war, und das wird dann das Ende von Dmitri sein. Dann können sie seine Akte schließen. Nun, ich will dir sagen, ich werde mich nicht umbringen. Ich werde weiterleben, und ich werde Sie weiter bedrängen, Juan Sebastián, bis Sie nachgeben.« Mühevoll versucht er, sich wieder zu Boden zu werfen, seine gefesselten Hände über den Kopf reckend. »Vergeben Sie mir, Juan Sebastián, vergeben Sie mir!«

»Führt ihn fort«, sagt er, Simón.

»Nein!«, schreit der Junge. Sein Gesicht ist rot, er atmet schnell. Er hebt die Hand und streckt dramatisch den Finger. »Du musst sie zurückholen, Dmitri! *Hol sie zurück!*«

Dmitri kämpft sich zurück in eine sitzende Position, reibt sich das stachlige Kinn. »Wen zurückholen, David?«

»Du weißt schon! Du musst Ana Magdalena zurückholen!«

Dmitri seufzt. »Ich wollte, ich könnte es, junger Mann, ich wollte, ich könnte es. Glaub mir, wenn Ana Magdalena plötzlich vor uns erschiene, dann würde ich mich niederbeugen und ihre Füße mit Freudentränen waschen. Aber sie wird nicht zurückkommen. Sie ist fort. Sie gehört zur Vergangenheit, und die Vergangenheit liegt für immer hinter uns. Das ist ein Naturgesetz. Nicht einmal die Sterne können gegen den Strom der Zeit schwimmen.«

Die ganze Rede von Dmitri hindurch hat der Junge

weiter seine Hand hoch erhoben gehalten, als könne nur so die Macht seines Befehls aufrechterhalten bleiben; aber es ist für ihn, Simón, klar, und vielleicht auch für Dmitri, dass er schwankt. In seinen Augen schwimmen Tränen.

»Zeit zu gehen«, sagt Dmitri. Er lässt sich von den Polizisten auf die Füße stellen. »Zurück zu den Ärzten. *Warum haben Sie es getan, Dmitri? Warum? Warum? Warum?* Aber vielleicht gibt es kein Warum. Vielleicht ist das, als frage man, warum ein Huhn ein Huhn ist, oder warum es ein Universum statt eines riesengroßen Lochs am Himmel gibt. Die Dinge sind, wie sie sind. Weine nicht, mein Junge. Sei geduldig, warte auf das nächste Leben und du wirst Ana Magdalena wiedersehen. Halt dich an diesem Gedanken fest.«

»Ich weine nicht«, sagt der Junge.

»Doch, du weinst. Es schadet nichts, sich auszuweinen. Es reinigt das System.«

Dreiundzwanzig

Der Tag der Volkszählung ist angebrochen, auch der Tag der Schau bei Modas Modernas. Der Junge wacht lustlos, unwirsch auf, ohne Appetit. Ist er vielleicht krank? Er, Simón, befühlt seine Stirn, doch sie ist kühl.

»Hast du gestern Abend Sieben gesehen?«, will der Junge wissen.

»Natürlich. Ich konnte meine Augen nicht von dir wenden. Du hast wunderschön getanzt. Alle fanden das.«

»Aber hast du Sieben gesehen?«

»Meinst du die Zahl sieben? Nein. Ich sehe keine Zahlen. Das ist meine Schwachstelle. Ich sehe nur das, was vor meinen Augen ist. Du weißt das ja.«

»Was wollen wir heute machen?«

»Nach der ganzen Aufregung gestern Abend sollten wir einen ruhigen Tag haben, denke ich. Ich würde vorschlagen, bei Ines' Modenschau vorbeizuschauen, aber ich glaube nicht, dass Herren willkommen sind. Wir können Bolívar holen, wenn du willst, und einen Spaziergang mit ihm machen, sofern wir bis achtzehn Uhr von den Straßen verschwunden sind. Wegen der Ausgangssperre.«

Er ist auf eine Kette von Warum?-Fragen gefasst, aber der Junge zeigt kein Interesse an der Volkszählung oder der Ausgangssperre. *Wo ist Dmitri jetzt?* – eine andere Frage, die nicht kommt. Haben sie Dmitri zum letzten

Mal gesehen? Kann das Vergessen von Dmitri beginnen? Er betet, dass es so ist.

Am Ende ist es beinahe Mitternacht, als die Beamten der Volkszählung an seine Tür klopfen. Er hebt den Jungen hoch, der halb schläft und wimmert, und steckt ihn in eine Decke gewickelt in den Schrank. »Keinen Mucks«, flüstert er. »Es ist wichtig. Keinen Laut.«

Die Volkszähler, ein junges Paar, entschuldigen sich für ihr spätes Eintreffen. »Das ist kein Stadtteil, mit dem wir vertraut sind«, sagt die Frau. »So ein Labyrinth krummer Straßen und Gassen!« Er bietet ihnen Tee an, aber sie haben es eilig. »Wir müssen noch eine lange Adressliste abarbeiten«, sagt sie. »Wir werden die ganze Nacht auf sein.«

Die Volkszählungsformalität ist im Handumdrehen erledigt. Er hat das Formular schon ausgefüllt. Anzahl der Personen in der Familie: »EINE«, hat er geschrieben. *Familienstand*: »LEDIG.«

Als sie gegangen sind, befreit er den Jungen und legt ihn wieder ins Bett, fest schlafend.

Am Morgen schlendern sie zu Inés. Sie sitzt mit Diego beim Frühstück; so heiter und gut gelaunt wie nie zuvor, berichtet sie ununterbrochen plappernd von der Modenschau, die – wie jeder bestätigt – ein großer Erfolg war. Die Damen von Estrella strömten herbei, um die neuen Frühjahrsmoden zu sehen. Die tiefen Ausschnitte, die hohen Taillen, die schlichte Beschränkung auf Schwarz und Weiß, haben allgemeine Zustimmung gefunden. Vorabverkäufe haben alle Erwartungen übertroffen.

Der Junge hört mit glasigem Blick zu.

»Trink deine Milch«, fordert ihn Inés auf. »Milch macht starke Knochen.«

»Simón hat mich im Schrank eingesperrt«, sagt er. »Ich habe keine Luft bekommen.«

»Das war nur, während die Volkszähler da waren«, sagt er. »Ein nettes junges Paar, sehr höflich. David war mucksmäuschenstill. Sie haben nur einen einsamen alten Junggesellen gesehen, der aus dem Schlaf gerissen wurde. Es war in fünf Minuten vorbei. Keiner stirbt in fünf Minuten an Sauerstoffmangel.«

»Hier war es genauso«, sagt Inés. »Rein und raus in fünf Minuten. Keine Fragen.«

»David bleibt also unsichtbar«, sagt er, Simón. »Herzlichen Glückwunsch, David. Du bist wieder entkommen.«

»Bis zur nächsten Volkszählung«, sagt Diego.

»Bis zur nächsten Volkszählung«, stimmt er, Simón, zu.

»Mit so vielen zu zählenden Personen«, sagt Diego, »was spielt es für eine Rolle, wenn sie eine verpassen?«

»Ja, was spielt es für eine Rolle«, wiederholt er, Simón.

»Bin ich wirklich unsichtbar?«, fragt der Junge.

»Du hast keinen Namen, du hast keine Nummer. Das reicht, um dich unsichtbar zu machen. Aber mach dir keine Sorgen, wir können dich sehen. Eine normale Person mit Augen im Kopf kann dich sehen.«

»Ich mache mir keine Sorgen«, sagt der Junge.

Es klingelt an der Tür: ein junger Mann mit einem Brief, nach seiner langen Fahrt ist der Mann erhitzt und rot im Gesicht. Inés bittet in herein und bietet ihm ein Glas Wasser an.

Der Brief, an Inés und Simón gemeinsam adressiert, ist von Alma, der dritten Schwester. Inés liest ihn laut vor.

»Nachdem wir vom Institut nach Hause zurückgekehrt waren, haben meine Schwestern und ich bis spät in die Nacht miteinander geredet. Natürlich hatte keiner vorhersehen können, dass Dmitri auf diese Weise hereinplatzen würde. Dennoch hat uns die Weise, wie die Veranstaltung geleitet wurde, missfallen. Señor Arroyo war sehr zu tadeln, empfanden wir, weil er Kinder auf die Bühne gebracht hatte. Das stellt seinem Urteilsvermögen kein gutes Zeugnis aus.

Während meine Schwestern und ich weiterhin den größten Respekt vor Señor Arroyo als Musiker haben, sind wir der Meinung, dass es an der Zeit ist, uns von der Akademie und dem Kreis, den er dort um sich versammelt hat, zu distanzieren. Ich schreibe daher, um Sie davon zu informieren, dass wir, sollte David an die Akademie zurückkehren, nicht länger seine Schulgebühren zahlen werden.«

Inés unterbricht das Vorlesen. »Worum geht es da?«, fragt sie. »Was ist im Institut passiert?«

»Das ist eine lange Geschichte. Señor Moreno, der Besucher, für den der Empfang stattfand, hat am Institut einen Vortrag gehalten, den David und ich besucht haben. Nach dem Vortrag hat Arroyo seine Söhne auf die Bühne geholt, damit sie einen ihrer Tänze darbieten. Es war als eine Art künstlerischer Reaktion auf den Vortrag gemeint, aber er hat die Kontrolle verloren und alles ist ins Chaos abgeglitten. Ich werde dir die Einzelheiten ein andermal erzählen.«

»Dmitri ist gekommen«, sagt der Junge. »Er hat Simón angeschrien. Er hat alle angeschrien.«

»Schon wieder Dmitri!«, sagt Inés. »Werden wir den Mann niemals los?« Sie wendet sich wieder dem Brief zu. »Als kinderlose alte Jungfern«, schreibt Alma, »sind meine Schwestern und ich kaum geeignet, Ratschläge für die Kindererziehung zu geben. Trotzdem scheint uns David übermäßig verhätschelt zu werden. Es täte ihm gut, glauben wir, wenn seine von Natur aus temperamentvolle Art manchmal gezügelt würde.

Gestatten Sie mir, eine persönliche Bemerkung anzufügen. David ist ein seltenes Kind. Ich werde mich mit Zuneigung an ihn erinnern, selbst wenn ich ihn nicht wiedersehe. Grüßen Sie ihn von mir. Sagen Sie ihm, dass mir sein Tanz gefallen hat.

Ihre Alma.«

Inés faltet den Brief zusammen und schiebt ihn unter den Marmeladentopf.

»Was bedeutet das, ich werde übermäßig verhätschelt?«, will der Junge wissen.

»Kümmer dich nicht drum«, sagt Inés.

»Werden sie die Marionetten zurückfordern?«

»Natürlich nicht. Du kannst sie behalten.«

Es entsteht ein langes Schweigen.

»Und was nun?«, sagt er, Simón.

»Wir suchen einen Lehrer«, sagt Inés. »Wie ich von Anfang an gesagt habe. Jemand mit Erfahrung. Jemand, der keinen Unfug duldet.«

Die Tür der Akademie wird nicht von Aljoscha geöffnet, sondern von Mercedes, die ihren Stock wieder in der Hand hat.

»Guten Tag«, sagt er. »Wären Sie so freundlich, dem Maestro mitzuteilen, dass seine neue Hilfskraft sich zum Dienst meldet.«

»Kommen Sie herein«, sagt Mercedes. »Der Maestro

hat sich eingeschlossen, wie gewöhnlich. Für welchen Dienst melden Sie sich denn?«

»Saubermachen. Transportieren. Alles, was getan werden muss. Ich bin, ab heute, Hausmeister für die Akademie: Faktotum, Mann für alles.«

»Wenn es Ihnen ernst ist, der Küchenfußboden könnte ein gründliches Schrubben vertragen. Die Badezimmer auch. Warum bieten Sie sich an? Es ist kein Geld da, um Sie zu bezahlen.«

»Wir haben eine Vereinbarung getroffen, Juan Sebastián und ich. Geld spielt dabei keine Rolle.«

»Für einen Mann, der selbst nicht tanzt, scheinen Sie Juan Sebastián und seiner Akademie ungewöhnlich verbunden zu sein. Heißt das, Ihr Sohn wird zurückkommen?«

»Nein. Seine Mutter ist dagegen. Seine Mutter denkt, er ist unter Juan Sebastián verwildert.«

»Was nicht falsch ist.«

»Was nicht falsch ist. Seine Mutter denkt, es sei höchste Zeit, dass er eine normale Bildung bekommt.«

»Und Sie? Was denken Sie?«

»Ich denke nicht, Mercedes. In unserer Familie bin ich der Einfältige, der Blinde, der Nichttänzer. Inés führt. David führt. Der Hund führt. Ich stolpere hinterher und hoffe auf den Tag, an dem meine Augen geöffnet werden und ich der Welt gewahr werde, wie sie wirklich ist, samt der Zahlen in all ihrer Pracht, Zwei und Drei und alle übrigen. Sie haben mir Tanzunterricht angeboten, den ich abgelehnt habe. Kann ich mich jetzt anders entscheiden?«

»Es ist zu spät. Ich reise heute ab. Ich nehme den Zug nach Novilla. Sie hätten die Gelegenheit beim Schopf packen sollen, als sie sich bot. Wenn Sie Unterricht wünschen, warum fragen Sie nicht Ihren Sohn?«

»David hält mich für unbelehrbar, jenseits von Erlösung. Ist nicht Zeit für eine einzige Unterrichtsstunde? Eine schnelle Einführung in die Geheimnisse des Tanzes?«

»Ich werde sehen, was ich tun kann. Kommen Sie nach dem Mittagessen wieder. Ich werde mit Aljoscha sprechen, ihn bitten, für uns zu spielen. Inzwischen tun Sie bitte etwas im Hinblick auf Ihre Schuhe. In Stiefeln können Sie nicht tanzen. Ich verspreche Ihnen nichts, Simón. Ich bin nicht Ana Magdalena, keine Anhängerin von *el sistema Arroyo*. Sie werden keine Visionen haben, solange Sie bei mir sind.«

»Das ist in Ordnung. Visionen werden kommen, wenn sie kommen. Oder eben nicht.«

Er findet das Schuhgeschäft ohne Mühe. Derselbe Verkäufer wie zuvor bedient ihn, der große Mann mit dem kleinen Schnurrbart und dem traurigen Gesicht. »Tanzschuhe für Sie selbst, Señor?« Er schüttelt den Kopf. »Die haben wir nicht – nicht in Ihrer Größe. Ich weiß nicht, was ich Ihnen raten soll. Wenn wir sie nicht führen, dann hat sie auch kein anderes Geschäft in Estrella.«

»Zeigen Sie mir die größte Größe, die Sie haben.«

»Die größte Größe, die wir haben, ist eine Sechsunddreißig, und das ist eine Damengröße.«

»Zeigen Sie mir die. In Gold.«

»Leider haben wir Sechsunddreißig nur in Silber.«

»Dann in Silber.«

Natürlich passt sein Fuß nicht in Größe Sechsunddreißig.

»Ich nehme sie«, sagt er und gibt neunundfünfzig Reales.

Wieder in seinem Zimmer schlitzt er das Zehenende der Schuhe mit einem Rasiermesser auf, zwängt seine Füße hinein, bindet sie zu. Seine Zehen ragen auf obszöne Weise heraus. Gut genug, sagt er sich.

Als Mercedes die Schuhe sieht, lacht sie laut auf. »Wo haben Sie denn die Clownsschuhe her? Ziehen Sie sie aus. Es ist besser, wenn Sie barfuß tanzen.«

»Nein. Ich habe für die Clownsschuhe bezahlt, ich werde sie anbehalten.«

»Juan Sebastián!«, ruft Mercedes. »Komm und sieh dir das an!«

Arroyo kommt ins Studio und nickt ihm zu. Wenn er die Schuhe bemerkt, wenn er sie komisch findet, lässt er es sich nicht anmerken. Er setzt sich ans Klavier.

»Ich dachte, Aljoscha würde für uns spielen«, sagt er, Simón.

»Aljoscha ist nicht auffindbar«, sagt Mercedes. »Keine Sorge, es ist nicht unter Juan Sebastiáns Würde, für Sie zu spielen, er spielt jeden Tag für Kinder.« Sie legt den Stock weg, stellt sich hinter ihm auf, packt ihn bei den Oberarmen. »Schließen Sie die Augen. Sie bewegen sich von einer Seite zur anderen, Ihr Gewicht ruht erst auf dem linken, dann auf dem rechten Fuß, zurück und vor, zurück und vor. Wenn das hilft, stellen Sie sich vor, dass sich hinter Ihnen eine unerreichbar schöne junge Göttin im gleichen Rhythmus bewegt, nicht die hässliche alte Mercedes.«

Er gehorcht. Arroyo fängt zu spielen an: eine einfache Melodie, ein Kinderlied. Er, Simón, steht nicht so fest auf den Füßen, wie er gedacht hatte, vielleicht weil er nichts gegessen hat. Trotzdem wiegt er sich im Rhythmus der Musik zurück und vor.

»Gut. Jetzt machen Sie mit dem rechten Fuß einen Schritt nach vorn, einen kurzen Schritt, und zurück; dann mit dem linken Fuß vor und zurück. Gut. Wiederholen Sie die Bewegung, rechts vor und zurück, links vor und zurück, bis ich aufhören sage.«

Er gehorcht, hin und wieder in den Tanzschuhen mit ihren seltsamen weichen Sohlen stolpernd. Arroyo kehrt die Melodie um, variiert sie, führt sie kunstvoll aus: Während der Rhythmus gleichmäßig bleibt, fängt die kleine Arie an, eine neue Struktur zu entfalten, Punkt für Punkt, wie ein Kristall, das in der Luft wächst. Glückseligkeit überkommt ihn; er wünscht, dass er sich hinsetzen und richtig zuhören könnte.

»Jetzt werde ich Sie loslassen, Simón. Sie heben nun die Arme, um sich auszubalancieren, und Sie fahren fort mit rechts-und-zurück, links-und-zurück, aber mit jedem Schritt drehen Sie sich in einem Viertelkreis nach links.«

Er macht, was sie sagt. »Wie lange muss ich weitermachen?«, fragt er. »Mir ist schwindlig.«

»Machen Sie weiter. Sie werden den Schwindel überwinden.«

Er gehorcht. Es ist kühl im Studio; er ist sich des hohen Raums über seinem Kopf bewusst. Mercedes zieht sich zurück; nur die Musik ist da. Mit ausgebreiteten Armen und geschlossenen Augen dreht er sich langsam schlurfend im Kreis. Über dem Horizont steigt der erste Stern auf.

fi 1-010825 / 1